首届天山文学奖丛书

他人的篝火

阿拉提·阿斯木 / 著

新疆人民出版社
（新疆少数民族出版基地）
作家出版社

图书在版编目(CIP)数据

他人的篝火 / 阿拉提·阿斯木著. -- 乌鲁木齐：新疆人民出版社(新疆少数民族出版基地)；北京：作家出版社，2024.12(2025.6重印).--(首届天山文学奖丛书).
ISBN 978-7-228-21514-0

Ⅰ．I247.5
中国国家版本馆CIP数据核字第202405KF26号

他人的篝火
TAREN DE GOUHUO

出 版 人	李翠玲	策　　划	李翠玲　可　木
出版统筹	孙　瑾　单　勇	美术创意	可　木　王　洋
责任编辑	卢　艳　张雪艳　赵　莹	装帧设计	王　洋
责任校对	朱梦瑶	责任技术编辑	王　娟

出　　版	新疆人民出版社（新疆少数民族出版基地） 作家出版社
地　　址	乌鲁木齐市解放南路348号
邮　　编	830001
电　　话	0991-2825887(总编室)　　0991-2837939(营销发行部)
制　　作	乌鲁木齐捷迅彩艺有限责任公司
印　　刷	北京富诚彩色印刷有限公司
开　　本	880mm×1230mm　1/32
印　　张	8.75
字　　数	180千字
版　　次	2024年12月第1版
印　　次	2025年6月第3次印刷
定　　价	78.00元

版权专有，侵权必究。如有质量问题，请与营销发行部联系调换。

目　录

001　　第一章　我们那个地方

084　　第二章　陌生的路和自己的影子

157　　第三章　成长的学费

208　　第四章　时间是天下的朋友

第一章　我们那个地方

一

我们那个地方,除了鸡奶以外,什么东西都有。在那里长大的人,老老少少,嘴巴上都有功夫。主要是肚子里面有糊糊,有时间留下的玫瑰,也有他们在不同的年龄段悟到的蓝天的灿烂和岁月的褶皱。他们灵光的基础是手脚麻利,喜欢把热肚子里的蛔虫编织成彩虹彩带,感谢锅里碗外的经验。在家家户户的许多金筐里,也有斑斓缭绕的花卉,愉悦地鼓励不同民族的朋友们创造财富,有馕大家一起吃,共同举杯,感谢大地母亲的恩赐。当他们遇到麻烦的时候,也在那个金筐里寻找解决的处方,拥抱原始的友好和现代的和谐美妙,传承日子的盐巴,寻求朵朵鲜花的关照。他们懂事早,成熟快,可以给子嗣们留下许多宝贵的生活经验。

二

  小时候,妈妈给我讲过一句话,说维吾尔族民间有一种说法,叫"邻居要是瞎子,必须要闭上眼睛",类似汉语的"睁一只眼闭一只眼"。那时候不懂这个意思,后来长大了,感觉懂了,好玩,也是另一种痒痒不起来的今天天气之类的无聊话。一些年月过去以后,自然地能用上这个熟语,有时候感觉却不对了,不过瘾,和具体的个性对不起来。有的时候和时间搅和不在一起,语境在岔路口又是另一种嘴脸。但有时候又觉得没有那么糟糕,也是隐藏在另一种哲学里的小智慧。不是一切有翅膀的东西,都能飞起来的。在翻译类似熟语句式的时候,因作者的哲学维度不一样,这个词儿在不同地方的效果也往往不同。皮鞋对人的性情是有损害的,准保悠然的东西应该是布鞋和棉鞋,走路舒服。

  我对大翻译感兴趣,是违背这个熟语逻辑的。我总是那样迫切,想弄明白在大翻译的性格哲学胃口额头里藏着的东西,那是一个什么样的逻辑。母亲反对我的想法,说,你什么事情都要掀人家的老底,谁的底子里没有个难看的东西呢?这是不对的。妈妈这样说,我就感到人好像都有自己的软肋。我们种下的是石榴树,夏花开过后长出海棠果蛋蛋子那么小的果子的时候,我们也不为难这个结果。显然,一些意思其实是没有意思的,那些所谓的意思损耗在过程中了。只是,人自己和窥视这个生命的他者们,也是不知道这个秘密的,认为他们已经在那个意思里面了。对于赊账喝酒的人来说,一些真相是需要时间的,有现钱的——不,手机里有钱的人,一眼就能看出谁是寒夜里能背着朋友回家的好汉。我爸爸的朋友塔伊尔曾经给我说过,在他能明白的汉语词汇里面,他最喜欢"研究研究"这个词儿。总是留有余地,话不说死,今天不行明天再研究,换一个维度讲的时候,锅就可以烧开,天窗就亮了。

那天,大翻译从我的手里接过像奶奶的珍珠似的闪着润光的那对玉镯,悠悠痒痒地说,时间是最不要脸的东西。金子是财富,玉也是财富。金子是男人的颤音和食道,玉是仙女的天香和华贵。二八一十六的世界,总是悄悄地看那些不懂算术的人的热闹。财富是我们的知心朋友,但是玩法不一样,螳螂和黄雀,总是颠倒前后,你看不清哪一个在前,是谁在忽悠。而南瓜的规律是藤们开了花儿以后露原形,此前是藤藤们叶叶花花们昂扬痒痒,你不服不行。那些花儿享尽了人们的赞美,南瓜溜达着出来的时候,人们也笑,只是笑笑而已。等不到秋日,主人就用指甲掐算瓜皮的成色,测探成熟的硬度。那种挨指甲的残酷,南瓜是说不出来的。

那天是我设宴,庆贺大翻译八十大寿。塔伊尔刚好从玉乡和田飞过来了,听到这个情况,把这对一流的羊脂玉手镯送给了我。他说,孝敬你的师父吧,让他也高兴高兴。我说,不能给男人送这个吧?塔伊尔说,你不能绑在那个形式上说话,实际上那是钱,比金子还厉害的钻石疙瘩。

二翻译的机会来了。他贼笑笑,说,其实,大师的手腕也和嫂子的手腕一样嫩润,戴上也是一方富豪了。大翻译笑了笑,没有说话。肚子里面的意思是,你说,多说几句,咱再玩。我说,是一种纪念,男人怎么能炫耀这东西呢?二翻译说,就是,如果这玉环再小一点,当耳环垂耷上,也是新疆一景了。大翻译还是没有驳他,笑笑,继续向我表示感谢,说,我没有讨好的意思,一个翻译家,完全地抛弃了名利以后,才能熬成辉煌。你是有希望的。二翻译说,姜处,从你爸爸那里给我也摸个宝贝吧,献给大师,我也想蹦跶蹦跶。塔伊尔说,这个机会给姜处吧,你蹦跶了,我也好屁股扭扭啦。大家都笑了。大翻译说,咱们二翻译的能力是全面的,借玉给你糟蹋你了,你找歌舞团的阿曼古丽借点上海口红用上,前胸那个地方也渲染一下,有人的地方多转两圈,玉呀,珍珠玛瑙呀,驴头马尾巴呀,都会自己找上门来的。二翻译说,那些东西太多了,麻烦,还是你来吧,也好做遗产收买人心嘛。大翻译说,你这个年龄出卖你的贼心,空荡荡了,怎么挣稿费啊。大家都笑了。塔伊尔也是狂笑,但是他不知道隐藏在这句话里面的意思。当年二翻译为了稿费,也有过一些技术性的尕聪明,所以他笑得尴尬。笑得最美最自然最舒服的,还是大翻译。二翻译有点不服,因为精神上给扇了一掌,嘴里不来词儿了。他咳嗽一声,说,老姜的智慧,我是学不到的,主要是没有学费。民间说,有钱人满嘴胡话也是养人的良言,没有银子的人说话,妹妹的冰糖一样的形容词也是冰疙瘩铁疙瘩,酒都"伊力王"了嘛。这是命,是挣不来的。大翻译说,翻译家还没有办法吗?不能翻的词儿都能找到说法,一镯一酒,还能难倒你吗?你找地方赊账嘛。二翻译说,大师就是大师啊,你给我开窍了,你的手镯,赊账吗?大翻译说,麻达没有,尕尕的事情,如果你会写赊条,我也尊敬你。二翻译,我用汉文、维吾尔文、哈萨克文、俄文、英文五种文字写,你不懂英文,我给你翻译。但是翻译费你要出。大翻译说,可以。民间有说法,请吃抓饭,再把最好的东西也赔上。我想得开。你用什么笔写?二翻译愣了一下,他知道下面大翻译就要做文章了,脑浆迅速摇晃了一圈,说,用油笔。大翻译说,那就是,你没有墨水了。没有墨水的人,和笊篱一样,窟窿多,成不了事儿。大家笑了。二翻译抹下腕上的表,说,那好,换我这个瑞士的高级手表吗？我说，买韭菜的钱，到珍珠行要饭吗？大翻译说，人不要脸的时候，鬼也会撤到老娘的肚肚里面去的。大家又笑了。大翻译说，如果你心诚，我借你几天，你戴着，口红浓艳一点，配个大红蝴蝶裙子，伊犁河边陪我们喝场酒，实际行动一下，会有人慈善你的。塔伊尔说，我是一个喜欢帮助人的人，特别是翻译，而且是大师的徒弟，你们需要的东西，我都有。大家又笑了。大翻译说，你就天山的红花了。你再把眼睛装修一下，上海的师傅虽不赊账，但技术是一流的，就是你的情爱老婆，也会认不出你。只是，你的眉肉肥了一点，只要打针吃药，就能瘦，来精神，你的潜力还是有的。这一次，二翻译自己笑了，说，大师就是大师啊。

塔伊尔原先有个外号叫"疤癞"，是因为兔唇。后来突然有钱了以后，他的肝脏朋友热苏里石头宰羊请客喝酒，把这个外号改成了"胡子"。那些年塔伊尔为了掩盖兔唇，特意留了唇胡，在外人那里装扮面子。朋友们都改口叫胡子了，说，人人都有一本无字书，这样也好，只是，塔伊尔要经常性地请大家酒酒肉肉，加深这个外号在我们心中的形象。当时做东的热苏里石头说了一句话，你们说的要"经常性地请大家酒酒肉肉"的这个"经常"，是多长时间一次？朋友们说，每周一歌嘛。眼下，塔伊尔来劲了，说，今天是大翻译的八十大寿，了不起，脑子还这么叮当响，罐罐里面的意思都明白,老床和口红床的意思也能翻译出来。我佩服。老姜说,我们的大师是智慧里面的智慧,是辽阔的大师,不是那种冒尖的"塔尔吉曼"(翻译)。这就好,内在的温暖,是人人的棉袄。大翻译说,谢谢大家。姜处本来要请八十个朋友参加,我挡住了,那么多的人,假笑的会多,最后吃的是什么肉都不知道,就咱们几个,多好。塔伊尔从远方来,说话实在,有钱善良,多么可爱。今天生日的味道算是出来了,最重要的是,二翻译有靠山了,今后想珍珠玛瑙的时候,可以不赊账了。二翻译笑了,说,我今天隐隐约约地感觉到被侮辱了,不,公开地、鲜明地感觉到被那个了。回家吧,老婆又老了,大师大寿,我却可怜了。世道上的事情,总是不在一个秤盘子上。老师常说时间最不要脸,应该是今天的时间吧,大师?你也快那个了,说几句真话吧。大翻译说,你现在还操心真话吗?也不知道这么多年你是怎么过来的。真话就是一屋一床两人一锅灿烂桌子板凳都欢喜悠扬。我说,人的时间是不一样的,比如我的时间和爸爸的时间就是隔着的,纹路不在一个方向,都是一个太阳喂饭,张嘴的时间不一样。我爸爸的时间是噩梦一样让人迅速腐朽的意念,因为他的日子曾经是太平间的箩筐,也是火葬场的电子打火机。同样,人人都飘扬过,我也和天鹅一起在天山深处采集过人和牲口都没有碰过的雪莲花。可以说,在我们家里,最懂时间的人是爸爸,这和他当年的穷饿和现在拥挤的钱币是有关联的。而我的时间是无限的重复,是两种文字在同一个时间绽放的薰衣草,也是我的崇拜。我爸爸和我的时间在吃馕过日子的轨道上虽不在一条线,但我们是邻居,我们彼此能看到自己的方向,因而时间在每一个人生的气场里,都是可敬的,是尊严的信号灯。塔伊尔说,最后的时间应该是尊严的大合唱,但是,有的时候句号不在我们的手里。不要怒吼,把你的音符和旋律讲清楚,时间的手会尽量给你画好句号的。蹲着尿尿的时间不是没有响声,隐藏腺味,是因为人在蹲着的时候,说话是没有底气的。我有过这样的经验,人蹲着的时候,后面也是在漏气的。当我的灵气飞人一样的时候,我看到了财富的力量。从小,我的瞎毛病就是不信飞毯的故事,朋友们说,馕渣不能掉在地上,你踩上了眼睛就瞎了。我当场给他们做过试验,把他们的虔诚踩在脚下,让他们看我闪光的眼睛。他们说是妈妈给他们讲的故事。时间正吊儿郎当消失在下午颓废旮旯的剩饭里,都是急着见爹娘。当时间教会我能看懂艳女灵魂里的温暖和计谋里的甜笑的时候,我就明白了这种说法背后的东西,真正能挣到钱买馕吃的那种智慧。飞机痒痒着要抬屁股的时候,之者乎也是没有用的,智慧似乎在她妹妹的妹妹那里,因为她在悠闲中有机会窥视。我们喝茶的时候,看不见景德镇的灿烂,而妹妹的妹妹,在近处的猫眼里,可以窥视到茶碗的釉色,可爱的南方,含苞的木棉,碗肚的斑斓。在场,你的位置,玫瑰的背面,都是一些必须的可能的可能。比如说,屋子是爸爸留下的血汗,那个冰冷的词儿叫遗产,床是你自己换的,俄国人造的铜床,笨拙,但是结实,你子子孙孙也用不坏。但是上床的时候,你是要请示允许的。最有用的哲学,往往在我们看不见的地方,就是你看见它了,也抓不着它的把手。哪怕宇宙那片穹庐的歪床天床,那两腿是人家的,不要迷信财富,东西本身是神秘的。现在,我是一个尊敬神话的人了,是那些温暖人心的道理,把远古的神话带到了今天。我们在留恋有肉的时代啃骨头的时候,一些已经变成现实的神话,早已前定了我们的生命活路,当年我的神话把最干净的处女时间送到了我的手里。我在还不是时候的时候,就脱裤子放屁了,总结过我的一生,我佩服的人是我曾经诅咒的人,是老姜的爸爸老老姜。生活如此透明又如此天山泰山般神秘厚重。

三

大翻译和二翻译,他们知道塔伊尔和我爸爸是死心朋友,但是不知道他们之间的恩怨和私仇。大翻译曾经问过我，说当年我爸爸和塔伊尔是不是合伙人。我说不是，大翻译很想知道他们之间的关系，我没有说，因为爸爸说过，一个男人，如果肚子里面没有对皇帝也不能讲的一两个秘密，那这个男人会埋葬自己的命运和豪华。我偷偷地看不起大翻译的地方也是他的这种问题。这种畜生一样私密的事情，能问吗？这也是大翻译的另一种浮云，总想挖抓人家的隐私。另一种说法是我爸爸救过塔伊尔，二人在和田凿玉的时候，那天我爸爸头疼没有出工，晚上没有看见塔伊尔回来，老板说是进城吃烤全羊了。最后我爸爸从另一个挖掘机师傅那里听到了一些严重的消息，说出事故了，塔伊尔被埋在河床下面了。我爸爸花钱找了几个师傅，半夜挖开那块地，把快僵死的塔伊尔挖出来了。后来我问过爸爸，他笑了笑，没有说话，我也就明白了。爸爸倒是说了另一种情况，说那时候，合伙人被埋在河床里的事，也是有的。一个地方上憨厚的人们，一旦被钱财卷绕了，最后人们尿尿也不能一人去了。这样的说法也有，爸爸只是笑笑，不作答。后来一天，是一个浮夸的白雪流浪的大雪天，爸爸把他的秘密都告诉了我，要我写在纸上，保存好，要世世代代和塔伊尔的孙孙们做朋友。

当年我爸爸是叫派出所的阿里木所长吓跑了，在和田一待就是十八年。阿里木所长说，老姜，你好人嘛，现在不像从前了，人去什么地方都可以，你走得远远的最好，远的地方好肉也有。那个和田，河坝里的白石头，捡出来都是你们说的羊脂玉，你就在那里多待几年，给家里寄钱就行了嘛。事情的原委是这样的：爸爸从前在生产队里是开拖拉机的，维修上也是把好手，后来公家允许私人可以搞各种经营的时候，在乡里开了一个拖拉机维修站。那时候我刚上初中，爸爸要我停学和他一起学拖拉机维修。我们的校长戈力找不到我，钟浩老师说，辍学了。校长不干了，说，要找回来，不能辍学。因为当时我是学校的业余翻译，学校有五百亩地，是委托我们那个生产队播种的，老师们吃粮用油，都是从这个地上补的。学校和生产队的关系，全靠我做翻译，这是戈力校长看重我的一方面。另一方面，学校和当地老乡们的一些杂事，也需要我去翻译。我回到学校读了半年以后，寒假时爸爸就不让我去读书了，说，你一个农村娃娃，不要懂一点维吾尔语就狂妄，七八个舌头的人有的是，读书，你什么时候才能蹦跶出来呢？你还想上大学呢，如果你能考上大学，城里的娃娃来农村放驴吗？人说话不能天上天鹅的哈喇子泡馍吃，你要现实一点，学好技术，走到哪里都是保险的。秋天的时候学校和生产队交涉有关的事情，需要我去做翻译，校长找不到人，钟浩老师又讲了情况，就叫派出所的阿里木所长找我爸爸了。戈力校长和阿里木所长关系好,一是所长的宝贝儿子库莱西是我同学,考试不及格的时候,都是校长安排老师给补课;二是他们是邻居,校长也经常关照他,家里来了什么好东西,阿里木所长也能尝到一点好味道。校长说,所长,那个老姜不能经常这样,他的这个孩子,教育好了,是宝贝,眼睛里面有事,他现在还不知道,将来成才了,那是了不得的事情啊。维吾尔语这么好,这个年龄就能做翻译,自学了维吾尔文,将来就是当翻译的料,不能就这样辍学。老姜嘛,我和他谈过几次,我看他是一个今天有酒今天睡的人,铅脑袋。你去吓唬一下,小姜必须读完中学,考大学。你想个办法,让他永远不要有别的想法。只是后来,阿里木所长的"办法"似乎残酷了些,我们十八年没有见到爸爸。我们从他给我们寄钱的地址上得知他人在和田,想去找他,他来信不让,说,我再干几年就回去了,我很好,不要为我操心。实际上,爸爸过得很好是钱挣得好。开始是给玉老板打工,后来也买卖玉石,再后来有了自己的玉店,做得很红火。阿里木所长找到我爸爸,说:第一,你不让孩子读书,这是错误的,县里面的公家知道了,你的麻烦就懒婆娘的乌麻什(糊糊)一样可怜了;第二,你开的这个拖拉机维修部,已经有人反映情况了,你用的那些零部件哪里来的?听说有人在给你提供这些东西,邻县乡上已经丢了好几辆拖拉机了,这个问题,特别是你用的零部件这个事情,你能说清楚吗?都是我给你挡下了,要是追查下来,没有窗户的黑牢狱,你受得了吗?听到这些话,我爸爸彻底蔫了,就按照阿里木所长的"关心",离家出走了。到了和田,看到那么好的机会,河坝里面捡来的玉石立马就能换上钱,就一年年地留下来,挣了大钱。但是准备回家的那年,他尿裤了。严格地说,是心黑了。那时候我的朋友很多是维吾尔族,维吾尔语是我和他们玩时学习的,维吾尔文字是在乡里做翻译的一个老学究给我教的,此人叫海米提,外号"繁体",这个外号是我们的校长戈力给起的,他的繁体字写得非常漂亮。他们是诤友,校长欣赏他有国学知识,肚子里面到处是学问。海米提繁体给我教过繁体字,说,你要把一只手当成几只手用才行,不要怕累,男人不累你的毛爹不起来,人家从外面就可以看出你的八卦是蔫的。尊严是从汗水里面来的。你必须一手现代汉语,一手繁体字,用繁体字玩书法,才会逐渐地饱满起来,心胸江河一样自由流淌,在那些横竖撇捺里,你会发现不是所有的鸟都在一棵树上栖息,在你的那些撇捺里,你会发现在许多草叶里,有一些无名的虫虫悠闲盘旋。有一种火柴头那么大的甲壳虫,壳背金色,那种小美丽是一种平静的温馨,你静静地欣赏它们的匍匐,而后会发现,在大自然温馨的怀抱里,有许多我们还不知道的小生命在代代繁衍,在我们看不见的地方,静悄悄地欣赏我们的存在和欲望。他喜欢和戈力校长喝酒,主要是聊。戈力校长欣赏他的之者乎也、古之学者必有师、大学之道在明明德之类的箴言,自信、谦虚、善聊是他的基本面貌。戈力校长请他吃酒,二人半斤酒可以煮通宵,黎明睁开眼睛的时候,那创造人类的光芒问候溢满他们酒杯的气象,温暖他们自信豪迈的眼神,祝福他们聊出新的光芒。

海米提繁体说过,一个人最大的财富是语言文字。这个世界,人对金银财宝的认识是不一样的,有的视为双手双脚真心贼心的垢痂,有的认为是飘游寰宇天鹅为伴的极乐,有的认为是维持三餐的流水小桥。而人的认识是无限的。但是,人本身很难把他们的欲望绑在一个话筒里宣扬气场,只有语言文字,才能围绕他们,才能开启他们封闭的精神激光。如果将来你选择翻译事业,你会有三个幸福:一是通过翻译接近人的内心,从而认识灿烂文化的脾性心路。须知,翻译是解释不同文化习惯的另一种元素。为什么是另一种元素呢?因为我们知道,它不是数学公式,这是它前定的麻烦。翻译的不讨好是赤裸的尴尬,人家几千年来培养的一个形容词,或是一个能解释乾坤的成语,在你的手里变成了硬不起来的一个动词或是一个邋遢的名词。这个悲剧,翻译家是承担不了的,因而翻译家的解释和唠叨,也是立志接近海底珍珠的一个捷径。最华丽的唱词是最不好翻译的。

我是一个跪拜鲁迅先生的人,他看得清楚,他的舌头是最争气的朋友。他是胸脯上有毛的汉子,他使用的文字我们都使用过,他收获语法,在亲切的文字家族里,储存刀刻般的记忆。心里话摞在心房里依靠沉默等开饭的人也有自己的领带和西服,但是他们不说话,比鲁迅笑得多,舌头比较懒。鲁迅先生早年的意志是反抗,到了晚年却是爱了。他是看清了,一个给人力量的文化,是爱的文化。将来的经济生活和文化生活,将是寻求天下一切民族最灿烂的花蕊大同人世,这是翻译的骄傲。翻译是一种神秘的职业,它的可贵在于,它甚至是一切时间的综合,是一种存在的、可视的、有抓手的时间,在它的花园里,一切都是那么新鲜,对需要翻译的那个文字来讲,那些智慧和学费,那些高尚和颓废,那些无聊和蚂蚁般的唠叨,都是一种崭新的时间。所谓的接近人的内心,是一种杂色的存在。本色的本质是跑不了的,全部的难题在于那些从几种颜色里诞生出来的崭新的颜色,它们的配方是流动的,它们在阴天和艳阳天的光色是不一样的,因而人的内心,是没有版本图纸的。而翻译,它对这些东西是看得比较清楚的。二是通过翻译结交精神朋友。文字的力量是永恒的力量,古代先贤借此给我们留下了无数智慧经典。像四书五经的光芒,是永恒的天下月光。意思是,我们是和太阳一同前行的幸运儿。不同文字留下的财富为什么能助力亿万人类的前行呢？因为文字在文字的怀抱里，找到了能倾诉和拥抱的共同愿望。固执地追求美好的肝肠，在不同的文字里，激昂着一种共同的东西，日子的光彩华丽和大地的灿烂，人心的回归，不是遥远的人类早晨，而是我们母亲乳汁一样甘甜的摇篮时代。那些风带来的花香和万物睁开眼睛欢迎百花妖娆的时辰，是候鸟耐心地窥视我们笨拙的舞姿以后，真心地为我们歌唱的那些旋律，是为了我们的成长而集聚夜晚的神话和摇篮曲，在我们的血管里留下的世代神曲和千古童话，是那些早已贴在我们心肺里的希望和细节。在它们积存的音符里，给我们留下了用双手创造生活、创造时间、创造朋友的博大情怀。千万朋友们在热馕的宠爱里也不迷失拥抱人脉的智慧。实际上，这是我们最原始的资本，世界上所有的文字在不同的季节和各自的风雨里都在重复这个智慧，繁忙的人群在手机的牵引下忽略这个关键，总是去痒痒那些没有感觉的股票和生灵，不去该感恩养育我们的锅台和生长麦子苞米的大田，反而晒自己的臊味。抓住朋友的手一起吃肉赞美酒厂琼浆的滋润是不难的，在不同的时辰和有风雨的时间里也和朋友们站立在一起，感受友谊桑拿和困境疲软前列腺炎，也是一种在未来的折腾里能给自己打分的资本。而没有朋友的人，在伟大的光热下打着雨伞找老师高薪聘请，也会成功,起码在灯就要从眼睛里灭了的时候,也能找到记录遗言的人子。但是,朋友是心田里的万年青,是肺腑和肺腑的默认,是你严肃而又小心的造化,为朋友而奋斗,也是语言文字的幸福。三是通过翻译教育自己。这是被人们遗忘的一个温暖。大多数翻译家认为他们自己就是大师或者是可以给大师授课的能人,有了出版几本译著的经历以后,就找不到北了,不知道自己是谁了。这是在厕所里找不到手纸一样的尴尬和丑陋,不是一次没有擦屁股的事儿,你的内心是肮脏的。学习是终生的,是我们的空气和喘气。许多人活了一辈子,也不知道自己的毛病是什么,很可怜。就这个专业来讲,翻译的过程是学习,研究译介生字生词的一个机会,你会编辑自己的词典,在实际工作中,这个词典将发挥正规词典不能起到的作用,是实践经验的熟饭。翻译实践的内在规律是,原文里的贬义词,有可能会成为译文里的中性词。这个现实,是一种长期的困惑。你会学会读书,会看懂那些深奥的书籍,会明白那些作者消耗毕生的经历。有的人贫困,不能好酒好肉,还要固执地完成自己的这个著作,答案是简单的,把爱好进行到底。因为在他们的这个爱好里,有人类生活必需的美好和规律。他们看中的是这个东西,作为先觉者,这是他们回报社会的一种跪拜,意思是,我没有浪费人间的粮食和他者辛苦操劳为我煮米煮菜,与我融为一体，支撑我的美学实践的善良和本质。

你应该研究一个问题，知识人，我不说知识分子，小看经济在社会智力发展历程中的作用，看中自己发现的美好和规律，实际上，没有经济的支持，喝风吃糠，脑袋是要回到猿人那里去的。要全面地熟悉社会的每一个角落，学会站在规律的翅膀下出发。如果这个世界是四个循环，你要努力地发现第五个灿烂，回到一种和为贵和中庸的正道上来处理你的问题。世界的麻烦有的在阳光下，有的在阴影里，有的看不见，有的赤裸裸地奄拉。解决的办法也是四面八方，在你喉咙发痒的时候，你停下来，在阴影里瞭望那片阳光，你会发现三生万物的通道是可以出去的，在没有规律的封闭里，发现原在的智慧。你要看中这个事业，而不是你自己。我们读书，是发现自己的一个过程，作者通过人物和人物，要说许多问题、许多道理、许多发现，这些东西，有的是我们不懂的事物，有的是我们的麻烦和丑陋，有的是我们的美丽，我们在翻译的过程中，突然发现了自己，也发现了原在的逻辑，这是出发和回家的基本资本。会读书了，就是可以回到你译书的那个过程了，走进了那些语句要说明的事情里去了，从抽象走进了具象。你看清了作者要说明的那个意思，于是顺利地完成了翻译，这个过程是通俗化的过程，这正是翻译实践所需要的要素，不要把一些句子和说法神秘化,不要在门外敲门,你要领着读者走进来,让他们欣赏那些比形容词还要华美的动词和名词。这个过程,是学习读书能读进去也能走出来的过程。另一方面,也是你随时能有口红拿出来用的过程,你抓住了原文的逻辑,在译文里也找到了表达这个逻辑的方式,你明白了,笔力笔锋不是华丽春天的花蕊,而是要讲透讲硬你感受到的那些东西。译的过程,也是笔力坚韧的过程。我们也可以来一点自己的比喻,生活中,我们会有一些毛病自己没有感觉到,人家膨胀着白眼的时候,我们也没有发现这个问题,因为是盲目的自信压住了我们的智力。比如我们会有随便吐痰的毛病,大众场合下随便放屁的毛病,聚会中一个菜刚上来你就先尝为乐的习惯,有唠叨和贩卖闲话的技术,刻薄地评论他人,不讲情面,打人也打脸,搞紧张气氛……平时我们意识不到这些东西,渐渐地,我们在译作品的过程中,发现了自己身上的这些毛病和麻烦——他人厌恶的东西,发现了自己的丑陋和剩菜形象,我们开始掌嘴了。这个过程,是最了不起的自我教育,也是翻译的一个欣慰。你会逐渐变成一个成熟的人,而后才是翻译家。这个幸福,也是你人生的一部分。

　　海米提繁体是一个有着丰富人生经验和多种语言文字翻译经验的人,其经历又是一本沉甸甸的著作了。当年是我们的戈力校长把我送到他手里的,要他教我翻译。校长说,他是我们学校的业余翻译,有灵性,维吾尔语讲得那么流利,是一个有希望的青年,您老就把肚子里面的乌麻什给他一点吧。那天,他认真地看过我的面相,抓了抓我的耳朵,揪了揪耳垂,抓着我的手,手心手背看了几眼,说,这孩子的手福和面相灿烂在同一条线上,内心是光明的,可教。

那天我问过他,老师,那么翻译的麻烦是什么呢?他说,不认真。翻译界有一说辞,叫"连打带碰译法",就是拼凑,叫"胡里马汤",乱来。在原文里遇到困难的时候,就想当然,不问,不查字典,不索典故出处,草菅疑难问题。这种译风,是翻译的软肋,译者最终会以失败收场。当年我对照学习过《静静的顿河》的翻译。译者把格里高利喝得"酩酊大醉",译成了维吾尔语里的"多少喝了一点",失去了词语的重心,是典型的没有吃透原文的译法,扰乱了这个句子的轻重。另一问题是过于认真。在人家的句子里添鼻子加舌头,人家没有那个意思,你帮助人家"出彩"了,说什么要"让句子好看"。这和赊账喝酒是一样的尴尬。你喝不出酒味,因为你不踏实,你闹不清什么时候有钱能还清酒钱。你靠加词来打发原文,就是心里没有底气,心虚,因为这东西经不起读者的对照阅读。还有就是用词不准。词儿这东西,自古重要。古人用一词说事,是要认真琢磨的,是不能随便来的。因而汉语里有"一字千金"的说法。

四

现在回想起来,我从海米提繁体那里学到了太多的东西。最早,他从俄语翻译过普希金的诗歌,也翻译过艾青的诗歌。后来我比较过他和大翻译的译作,大翻译译得漂亮流畅,读起来朗朗上口,能抓住人的情绪,他的美学观点是独特的,用词总是能让一般的句子也亮起来,调皮起来,动感强。而海米提繁体的特点是简练,用词直接到位。大翻译用三百字译完的作品,海米提繁体能用二百字译完,句子显得结实、厚重。这个想法,我没有给别人讲过。二翻译多次问过我,我都没有把心里面的话说出来,就说他们都厉害,一个比一个老到。二翻译在酒场上话多,舌头脑髓基本上是人家的。报社有个叫多力坤三十二的翻译,二两酒在胃里发酵的时候,当着面吹捧二翻译,说文学作品,主要是诗歌,他比大翻译做得好。我也不好驳人家,面子这个问题,总是憋人胸口,不好折腾。实际上,二翻译跳起来蹲下撅下,他都译不过大翻译,只是心高而已。时间长了,那个多力坤三十二很狂,他把我的忍让和不惹事当成了我性格上的懦弱,说话越来越随便了。有一次二翻译不在场,他刚吹完二翻译，我就说了他几句，都是从前他没有听说过的词儿，是读中学的时候我和街上的二流子们学的。那些人打架骂人用的那些词儿，用大翻译的话讲，是可以让男人生娃娃的厉害。我说，多力坤三十二，你白天黑夜吹捧二翻译，他是你小姨子嘛还是你小姨子的小姨子？有这么拍马屁的吗？你有闲工夫回家给老婆捶背不行吗？他译得好不好，和你们家的蹲位没有什么关系吧？多力坤三十二说，你是比不上他的，你不能嫉妒呀。我说，你有资格评判这些吗？这些年，你总是吹捧二翻译，你的目的我说了就打脸了，你不要脸，我应该脸皮薄一点吧？有闲工夫，保养你的三十二颗牙齿不好吗？那天，大家都笑了。他有一个习惯，凡是强调一个道理，就说"我们都是三十二颗牙齿，这是改变不了的"。时间长了，朋友们就给他起了这么个外号。多力坤这个名字多了去了，加上个"三十二"的外号，就是他了。

我考大学那年，爸爸已经在和田了，戈力校长和海米提繁体做主，要我考新疆大学汉语言文学专业，继续自学翻译。实际上，在中学时期，我已经翻译发表了许多小说和诗歌，可以独立翻译作品了。参加考试那天，海米提繁体给我出了个主意，要我把翻译的某一古诗，汉文、维吾尔文两种文字的，写在卷子后面的空白处，给老师们一个信息——我姜国荣是懂维吾尔语的考生。当时写的是贺知章的《回乡偶书二首·其一》。

我大学毕业参加工作的第三年,海米提繁体走了,终年八十八岁。第二年我的译作结集出版,我把书献给了我的恩师。在扉页上,我写下了这样几句话:"献给我的恩师海米提·库尔班,他的光辉照亮了我的翻译之旅,给了我一双自己能看见自己的眼睛。"二翻译看到我送他的书以后,说,姜处,你那个"给了我一双自己能看见自己的眼睛"是什么意思?你这个酒逻辑喝醉了吧?人可以死两次吗?我说,二翻译,你的逻辑总是在门外敲门,你那玩意儿一斤几个钱?二翻译说,我是按尺出售。我说,你免费送人也是祸害,因为你只有看得见的眼睛,看不见人的二次诞生。许多死去了的人,其实他们是活着的。二翻译说,你当年的那个师父海米提繁体,老人们说他是一个怪人,冬天在火堆前吃西瓜,夏天穿毡靴在汉人街说书。他说,骆驼的尾巴和全世界驴驴子的尾巴是朋友,在疯癫残酷的沙漠世界里,它们竟敢给骆驼们领路,冬天下雨的时候,你爸爸的脏裤子燃烧你一生的灿烂和贼花,让你变成灰烬,你的双膝哀悼煤矿乌黑的井路,在低矮的工作面,念唱他爷爷留下的遗言。那是黑色的金子,但你是色盲,这是你的悲剧,也是你至高的智慧。瞧,就这样的一个二腻子,也把他倒下的逻辑,默默地传给了你。我说,吃肉不消化的人,接近超天才。咱们大翻译的智慧,你不交学费也学到嘴上去了,祝贺。将来大翻译死了,你就是大师了。二翻译说,看这劲头,大翻译一场酒席可以喝三个半斤,离死还远着呢,你我的诅咒,苍蝇的嗡嗡也不是。我说,那就是,你要有耐心。二翻译说,老贼不信有极乐世界。我说,那么,有效的东西是什么呢?二翻译说,和今天做朋友。在今天里面,有从前和未来,没有呻吟和嘎吱嘎吱的时间。最好的东西是今天的馕坑,火在小穹庐燃烧的时候,世界的希望云集在这个小窟窿的天下,映照你的往昔,你在梦里的阵痛和高潮,都在那火光里。最后麦子作为馕出现在你的手里,你的食道最不要脸,因为它不会想起麦子在大田被风雨侵袭的狼狈和没有面子,也不会明白麦子们在日照的恩泽里由青变黄的那个成长,更不会感悟这个成熟最终离开田野的痛苦。就一句话,你品不出这馕的味道。麦子遇见盐时的那种撕裂的狂喜,不是你的幼稚,你的命不在这里。当一人只崇拜自己的花篮,他就意识不到那么多的苹果哪一只是属于他的。记住,我不是迟钝盲目地和大翻译过不去,因为我知道,在他的前定里,也有我的份子,这是我的本质。我不逃避,我在我的道路上也会遇见属于我的那片蓝天和花园,我活着,也应该有风雨。我说,你吃着良心的奶酪,顶着自己的浑浊,你的喉咙和最后的出口做了朋友,这个操蛋,会成为你终生的匍匐。那个时候,狗日的粮食,全部是你的。满街疯勇的流浪狗,也是你的风景线,你将是另外一些时间的学费。干净的钱币,乱梦一样地脏了。会有人高举拯救,许多新的时间,它们需要留名,就去扰乱价格规律,让成本穿越不是成本的隧道,让悠闲的空气缩水。在时间玩时间的时间里,你说的那个馕,是面粉。这个概念,又是一个另外的时间。因为在它们的上面,我们可以看见阳光的温暖。我们的目的是生活,季节里有鲜花,但是我们总是嚷着找碴儿,要耕耘已经是花园的花园,许多人重复许多人,不去感谢那些已经是花儿的花儿,在唠叨的井底丑化自己的皱纹。不去问候前面时间的阴凉,不给就要诞生的时间一椅一床,走不出那个小市场,整日狂聊自己的笔墨,回家找不到牙刷,满嘴熏臭。喜欢水,怎么用它,都默认。净净脏脏,生生死死,滋润膨胀,都是它一汪人生。但是,不追随水流的远方,连角落也是市场的人间,晒自己的嗓子,从这个小温暖开始,你会看见他人的灿烂,而后你会发现你自己是什么,为什么要跋涉,为什么会发现比你的市场还要好的分期付款,你会发现你的脏,那些懵懂的时间,是固执的皱纹,是古老的木头。你会亲吻崭新的时间,亲吻日子,和日子的耳朵交朋友,平视嘴脸和不是嘴脸的嘴脸。

　　当年阿里木所长诈得我爸爸远离家乡,他也没有想到爸爸一去就是十八年，回来的时候满身财宝了。爸爸回来的那年，他躲着不敢见爸爸。但爸爸找到他，感谢他当年的那个把戏最后变成了他的昆仑大喜。爸爸当年去和田的时候，先是给挖玉的老板打工，老板喜欢他懂维吾尔语，能熟练地对话，问他从富庶的伊犁河谷来和田谋生，是为什么。爸爸说，人人心里都有一个苦疙瘩呀。老板明白了，不再问爸爸闯荡玉乡的原因了，在河坝以西的村庄给他租了一间房子，让他好好地跟着他干。半载时间晃荡了以后，爸爸开始喜欢玉了，特别是一块块金子一样润润的羊脂玉出现在他们眼前，又迅速在河坝桥头上的人们手里变成钱币，他的心就开始痒痒了。每次黄昏从河滩回来，路上和玉工们闲聊，回来和邻居们聊当日的收成，渐渐地，就有了和邻居们一样到河滩上游捡玉石独自闯荡生活的心计。实际上，这个想法成就了爸爸的后来，也在一定程度上，开始是不要脸地，后来是残酷地、卑鄙地开创了另一种类似牲口一样的生命旅途。爸爸在河滩捡玉石卖钱的那些年，他的生活是充裕的，有过把家搬到和田过日子的想法，但是他没有时间实施他的这个崭新的梦想，在捡玉的过程中，他悟出了一个新的聪明，就是做玉生意。捡不如买卖，开了一个玉店，开始收玉，一手进一手出，睁一只眼闭一只眼，不问这鸡蛋是谁家的母鸡和公鸡的结晶或者是不是苦蛋蛋，在我手里就行，能变成我的钱就行。于是就眼睛不够用了,手是自己的,但是绝不能留住那些许许多多的好料和仙女一样诱人的羊脂玉,因为钱,是爸爸唯一的选择和方向。午饭的时间不属于他,相邻玉店的老板或者是他们的羊缸子(老婆)吃烤包子的香味传过来,爸爸才会有饿的感觉,叫邻居的巴郎子(男孩)帮着到桥头给买两个肉包子,中午一个,晚上一个,剩下的时间收玉卖玉,盘点手里润心的石头,关门的时候坐下来巫师一样闭着眼睛估价,盘算手里的宝贝们到底值多少钱,自己什么时候可以回家。但是爸爸已经退不出来了,财富,他崇尚的这个漂亮的神秘的激动的战栗的心灵秋千一样荡漾的钱币,是不允许他就这样撤的。晚年爸爸和我交心的时候,说,那时候他不知道那个属于他的句号在哪里,回家的路在哪里。我分析,那个时候,他真的找不到回家的路了。不,不是路,他找不到自己的心了,不知道当年他是为什么到这个地方来的。他甚至没有时间休息,那么多年,没有在那么好的一个阳光里去一趟那个著名的坑坑市场,要几斤烤全羊,美美地用一餐,伸伸懒腰,享受一日。我给爸爸总结过,那些年他不知道时间是什么,是圆的扁的立体的还是隐藏在眼睛背面的哥们儿。他不懂,也没有见过什么时间在他的怀里温暖他,他的终点就是财富,根本弄不明白不崇尚这种叫玉的石头的一方田地,为什么拥有这么多灿烂的玉奶奶玉妹妹玉小姨,遍地的高贵和崇尚,竟在这么简陋的河床里颐养万年万万年了。那些丑陋的泥土,竟忠诚地喂养了这么多供寂寞的人们炫耀自在的精神波澜。以前只知道水是喝的洗的隐藏脏东西的私心哥们儿,原来水才是真哥哥,原来老子老早老早就知道这个水是养玉的宝贝,把一切甘甜美好都浓缩在他的名言名句里了。

爸爸后来说,那个时候他只生活在自己的麻袋里,看不见外面的世界。他第二次见到塔伊尔的时候,买下了他的十箱玉石。比他上一次送来的东西多了三箱。收好钱,塔伊尔从褡裢里取出干馕,请我爸爸品尝。爸爸是饿了,不客气,就吃着和他聊玉,有了一个新的发现。从前,玉老板都是在河滩河床里捡玉凿玉,上海广州最厉害的挖掘机都在河床里昼夜轰轰隆隆,彻夜诵唱发财的梦想。而现在,新的欲望勾勒出的野心是在山脚下山顶上,在昆仑山荒莽的起伏波澜里,也发现了羊脂玉。用塔伊尔的话来讲,他们发现了流水一样不竭的财富。玉老板们拆卸崭新的挖掘机,零部件大小驮在马匹上,柴米油盐水馕由可怜的毛驴子们操劳,神话一样地缓慢攀岩,在最理想的一个荒凉里安营,重新安装挖掘机,开始昼夜作业,寻找那些有钱人上瘾的白石头。在寂静的荒凉里,人人的耳朵都能享受到人人的哼唱,旋律紊乱,但词儿是清晰的,字字句句透着温暖:"白石头,好石头,河里没有,山里有,老婆在家,好肉在桥头。"

爸爸说,就在这个时候,突然出现了一个鬼头子。他不像是人间的人,没有瞳孔,眼睛脏白,脸上的皮肤看着好像是把什么牲口的皮毛贴上去了。他和塔伊尔畅谈了一夜,共同的发财梦把他们的嘴脸拉扯在了一起。鬼头子向塔伊尔预订了三卡车玉石,大块的不限,小的须拳头那么大,时间是一个月,价钱根据成色商定。塔伊尔开始在漫长的河滩山峦组织货源,赊账收进许多一流的羊脂玉,有的八仙桌那么大。爸爸说,有九成是一流的羊脂玉,现在,那样大的玉石已经不好找了。一个月后,就在他们说好的时间地点,在桥头的大烤包子店,他们见面了。香味熏鼻的大烤包子,红润润的色泽诱人,鬼头子上了一大盘,二人各吃了两个,有点撑了的感觉,而后他领着鬼头子看货,在一个偏僻的客栈。鬼头子一一翻着玉石查验,说,他很满意,于是在简陋阴森的房间讲价钱,是一个概数,二人心里都有自己的赚头,鬼头子显得大方,没有固执地还价,总数就定下来了。鬼头子提出在喀什结账,钱在喀什一个老乡那里。三辆卡车在路上走了两天,最后停在了一家开在后巷里的饭店。晚上吃饭的时候,鬼头子提出第二天早晨付钱,已经和老乡电话联系好了。第二天早晨,塔伊尔起床,眯着睡眼来到窗前,看了一眼宽敞的停车场,突然发现货车一辆也不见了,他大吃一惊,脸色突变,刹那间倒在了窗前,脑子里什么念想都有,一旦出事,他欠人家的那些款子不是小数目,砍头的可能性也是有的。他爬起来,下到一楼,找到看门的汉子问情况,那干柴一样瘦骨嶙峋的汉子看了一眼塔伊尔监狱铁窗一样丑陋的相貌,双唇紧闭着咽了一口气,慢慢地张开干瘪的唇片,幽幽地说,车半夜的时候开走了。听到这话,塔伊尔像中弹的狼狗,倒在了汉子的面前。

塔伊尔醒来的时候,已经是第二天的中午了,在医院。窗外的太阳如此灿烂,而病床上的塔伊尔的心海世界,地狱一样什么也看不见了。饭店老板吾不力卡斯木在他醒来的时候说,哥们儿,我之所以救你一命,是怕你死在我的店里,我说不清。三卡车玉石,不是麦子玉米棒子,昨晚应该睡在车上。你那个东西,还是不硬。那个鬼头子,你这么放心,是你姐姐的男人吗?塔伊尔说,我让一个厕所给骗了。吾不力卡斯木老板说,我的蔫客人,你原来是个画家画在纸上的影子啊,你让厕所骗了吗?厕所是可以找到的,说不准那个鬼头子也能找到,石头就找不到了。这石头自古是水的朋友,水是没有鼻子眼睛的东西,什么事干不了?水和空气、时间都是一伙儿的,大地也说不清它们的踪迹。水在碗里是我们的生命,在河床狂风里是雨的朋友,你分不清它们的所在和位置。河水和雨水混在一起的时候,你能听见雨水给河水讲的那些事情吗？雨水在天上什么事情都知道呀！石头和石头都是一个戈壁滩里的狼狗，它们不说话，藏在水里装糊涂，你是玩儿不转的。塔伊尔说，我要到派出所报案。吾不力卡斯木顿时装出一副严肃的面孔，说，对，应该，派出所就是管这种事的。但是老板不愿意继续留这个愣头憨球，就把他哄出去了。

塔伊尔打问了几个人，转来转去，找到了那个核桃巷派出所。一位厚唇大耳朵民警接待了他，看着他说，说话，什么麻达？塔伊尔嘴巴哆嗦着把他的苦难讲了一遍，说，我会报答你们的，帮我抓那个鬼头子吧。厚唇民警笑了，说，这个情况我了解了，但这个事情不能急，先到玉市去找你的那些石头，而后才能找到人。塔伊尔说，石头和石头都是一样的呀。厚唇民警说，你懂呀，是这样，你先找人吧。我这里也给你记上，如果有这方面的情况，我们会通知你的。你住什么地方？塔伊尔说，我现在已经乱了，也可能会睡桥下和什么能挡风的打馕的地方。我会来找你们的。

塔伊尔回到吾不力卡斯木的饭店，找到他，讲了情况。吾不力卡斯木老板说，我看你这事危险，希望不大，你把现成的财富送进了虎口。明摆着嘛，那个鬼头子为什么不在和田结账呢？这么大的买卖，你把它做成了扫把生意。现在你人还在，男人嘛，要面对，这应该是你最大的学费，男人就是这样成长的。你就继续成长着吧。民间有说法,运气不来,你娘也没有办法。我看你那个行李箱沉沉的,里面名堂还有没有?塔伊尔说,甜瓜大的玉,还有六块。老板说,卖了慢慢想办法吧,好在你自己还活着。

塔伊尔躺在饭店想了一夜,他欣赏老板说的"好在你自己还活着"。是的,如果鬼头子为了那么多石头,把我做了,或是手脚砍了,这个悲剧,我找哪个先人说呢。他想到这里,心静了下来,开始想对策了。和田他是回不去了,他想躲到伊犁去,但是怕那些人回到伊犁找他,塔城阿勒泰也是这样,乌鲁木齐是不能藏身的,那里是新疆各地的人都来招摇显摆的地方,会迅速地暴露他的身影。他最怕那个库尼扎洪小肚子,几乎一车玉石都是赊他的,人急躁,傻狂,不好说话,曾经在桥头的大烤包子店和人家动过刀子,为了要回自己的钱,把那个玉苏普赊账伤成了残疾,右手不能用了,小便解皮带掏东西都不行,左手吃大亏了,右手帮着清洗不了,什么时候都是呛鼻的臊味。道理他很明白,但是不知道下一步应该做什么。他在饭店又住了三天,整天只吃晚上一顿饭,脑袋清楚,腿上没有劲儿,不好走路。吾不力卡斯木老板说,不然找人算一卦?我认识几个卦家,水平是可以拿出来招摇的,曾经算出过好几个灾难人的麻达。塔伊尔说,我不信那玩意儿,这个灾难是我自己尿出来的,一我没有和那个鬼头子要定金,二我不了解他的根本,只知道是伊犁人,信了他的话,就被弄了一场,最后我被逼上悬崖了。老板说,也不能那样绝对,好多人都算出了自己的苦难呀,民间有说法,不信卦,也不能没有卦。有一个九十岁高龄的大师,看你一眼,闭着眼睛就能给你一个路线,一个方位,神着呢。塔伊尔说,我不打搅你的大师了,卦家都是没有家的人,他们说不清楚有家的人的灾难。我不去了,那家伙是伊犁人,我想到伊犁去找。老板说,不是不行,那比你们在河滩捡玉还难。捡玉你们还有一个方向,只知道他是伊犁人的话,是找不到他的。干这事的人,能往自己的窝窝里跑吗?你还是回和田,向那些玉老板们讲清楚,大家一起想办法,也许能找到那鬼头子尿尿的地方。塔伊尔说,回家有困难,有的老板比疯狗还坏。老板说,那你就做狼狗嘛,做这种买卖,只想着人家,你是硬不起来赢不起来的,不来一些奸诈和疯劲儿,你挺不住。塔伊尔犹豫了,嘴里没有说,心里认可老板讲的这些话,但是他从小诅咒算命的人。小的时候,他八岁的弟弟生病了,昏迷不醒,吃了提义副(郎中)的几服药,他至今都清楚地记得,是黑乎乎的软药丸,并没有好,反而更加蔫弱了。他们的邻居阿纳也提木匠,建议找算命的艾凡提(先生)算一命。艾凡提来了,屋里青菜萝卜上天保佑地诌了一大段,说了许多怪异的话,说要给娃娃喂玫瑰花酱水，就走人了。第三天弟弟就离世了。长大以后，回想起弟弟天真可爱冰糖一样甜蜜的戏耍劲儿，他就诅咒那个算命先生，也骂家人的无知迷信。当年最好的先生应该是在县医院，打针吃药，是可以治好的。从此，他仇恨那些卦家和算命的骗子，说，人家的命，怎么会在他的嘴上呢？

五

塔伊尔决定去伊犁找那个鬼头子了。他把箱子里最好的那几块玉石寄存在吾不力卡斯木老板家里，准备出发了。他向老板说，老板，看在我们在一起吃过馕的分儿上，给我保存好我这个箱子，里面的玉石，是我最后的命根子。老板说，我懂，历来不能贪污托存的物件，这是老规矩，你去吧，不要久留。没有路路子，就回来。伊犁人不坏，脾性咱们欣赏不了，你问一件事情，他们不直接给你一个信息，先把你的内心掏空，问你是何人，哪里来，找这个人做什么，最后再加上你们是怎么认识的，问个底朝天，再告诉你说，这人前年搬到大三门巷里去了，你去那边找吧。要悠着一点，我看你是个憨人，要学得奸一点才行。你穿着这一身衣服不行，那些人特讲究，到奶茶馆喝一碗奶茶，都要细摸那碗肚子碗口，有针眼那么大的豁子都不干。

来到伊犁,他住进了有年月的伊犁饭店。晚上来到汉人街吃饭的时候,他看着那些华丽的衣裳和狂老板的吆喝声,第一感觉非常爽朗,心里不禁说了一句话:这是一个有鼻子有眼睛的地方,好透气。第二天大早起来,在人民电影院东面的食堂吃了一份抓饭,打问了一下老板,开始往解放路的方向走,观察路边的那些玉店。他前后问了八个玉店,都说不知道有这么个会说维吾尔语的人。有的老板真像吾不力卡斯木老板讲的那样,上下打量一番,就问你是干什么的,找这个人干什么。他有吾不力卡斯木老板的警告,一言不答,就只离开,继续在前面的玉店里碰运气。问到第九个老板的时候,那胖哥儿玩着手珠笑了,说,会说维吾尔语的多了去了,你说的是什么模样的?光头嘛还是头发长长?塔伊尔说,有头发,不长。胖哥儿老板说,我这样大肚子嘛还是没有肚子?塔伊尔说,肚子小。胖哥儿老板说,那样的家伙没有见过,你照片有没有?电视台一个广告玩一下,就能找到。塔伊尔说,没有。胖哥儿老板说,那就不好找,你就在城里转着吧,如果你眼睛有福气,会找到的。塔伊尔流浪了几天,就回和田了。

班车驶进果子沟的时候,他看到山上从石头缝里长出来的参天松树,感叹道,这地方的人硬啊,石山也长树,看来这个鬼头子是找不到了,如果他跑进这个深山里,鬼也找不到的。他努力地回想他的相貌,抓不住一个较清晰的轮廓,记忆中好像见了人才能认识,因为只见过两面,第一面印象不错的原因是收他的玉石的时候,没有怎么砍价,他很满意。也就是这个原因,答应了他要自己组织三卡车玉石的要求。班车驶出果子沟,在赛里木湖边的柏油路上行驶的时候,他看着墨玉般灿烂的湖水,突然看到了自己的从前。他木偶似的飘回到了那个羞耻的年代。

他想起了自己十一年前的那个卑劣。伊迈尔是他的朋友,那年他收了一块哈熊那么大的玉石,要和伙计们亲自押送到广州,玉店里贵重的玉石,他一共装了十八箱,寄存在他的店里了。第二天半夜,塔伊尔打开那些箱子,把所有的好玉都调包了。朋友伊迈尔回来,发现箱子里的珍品都变成了一般的玉石,找他算账,他说不知道,我没有动过你的那些箱子,你搬走箱子今天是第三天了,谁知道是在哪里出的事呢?伊迈尔说,你少啰唆,你眼睛里面我什么都看到了,如果你不老实,我打断你的脊梁骨,让你终身残疾。塔伊尔说,你少奌拉,我会看着你打吗?你打我一拳,我一个飞头顶过去,让你的牙齿满天飞。我这个功夫,玉哥们儿都知道,你好好说话,你打拳打不过我的。他们对骂了大半天,就在伊迈尔准备动手的时候,玉老大腰里瓦斯棉籽油过来了,此人从前是开棉籽油厂的,这外号就是在那个时期落下的。他叫了一声,要他们停下,问过情况,看了一会儿塔伊尔的眼睛,又看了看伊迈尔的眼睛,基本上嗓子媴清了,他把伊迈尔叫到自己的玉店,叫伙计们出去,说,你有证据吗?伊迈尔说,就是他偷的,我敢发誓。玉老大腰里瓦斯说,那你的那些箱子在你的店里过了三天,你怎么说?伊迈尔说,我的伙计们是不动这些东西的。玉老大腰里瓦斯说,兄弟,你没有证据是尿不直的,这样闹,半个馕的好处没有,那些石头,你能认出来吗?伊迈尔说,主要的我都能认。玉老大腰里瓦斯说,这就好,不急,抓证据,是时间的问题。闹没有用,你要把证据抓到手,和以前那样,继续和他阿达西(哥们儿)吃肉喝酒,麻痹他,你袖子里面慢慢查,玩技术。伊迈尔说,这个要查到什么时候呀?玉老大腰里瓦斯说,急了没用,是你自己造成的,当时你拉回家不好吗?现在听我的,你不会吃亏,就是不能闹。动武,拳脚是最不要脸的东西,出人命怎么办?从你的愤怒中撤出来,装傻,露出那么一种认倒霉的样子出来,让他放松警惕,要是东西真的是他拿了,会弄出来卖钱的,那时候就是你的机会。当时伊迈尔勉强地答应了,他们回到塔伊尔的店里,假装着讲和了。玉老大腰里瓦斯说,塔伊尔,咱们都是吃石头饭的,这石头,是河坝里捡来的,挖来的,是咱们用钱买来的,是大地的东西,不是你爷爷的爷爷的,也不是伊迈尔的后爹亲娘给他留下的,我们都是这么个机会里的虫虫,我们死的时候,这些石头还在,不能这么争,要有证据。这件事情,先放下,伊迈尔要找证据。找不出证据,算他倒霉。我把话说到这里,如果东西哪一天出现在你塔伊尔的手里也好,出现在你伊迈尔的手里也好,我会把你们的把把子揪下来喂狗,你们和屁股商量好,嗓子燥清。那年,这事,就这样压下去了。后来,玉老大腰里瓦斯和塔伊尔秘密地谈过,说他们二人可以秘密地说和,不能结仇。塔伊尔说,贼就在他的店里,我是清白的。实际上,当年第二天天亮的时候,上海来了两个老板,他把东西都出手了,所以不担心那些石头会出现在自己的手上。

班车开到奎屯的时候,他看着独山子炼油厂壮观的厂区,盯着那个燃烧废气的高大的烟囱,说,这就是报应。最后脑子里来了一个灵感,决定去兰州躲一躲了。是因为几年前,他到兰州卖过玉,熟悉城里的情况,走过很多卖牛肉面的街巷,吃饭也不成困难。主要想发挥存在自己肚子里的技术,打馕挣钱,给家乡的朋友偷偷打电话,打听那鬼头子的藏处。

回到喀什,他卖掉行李箱里的玉石,把钱藏进特意定制的腰兜里,把自己装扮成打馕师傅的模样,把头发剃光,给自己起了个新名字,叫艾斯卡尔,向着兰州的方向出发了。

他在兰州租了两间门面房,一间住人,一间打馕,很快地和当地的哼哈们做了朋友。见面礼是几个拳头大的玉石,邻居哈力喜欢,也经常来品尝他的油馕,就成了朋友了。塔伊尔在兰州待了十年,不敢回家。每年给家乡的朋友打两次电话,询问鬼头子的行踪和家人的情况,始终没有鬼头子的消息。时间长了,他是上午打馕,中午一过,馕就可以卖完,下午就和那些开饭馆的朋友们喝酒解愁,打发时光。后来馕的质量也是今天灿烂明天阴雨,不在一个线上。夜深人静的时候,就想,能不能回家乡过日子呢?他最怕的是那个库尼扎洪,他一定会鼓动那些人要账。

在这十年的时间里,许多人的时间,在不同的方位和角落,都在窥视一个时间。鬼头子抢走了三卡车玉石以后,迅速地变成了大大有钱的人了。在十年的时间里,有了自己的总公司,聘用大学生为他的目标服务,成了耀眼一方的实业家。有了自己的玉器加工厂,他的办公室里也颠四倒六地摆着用一流的羊脂玉雕琢的《武松打虎》《小凤仙》《黛玉葬花》等艺术品,许多人看不懂是什么意思,但是他自己知道。他也聘请新疆一个一流的书法家,书写了曹操《短歌行》中他喜欢的"对酒当歌,人生几何!譬如朝露,去日苦多"等诗句。见了一些要好的朋友,就给人家讲解里面的意思,隐秘地安慰自己十年来的苦痛和耻辱。当一切梦幻般地充盈自己自信坚强，却不能原谅自己的从前，甚至有时独自一人牲口的缰绳一样在酒店角落孤饮的时候，也不敢相信自己曾经有过那样卑劣的从前。这个历史污迹，随着岁月的繁衍，演变成一只生命力顽强的塔克拉玛干沙漠的蝎子，开始缓慢地咬噬他的心脏和维持他生命的一切不要脸的大肠小肠以及通向肛门出口的那些毒肠。每当这种时候，他像在产房里找不到感觉的孕妇，浑身出冷汗，不知道自己的精神出路在何方。当这样的焦虑、痛苦、自责、悔恨、忏悔缓慢地变成他日常生活的满脸忧愁和颓废的时候，鬼头子做出了决定，他要去找那个塔伊尔忏悔，请求他原谅自己的贪婪和卑劣。而这个人，就是我爸爸老姜。

爸爸在给我讲这个故事的时候，神态晃悠，整个精神面貌像当年在西大桥以北酒馆门前晃荡的酒鬼一样颓败，不像是一个资产雄厚的巨富。他称自己是"鬼头子"，民间是骂人的话。维吾尔语的发音是guituza，是汉语"鬼头子"的变音。实际上，他这不是什么故事，是他向等待他的时间和光明的太阳做出的一个归正。那天，他自己把手用黄色的草绳绑起来，蹲在炕上，开始给我讲述他当年的恶心和无耻。他的语气如此平静，我顿时看见了我童年时代的爸爸，烈日里，他把我裹绑在背上在苞米地里弯腰锄草的那个形象，就是现在这个样子，脸上呈现的东西是那种简单的日子的味道。就是现在,我还是不理解,他为什么要用那种软松的草绳捆束自己呢?什么意思?为什么不是那种结实的绳子呢?我没有问过爸爸,那天,在他最后讲述完心里的毒素以后,他在我的哲学里,竟变得那么伟岸和让人挚爱。他回首往昔,不曾想到自己会成为一个实业家,当年买不起毛驴车的一个农民,奸勇地变成了一个享受富贵的人。在我看来,他的忏悔是深刻的,甚至他公司办公室里的那些玉雕,也是他内心忏悔的一个信号。从前,我因急事去他的办公室,也是看不懂他的那些玉雕,特别是《武松打虎》。爸爸既不是艺人,也不是一个什么学问家,要这个武松做什么呢?原来,爸爸自己总结他是吞吃了他人的金山银山的老虎,在必须痛打之列。这样的结论,如果不是在他忏悔以后,我是看不出来的。这个沉甸甸的铅虫,在他腐烂的肚子里藏了二十多年。一躯之隔的心灵,竟然能装得下这么沉重的卑劣和苦痛。岁月春秋痒痒人间,冬天的太阳看不到它恩泽夏日的灿烂,但它仍然恩泽一切温暖了的和将来一定要灿烂的一个个充满了希望也拥有麻烦苦痛的人,承载天下的无私,维持人的底线。

后来爸爸特意跑了几趟和田,秘密打探塔伊尔的行踪,掌握了他在兰州的情况。一个让他想不到的情况是,反而有人和他打听那个骗塔伊尔的人。说,当年塔伊尔卖给那个人的玉石,都是他赊账拿走的,眼下他们也是心苦脸上没有血色。现在塔伊尔在兰州打馕,他打三辈子也还不清他欠下的款子。爸爸亲自去了趟兰州,见到了在馕房里和面的塔伊尔,把从前的操蛋一一说清楚了,把他接回来了。有意思的是,塔伊尔和我成了朋友,和大翻译和二翻译也成了朋友,一年来好几次伊犁,请我们喝酒,从和田带倩女一样性感缭绕的皮亚曼石榴,鲜红艳丽,光热穿透的地方裂出艳红的石榴籽儿,像它们春天的花朵,灿烂诱人。还有烤全羊,包装一般,但新鲜,纸箱底座上一层白布,上面是一层新鲜软馕,再上面是跪坐着的烤全羊,上午烤好的,带着上飞机游逛伊犁,送到我们手里的时候还是热的。撕开尝一口肋条肉,皮肉脆香,贴在肋骨上的嫩肉热气渗透脂肪层,咬在嘴里,牙齿们还没有享受够,喉咙就开始要那香味了,黑胡椒和盐可劲儿相互作用,创造一流的口感,滋润心肺,牙齿累了胃顶上来了以后,就遗憾地停吃,只是眼睛还没有吃饱。烤全羊金灿灿的形象,留在了大脑里,让人隐秘地思谋再一次享用它的由头该是什么。

六

爸爸是这样讲述他的兰州之行的:兰州我去过几次,和我第一次去的感觉是一样的,天空是麦子的味道,人群是新鲜的味道,憨厚的时间总是在人行道祝福许多匆忙的脚板和那些艳丽的花裙,人们的脚步声是响亮的,像悠扬的民歌旋律一样抓人。很顺,出租车把我拉到了老电影院后面的菜市场,我转了两圈,很快地找到了他的馕铺。我问了一句一个馕多少钱,就在他看我的瞬间,我认出了他,深深的眼眸透着烦闷隐痛。我买了一个馕,掰开咬了一口,看他没有认出我,便坐在馕坑边的凳子上继续吃,装着看路人,没有说话。吃了几口馕,我站起来,看着他的背影,说,老板,有茶水吗?他没有转身,说,没有,对面的牛肉面馆有。我说,你是新疆来的塔伊尔吗?他突然转身,说,是的,你怎么认识我呢?我说,你先忙,我等你一会儿,咱们说个事儿。他停下手里的活儿,看着我,说,你认识我吗?我说,咱们找个地方说话吧。他还是没有认出我。他洗过手,把我领进了对面的牛肉面馆,我要了两碗加肉牛肉面,他开始观察我,还是没有认出我。我们吃完牛肉面喝茶的时候,他说,阿达西,你怎么会认识我呢?我说,我就是十年前那个和你做玉石买卖的鬼头子老姜,现在你认出来了吗?他睁大眼睛,看着我,一句话也说不出来了。我没有说话,静静地坐在他对面,等着他开口。他猛地站起来,说,你就是老姜吗?我说,是的,你坐,我找你来了。这么多年,我对不起你。他的眼泪流出来了,满脸皱纹浸着泪水,显得狼狈可怜。他说,对了,你就是老姜,你害我了,你男人吗?你没有老婆孩子吗?我说,咱们到你的房子去吧。他说,馕房跟前的房子就是。我跟着他走进了他简陋的住房,五六平方米那么大,东墙和南墙边堆满了面粉,窗下是一张床,床前是一长条凳子,放着一些换洗的衣服,空气压抑熏臭,和我当年在和田租住老乡的房子一样,乱,没有时间整理。他让我坐在床上,自己坐在对面的长条凳子上,看着我,说,你真的是老姜吗?你没有老婆孩子吗?我说,你应该认出我了。他说,是的,我认出来了,你就是那个驴驴子老姜。哎,老姜,你把我的心抽掉了呀朋友球友!那个时候,我看你那样的人不是嘛!我十年,狗一样这个地方睡觉啦,老姜,你不是人,三车石头,多一半是人家的钱,我不能回家呀,一人一个拳头打,我打馕的面一样了嘛。维吾尔族人一句话有,没有死的命希望还有,你真的来找我了吗?你的良心回来了吗?我说,是的,朋友,我就是老姜。那个时候我不是人,现在是人了,来找你了。那个时候我为什么不是人呢?因为我钻钱眼里了,天天钱,梦里面也钱,玉也钱,土块也钱,走路也钱,厕所里面蹲下了也是钱。那个时候,我的良心塔西朗(坏)了。那个时候啊,那个时候,那个时候我不是我。我对你一千个对不起说了,意思没有。我为什么跑了,说了意思也没有。

当年的三车玉石,现在是多少钱?你我都明白。我们回新疆吧,我赔你三十车玉石的钱。塔伊尔的头耷拉下来了,不停地摇着,他哭了。我说,我对不起你,那个时候,我不是人,所以跑了,现在,我是人了,我们做兄弟吧。塔伊尔说,老姜,十年,十年一个娃娃生下来十岁了,十岁的娃娃可以帮我打馕呢,这就是生活呀,老姜。现在,我有生活吗?我生活没有,我的家没有,我活在我爸爸妈妈没有见过的地方,我狼狗的日子嘛我。我说,阿达西,这几年,我当老板了以后,长久地想了,人的脑子不能坏。那个时候我人自己是好的,脑子坏了,现在我脑子好了,我就来找你了。你好好地打我一下怎么样?他说,现在不行了,那个时候我会打。老百姓一句话有,低下的头,刀子不砍!我说,剩下的话,回新疆说,你这个地方处理一下,我一个饭店住下,明天我来找你,我们回新疆。你我以后兄弟了。他说,你明天不跑吧?我说,永远不跑了,兄弟跑吗?他说,老姜,你不要跑了,你跑了,我的生命没有了。我准备走的时候,他说,你怎么知道我这个地方了?我说,去了和田,找到你家了。他说,老姜,你最后男人了,你明天来吧,我们一起回新疆去,那些石头朋友的钱,你给。我说,我就是这个意思,才来找你的。他说,人嘛,今天和明天不一样,如果晚上你的梦里一个鬼进去了,你跑了咋办?你还是给我一个电话号码吧。

我把手机号给他了。临走的时候,他把我送到菜市场门口,说,等一下,老姜,我一个电话打一下。他走到大门右侧的公用电话前,拨通了我的手机,听到铃声响,说,那我们明天见吧,我的爷爷、爸爸、我自己,从来都不是坏人,一个蚂蚁我们也没有欺负过。今天我重新有了生命了,谢谢你,朋友。他说着,又哭了。我说,不哭了,今后该你笑着生活了。他用袖子擦了擦眼泪,说,老姜,你要走,我还是害怕,我的心现在铃铛一样响着呢。今天我要是一个人睡觉,明天我就腿没有了,眼睛看不见。我和你一起回宾馆吧。我说,也好,我明白。咱一起去给你买几件新衣服,晚上洗个澡,刚好也可以畅谈那些狗日的日子。

第二天中午,他们来到菜市场,找到负责店铺管理的人,把馕房退了。塔伊尔告别几家饭馆的老板朋友,和我爸爸走了。在他对面开牛肉面馆的马老板把他送到前面存放摩托车的地方,说,胡子朋友,你的馕香香的嘛,新疆去了老婆子带来,好好地打馕,我们继续做朋友嘛。塔伊尔眼睛一热,流泪了。他抱住马老板,说,你新疆去,找我,现在大朋友接我了,我最好的烤肉给你吃,公羊的烤肉吃。

他们告别马老板,朝大门走的时候,塔伊尔说,老姜,真的是你吗?这个脸是你自己的吗?你真的就是那个要我命的老姜吗?爸爸说,我就是那个老姜,我的梦醒了,你的梦也醒了,我们回新疆吧。走出菜市场的时候,他停下了,朝着他那个馕房的方向深深地鞠了一躬,说,再见了,我活了十年的好地方。谢谢你们,吃馕的人们,谢谢你,给我水喝的兰州。

那年,我爸爸带着塔伊尔回到了新疆,把他送回了家。他的家人尤其两个儿子看到他,哭成了泪人,多年来折磨他们的苦难和恐惧,从他们惊慌的眼睛里流出来,变成了安慰他们的暗光。塔伊尔一直保存着当年三车玉石的账本,和我爸爸一起还清了那些玉商的账,变回了从前愉快自由的塔伊尔。他向我爸爸说,我现在一把麦草一样轻松了,老姜,谢谢你。你的爸爸妈妈好人,所以你现在也好人了。那个库尼扎洪小肚子在银行拿到钱,看着我爸爸说,老匠(姜),你的那个门子(名字),是不是那个铁匠的匠?你的良心听见了我们的舌头了吗?你的尊严看到了要饭一样可怜的塔伊尔的逃亡了吗?回来了就男人了嘛,今后我们一起好好吃馕,人没有的地方吃馕不行。

赔钱的事,我爸爸要塔伊尔自己说个数,他全认。塔伊尔说,老姜,我那样的人不是,我的倒霉是天上的事情。你给多少,我房子麻袋不多多地有。爸爸心里有数,按照眼下的市价,给了他一笔他的麻袋也高兴的钱,看到了他脸上那个年代的笑容,也看到了他更加苍老的豁牙。塔伊尔说,我们兄弟了,伊犁你的房子我去一下,我老婆孩子都去,一个相片照一下,你就什么时候都跑不了了。那年爸爸带他和家人来伊犁的时候,他带了好多特产,一袋袋的核桃杏干无花果干,还有我们没有见过的玫瑰花酱,听着很新鲜,一年也没有吃完。印象最深的是他的眼睛,像泉水一样透明。他说,老姜,我一个道理明白了,人一生,自己的衣服自己穿,他就喜欢在人多的地方吃馕了。我们从前的人留下的一个话有,一个馕挣了,两张嘴一起吃。我们以后就是这样的兄弟。

他每年都要来伊犁几趟。他和我爸爸的故事,只有我一个人知道。他说最喜欢汉人街,说,以前聊伊犁,说这个地方除了鸡奶以外什么都有,我看了鸡奶也有,好像所有热闹的人都在这里。我也知道,不是每一个人怀里都有金疙瘩银疙瘩,他们的心里有月亮,日子在他们自己的手心里。那年他来伊犁,我请他在汉人街吃风干羊肉,喝了几杯。他说,小姜,我还有一个高兴,就是认识了你。你一个翻译,学问家,我是一个黑肚子,名字写了也是蚂蚁的朋友一样认不清,但是我喜欢学问家。你的爸爸从兰州把我接回来,其实就是你的学问让他的黑心变白心了。我们的玉石从前是盖房子的石头,为什么现在金子的哥哥爷爷啦?因为你爸爸的心看到你的知识了。命运的轮子大小不要紧,只要有知识,那个轮子就转,就能到许多有玉石的地方去。这个地方,是我们大家麻家一起吃馕的地方。你要一次和田去一下,我们风干羊肉没有,但是我们的烤全羊最好,馕坑里面出来的那种热热地吃了,那个味道你一辈子不忘。但是,你们的好酒我们没有。那个不要紧。我们从前的人留下的一个话有,钱有了,戈壁滩上天鹅肉也有。我说,我经常给你寄,伊力大老窖最好。

就是这一次,我们闲聊的时候,他知道我要给大翻译过八十大寿,给我送了那对玉镯,要我敬献给大翻译。说,大翻译是你的师父,师父就是把你看不见的眼睛变成看得见的眼睛的人。这个恩情,是天大的恩情,要及时鞠躬感谢。那天,还是二翻译痒他,说,师父,我不像姜处爸爸那样富有,送你一句话吧,如果你是一位女子,这玉镯会在你的手上照亮整个城市的。塔伊尔说,玉是人前人后的运气,我们从前的人留下的一个话有,人的前面是鲜花,后面是芒刺。这玉,就是医治芒刺的宝贝。它不会说话,但是它温暖的灵魂是人人的朋友。二翻译说,如果你戴着不好意思,就送给我吧,跟了你一辈子,也该有一点像样的收获了。主要是你的年龄差不多了,好肉多啃一点骨头,该说的话,也不要客气。剩下的阳光该留给我们了。大翻译说,我是不放心这翻译的事情,你什么时候把我的墨水偷走,我就自己去找那个穆合塔尔掘墓人,自己解决问题。问题是你现在锅有了,勺子还没有。我说,二翻译赊账的本事还是有的。大翻译说,腰疼的人,经常赊账。大家都笑了。塔伊尔说,大师就是大师啊。大翻译说,大师不敢当,对付一下二翻译的贼心还是有的。

后来,塔伊尔给我说,他回到和田后,办了一件事情,把自己的屁股也洗干净了。不,把心脏良心洗干净了。他找到了那个伊迈尔,他已经不玩石头了,投资地毯厂了。他把想了好几遍的说辞也准备好了。那年这件事情发生以后,伊迈尔多次威胁过他,要他交出他的玉石,塔伊尔坚持说他是无辜的,是纯洁的。有一次,在参加朋友接待一广州老板的宴会上,伊迈尔用胳膊肘勒住了他的脖子,说,我要让你窒息而死。朋友们把他拉开了,谴责他不应该在客人面前无理。这个麻烦延续了好几年。后来塔伊尔告诉我说,我不能承认,一旦我变成贼人,这个麻烦是我一生也洗不掉的。实际上,我后悔了,但是事情已经发生了。我的傻就是,我一不缺钱,二不缺好玉,为什么要污染自己的筋骨?我这是精神上有毛病!可能就是小的时候馋啊,特别是过年的时候特意打的肉馕啊烤全羊啊,这些东西,没有吃饱,骨髓是不饱满的,就犯了这个傻。

他在地毯厂找到了伊迈尔。他显得老了,头顶上的头发已经没有了，鬓角处的那一绺头发已经脏白了，是那种洗短裤的时候洗出来的灰白色，视觉上给人一种不勤洗头发的感觉，提不起精神。塔伊尔说请他吃玫瑰庄园的烤全羊，有事要给他讲。伊迈尔说，我不去，你的钱是脏的。有事就在这里讲。你的事我听说了，你失踪了十年，听说在上海的一个澡堂子里给人搓背喝混有尿水的洗澡水。塔伊尔说，那些事都过去了，那样一个残酷的经历，让我想起了你的事情。我还是要重申，我是干净的，你这么多年来，误会我了。为了让你忘记这件事，我可以弥补你的损失。我现在有钱，你说个数，我把钱给你，我们还是朋友。伊迈尔说，你这是侮辱我，如果你不承认，我不会要你的钱。这不是钱的事情，是尊严的买卖，我是有骨气的，你有钱，我也有钱。塔伊尔说，也好，该说的我都说了，你再想一想，咱们过几天再见。或者是，你把银行卡号给我，我把钱打过去，剩下的事情，你我好好想一想，不要再固执了，这么多年，我已经大学毕业一样，明白了许多事情。我这个钱，就是安慰你的误会。伊迈尔说，我不需要你的安慰，我什么也不缺，我缺尊严，当年我不应该相信你，所以我不能要你的钱。塔伊尔说，那我们都不要急。我去了一趟伊犁，十年前也去过一次，这一次，我又明白了许多道理，比如我的朋友老姜的儿子小姜，是一个学问家，他请我在他们一个著名的民间集市吃风干羊肉，那是一个叫汉人街的地方，他说，我们吃肉，要扔掉骨头，实际上，没有骨头的支撑，哪儿来的羊肉呢？所以，人要在自己的生活和道理中，学会扔掉一些我们自以为最珍贵的东西。我很感动，会挣钱的人，也要会生活。我们现在抓住老音符不放，走不出我们的阴霾。新的旋律，是我们的光明和安慰。因而，我非常希望你能收下我要给你的这个补偿。如果你认为这是我的忏悔，我也不反对，一生中，我做过许多丑事和脏事，我应该忏悔，在热闹的生命就要完结的这个年龄段，我应该老老实实地跪拜生活。伊迈尔听到这些话，特别是塔伊尔最后一句话，心动了。他温和地看了一眼塔伊尔，说，我明白了，你现在是生活在另一种没有绿叶的道理的庄园里了，今天我请你吃烤全羊，咱们喝两杯，也同意你要给我什么"补偿"。我觉得你变了，一是学会说话了，这是最难的事情，人人都有舌头，但是这个舌头，有的时候不是自己的，是说别人的话的舌头；二是你从苦难里看到了可爱的田旋花，它们的能力就是匍匐着长出自己的灿烂，爬到最亮的地方，把精美的光彩献给大地和万物。我感兴趣的是，你开始有哲学了，有男人味儿了，我祝贺你。但是，我的要求是，现在，你给我跪下。塔伊尔顿时愣住了，他万万没有想到伊迈尔会来这一手。他没有说话，空气仿佛凝固了，然后他缓慢地回到了现实，平静地看着伊迈尔，说,很遗憾,朋友,我非常想给你跪下,但是我的膝盖不是我自己的,是妈妈给我的。你要给我时间,我要请示妈妈。伊迈尔的眼睛亮了,笑了,说,你胜利了,我等的就是你的这句话,你我都需要尊严来一日三餐。把你的手给我,时间的鞭子,在流浪的飓风里,让你学会了珍惜尊严。伊迈尔静静地握住了他的手。

七

讲我爸爸的故事,其实也是鞭打我自己。因为许多人都知道爸爸资金的原始积累是怎么回事。塔伊尔来得多了,他们的那些事情,像现在的美女喜欢的撕破膝盖大腿的牛仔裤一样,那洞洞里面也不是秘密了。好在人有遗忘往昔丑陋行径的爱好和能力,在新的日光下,厚着脸皮炫耀自己的富有。在静夜思考一些事情的时候,我放不下的,正是这个洞洞和从它的颓废里派生出来的没有秤砣的哲学。有些周末,我关机不接电话,主要是不想和朋友们出去聚餐。有的朋友精神病医院的院长一样当着你的面脱掉裤子赤裸裸地赞扬你的某一篇译作,甚至说我的翻译超越了原作者的水平。在这样的恶心里,还能喝得下去吗?我喜欢和大翻译、二翻译在一起吃饭,可以长时间地谈论文学翻译,许多观点、翻译技巧、用词造句,每一次都有收获。到最后,喝多了,大翻译和二翻译就抬杠,我在中间斟酒,有的时候也不好中立,倒向任何一边,都是喝了苍蝇弄脏的水一样恶心的事情,吞吃好心情,是对好酒的不敬,回家就昂扬不起来。如果墙骑得时间长了,屁股走狗的爪子一样痒痒,也不舒服,是将来痔疮的温床。

  那天,我觉得很失落,找不到原因,就去了汉人街老水磨后面卖羊肠子烤肉的小市场,独自一人喝了起来。三杯以后,我竟和杯中酒聊了起来。我说,酒哥,你在杯子里的时候,像和珅的珍珠一样漂亮,进到肚子里,你就虫虫欲望篝火了,你这是什么意思?酒哥说,朋友,我诞生以来第一次看到你这样无聊的酒客,自古以来,哪个神仙能讲清楚酒的意思呢?水是什么意思?你们人是什么意思?你能叨叨清楚吗?我说,酒哥,息怒,我是想说,酒是喜事的痒痒和狂欢,那我为什么在无聊的憋屈里喝酒呢?酒哥说,你这样说我就明白了,你的心和你的嘴不是一条心。你把你的心套住了,控制了它的正常循环。当它意识到自己的责任,准备发声的时候,你的喉咙已经准备好了,但是你的嘴巴顽固地紧闭,隐藏你的野心。当你的嘴巴想玩把戏的时候,你的心又不干了,不给你喘气的氧气,你就奄拉了,就自然地想到我了,用我来释放你的压抑。主要就是你自己玩自己了。

你把你放开，记住你妈妈喂你的那些哲学，孩子，做一个好人。好人是什么？就是不压抑自己，不伪装自己。你明明没有穿短裤，还要皇帝的新装一样跳游泳池，你不是自己把自己铆了吗？你说你能舒服吗？这酒不是白喝了？我说，酒哥说得对，其实我就是这个瘤瘤。我承认，我的脾性，在某种语境里，总是古怪得疲软。我看着周围那些喝酒玩喉咙，流水一样唠叨，头和头靠在一起日鬼悄悄话的酒客们，就会下意识地回到我爸爸的那些事情上去，就会回忆塔伊尔和我喝酒的时候留在我耳缝里的那些疲软的细节。我尊重感恩时间的养育，我认为爸爸和塔伊尔在那个时候，是没有自己的时间的。风也不是他们的，所有的春雨和马后炮一样奸贼的秋雨，也是一种忽悠。我不怀疑他们曾经的原初善念，原本他们是追赶寻觅万紫灿烂的蝴蝶，是风，让他们转向了，他们的动机是知道花香的位置的，但是那个阴暗的时间，把他们的美好，拐到相反的方向去了。当然，幸福和富有也是一种好馍馍的出现和降临，但是本质里是没有方向的。那片田野可能是青菜萝卜，但那是他们最早的纯洁。屈服于一种庸俗的活法，是违背胸贴胸的誓言的，是最后的可怜。我甚至想，在爸爸最后的忏悔里，有没有他发现死亡的恐惧呢？他那种拯救塔伊尔的刺激和快感，是不是要宣扬隐藏在他现在的时间和未来的闹钟里的所谓的跪拜和仁慈呢？他是有八卦的，这是人人可以原谅的把戏，是一种不应该可怜的可怜。他是靠鬼招洗刷自己的履历，洗刷肮脏的脑袋，重塑精神灵魂，他是有算计的。而后，他的旗帜是仁。仁是光明的，是最早的柴火和天际的吊灯，爸爸想利用这个光明，让付出了时间、尊严、萎靡、痛恨、辱骂的塔伊尔找到自己的那个希望灿烂，让他做自己的北极光，面子席似的伪装他的原初腐烂。我的哲学是，爸爸，为什么没有在那个最重要的时间拥抱塔伊尔呢？财富，无数财富，一旦走进没数学规则的玩法，会是走不到最后的"残废"。无道之财，它们的归宿是荒凉的坟墓。我就是想弄明白，在爸爸做出那个决定张嘴要独吞那三车玉姑娘玉奶奶的时候，他为什么没有消费祖宗给他的仁和德呢？我之所以平静地怀疑他的这个所谓的忏悔和良心热心发现，我是有自己的逻辑的。他应该继承什么样的东西，才能在最后的日子里，拥有自己的一片小花园呢？富裕不应该成为人的奴役，也不应该是那些幼稚的脸蛋和眼睛，富裕应该是与春水和秋后的蚂蚱并进，在秋天的时候懂果树的减产，懂不是一切风都是秋天的朋友，在平静的葡萄架下，观察风的诉说和雨的飘洒痒痒。花香和它们背后的暗词，都是成长的好言蜜语。我不知道说清楚了没有，在最重要的季节里，要抓住生活的手等待，要抓住生活的捻线向太阳升起的那个方向跋涉，在正道的路基上铺展红毯,像厨师的炉火一样吉祥的红毯。明月是人人的光明,人人应该有自己的正道。我的意思是,明明白白的事情,怎么会有忏悔呢?不是有水吗?水启示了馕、火、宇宙的春秋,人不是在传承父辈的养育供养子子孙孙吗?我想说的是,一些卑鄙可耻的人,依靠忏悔拯救自己,对时间的启示是什么呢?水不停地流是要我们一代代及时洗手保持纯洁。从而,从而啊从而,我欣赏塔伊尔千里奔波找我们喝酒,之者乎也,诉说他十年的龌龊和狼狈,埋葬从灾难的熏臭里衍生的臭虫。他每次来,我都能从他平静、自在、幸福的精神满溢中窥视他新的光芒。他们的学费,包括时间的疼爱和鞭打,其实是我的捷径,是蓝天馈赠的明镜,也是夯实我精神脉络的自信。

那天周末,大翻译在二翻译爸爸的景点请我和二翻译喝酒。说,今天我请客,男人嘛,几个月下来一次不请客,那就是蹲着尿尿的人了。稿费本来就是用来喝酒的,但是有的男人不懂,像二翻译。二翻译说,我这不是在向您学习嘛,得给我时间呀。大翻译说,别人的时间是时间吗?你得自己悟时间。钱是男人手里的垢痂,要经常洗手交学费。你一天几个电话讨要新词,稿费不给,你的嘴巴耳朵也应该害臊呀。我说,二翻译昨天还给我打过电话,要请你喝酒呢。大翻译说,你不要护着他,这样下去,他是硬不起来的。

男人,花钱喝酒,就是交学费,积累自己的道理,尿的时候就能尿白杨树那么高。二翻译说,学生明白。只要到他爸爸的景点来喝酒,他就会相应地少抬杠。大翻译看着我,干咳一声,说,老姜,你的酒我没有少喝,你一出差就给我带好酒。只是,唉,惭愧,这么多年我都没有问一句,你那个姜是姜子牙的姜还是姜皮子的姜?我说,应该是姜子牙的姜。大翻译说,这就好。所以你善请客。姜子牙是靠钓鱼打天下的人,他就是那个时代的电脑。能把水里的鱼哄出来,是大智慧。这样的人,就是酿酒,也能酿出今天的伊力王来。我读过他的文字,真是一条能三生万物的汉子。我背过他的那些词句,什么"敬胜怠者吉,怠胜敬者灭,义胜欲者从,欲胜义者凶。凡事不强则枉,弗敬则不正,枉者灭废,敬者万世"。好一个敬者万世。不太好译,参考了很多古诗。你是智者的传人,我们是有缘分的。他老人家现在也应该知道,你在这辽阔的新疆做民族文字的翻译吧。我说,这个我说不上,太遥远的人了。大翻译说,往往太遥远的,才最近。我们诵念孔子,在没有手机的时代,他给我们留下了手机一样能衔接时空的玩法,就是我们出门翻越天山,出游无边的海天世界,最后还能回到我们自己的草屋。你不想做的事,不要强迫别人去做。用今天我们喝酒人的话来讲,就是自己不喝,就不要劝人家。派生出来的道理,能借锅做饭,像姜太公没有鱼饵也能钓大鱼。其实就是我们常说的鸭子过去鹅过去。我说,姜皮子也是好东西,懵懂的时候,咬两片碎灿烂,你会看到迷雾那边的花园,会有许多念唱仙人掌的候鸟,在湖边衬托它们的光辉。我也读过孔圣人给我们留下的许多鲜活的珍珠,久远的智慧总是慷慨地启示我们纠偏颓废或者是赊账吃酒的把戏。天下归仁始终是江河的朋友,仁义是群星一样灿烂的飞船,因而我们创造了一日三餐,四季成全万物媾姆繁衍。其实,文字的横竖撇捺什么都看见了,春的花香,麦子的甘甜,高粱的荷尔蒙都在酒杯里报到的时候,我们的手心手背,俯首跪拜养育我们的时间和粮食,还有那些痒痒我们的烂漫花朵。人的弱项是,酒肉显摆的时候,人的尾巴不通过主人的大脑,突然翘起来出卖主子的酒杯,用鼻孔说话,嘴巴庸医的手术刀一样丑陋。我醉后早晨吃了薄皮包子手工面花椒胡椒以后,比正常的时候还聪明,会发现一生没有感谢过盐。没有盐,那些酒肉能狂起来刺激吗?我们在道理里看不见道理,春天摇苹果树,侮辱它们的灿烂。酒里始终藏着智慧,从高粱小麦的私心里走神儿发酵的这个朋友,在人间的高朋和小人的天籁墓堂里,评判人气人心的昂扬和颓废。应该是,懂酒善酒尊酒的人,是正步走路的汉子。孔子留下的文字,是衔接日月的钥匙。吃饱饭的时候,我们容易忘记这个尊仙,人的软肋,该说话的时候,总是不给面子。日子流油的时候,人人自封神仙,不是无聊,是在无聊下面。孔子说,要有酒德。这是大智慧。夜幕飘下来看热闹的时候,酒肉也是悬崖边的诱惑。追求学问废寝忘食的这个圣人,最早的时候就赠送过良言,天下的第一美好,是大地上有人活着,人有文字,大地有养育人的河流。而酒,是人类生命的另一种翻译。喜欢稿费的人,都企图饮者留其名。锅是我们的,而柴火是人家的。酒在殿堂草棚旮旯里酩酊了的时候,温柔地报复人类的贪,很早的洪荒时代就留下过悔恨。也不是酒乱性,而是我们的舌头和酒精一条裤子了以后,就蔑视戒律了。那里有永远的奶奶啊。候鸟们也说过,人最后还是要回到有草有水的田园里去的。比如说我们的翻译,不能盯着那个句型不放,要在生活的天籁里寻找那个神会的意思,译句就像澡堂里的热水一样舒服了。当下的病句,就像译前喝酒,稿费没有来就赊账了。酒杯不要脸,摇晃着蛊惑你的理智。孩子还没有诞生,你就狂妄了。就是在爷爷的产院接生,你也不能老子打哪个就打哪个。我们还是要离粮食近一点,离田园近一点,离酒远一点好,把手伸长一点接酒杯。一旦戏接不下去了,我们还可以保住涵养,新的词语会诞生。二翻译说,能抓住造化才是最沸腾的酒桌,血管里也会放声歌唱。大翻译说,老姜,今天你的舌头争气,给你换大杯吧。

黏在水面上的风刮过来了，有鲤鱼和青黄鱼偷情的味道。伊犁河水的颜色是舒心的，慷慨油亮，像脾气好的女人或是陌生又熟悉的前世红颜，拯救你紊乱的时间，在你的脸上赐笑颜。河水的味道、野草的味道、酒的味道和风的味道开煮我们的时候，大家悠然地谈起了时下莫言小说翻译热的事儿。出版社为了抓稿子，稿费也第一次仙桃一样慷慨了，最大的问题是时间紧。大翻译睁开眼睛，看着朦胧的河水，说，我问过爷爷，他也没有见过泛滥的智慧，哲学是高傲的，就像树枝上最高的那么几只苹果。莫言小说的秘密是一种饭后的呼吸，门敞开着，但是我们看不见合页，我们没有看见酒杯，但是都醉了。酒和余孽是炕上炕下的朋友，它们的酒杯一个鼻子出气，围绕大地安慰没有痒痒的人心。甚至太阳下的向日葵，也是它们的夜梦。太阳出来的时候，向日葵的容颜花瓣是朝着太阳滋润经脉的，没有必要考问这隐藏的磁力。你能瞧见那些嫉妒的田旋花自信固执地攀爬，贩卖绚烂，也是一种长见识。一定的时候，你要推荐自己的市场。大翻译说，老姜，表象是最好玩的东西，你一热一艳以后，你就窥视那个垫底的东西。你看这个伊犁河水，向西流去了，但是河里的鱼，是向着我们东方畅游的。因为它们知道，新的热闹总是要诞生在勃勃的潮头上的。

八

那天清早,黎明还没有脱衣服的时候,手机响了,是华为牌的亲亲。亲切,漂亮,像随和而又四十年如一日地踩准了大地芯片的时代硬汉任正非。全世界都在震惊他玩技术的宇宙心脏,无法解读他的低调和朴素来自何方。数学和语文左右手了的时候,我们才能昂起头来说话,像任正非朴实的脸和条条甜路烦路歧路梦想通乾坤的飞船。最高的那只苹果,总是阳光的中心。电话是大翻译打来的,我没有接。我每一小时都有事,退休后,他却像伊犁河的狗鱼一样自由,我们的时间,玩不到一起。我的清高也是虚伪的,不能和向日葵并列接受洗礼。收了人家的东西,须夹着屁股给人家校正书稿。能在两个世界里的天窗探出头和初升的太阳商量词语的诺贝尔文学奖,开始窥视高密盐巴的成色和华夏圣水的甘甜,向世界繁华的珍珠语言介绍莫言的心胸灿烂和血脉里的执着缰绳,走出固有的配菜习惯,创造自己的逻辑程序。一家的汉子,故乡的骄傲,最后是世界文学的骑士,一生奋斗大声咳嗽,时间痒痒着留下了他的塑像。财富和颓废都是无聊的,莫言发现了让人振作的东西,文学的超然和蝴蝶效应,还有那个生命讨好生命的相互挠痒痒。

无数的生命都有自己的酒杯,他们渴望酒瓶和酒窖的方向。没有喜事,谁家的酒那样张狂?

走道里响起了粗暴恶劣的脚步声,固执,自私,像讨债人的呐喊。这是我熟悉的脚步声。而后响起了自信、遏制、贪婪的敲门声,这也是大翻译的傲气和莽撞,我仍旧没有应声。他推门冲入,两个脸蛋变成了屠夫的两片肝子,两只大眼猴子的屁股一样猩红了,耐看。他站在我前面,牛哄哄地说,老姜,你是读书人吗?耳朵借给岳母洗袜子了吗?我说,你岳母不是走了吗?大翻译说,你以为你只有一个岳母吗?你还嫩,看你岳父的那双眼睛,像监狱里的甲壳虫,老贼心里养着的虫子,你能数得过来吗?我说,这段时间,我都想借你的手用用呢,忙得吃饭的时间也没有。大翻译说,为谁捞毛呢?我说,金哥哥,你满肚子都是好词,客气一点,下去我请你品酒。大翻译从我前面拿起书,看了一眼,说,莫言的,你是在给校正吗?谁译的?我说,是吾不力卡斯木·买买提尼亚孜。大翻译说,名字这么长,世界都一个字母代替了,你念名字的时候,动车的尾巴早看不见了。翻译莫言,他是真的没钱买菜了,他能读懂莫言那些看不见的洞洞吗?这个城市,除了你金哥哥我,还有人能译莫言?如果熊掌天鹅能换鸡腿狗肺,白菜在库房里面的种子早跳河自杀了。一旦毛驴车和宝马交朋友了,你金哥哥我放驴吗?

算了,他们不懂,知识是最后的拯救。到处是没有心肺的麻雀和蚂蚁。而你,还敢不接你金哥哥的电话,你信吗,屁股上垫着皮棉长大的姜处,我用一眨眼的工夫,用那个魔鬼圈里的群群,能把你立立地搞臭,你自己脱着裤子游街。我造谣,不信的人也痒痒,等你快腐烂了,名声和汉人街的垃圾媾姆上了,我出来辟谣,一半的人信你是纯洁的,一半的人懵懵懂懂朦朦胧胧,人心就是这样的东西,你是洗不净的。我就说你和副处阿丽雅·吾不力卡斯木有染,按汉语讲是有一腿,你就上下没有情况了。你掂量一下,如果今后还敢不接我的电话,我就踩蹦你,你就永远是洗碗水了。你应该知道,我的坏是极端卑劣的。我说,谢谢金哥哥,就这么一会儿,我把一生的道理都学到脑子里了。今后我不再借耳朵出门了,孝敬岳母的事情,休息的时候做好。金哥哥,我请客,酒肉你点,我给二翻译打电话。大翻译说,你不要戏弄我,你一直是嘴上的灿烂,这么多年,就不知道你们家有没有炉子。你先把屁股抬起来,咱们喝上了再说,你哥哥我今天发了,一份十页的状书,维吾尔文译汉文,千字千块,是一娘儿们告男人偷腥的事儿。一万块钱到手了。在晚上老婆搜口袋前,咱们疯狗一次,该藏的要藏起来。我真的没有想到,老了,爱情变敌人了,在家里,我都不敢说想吃什么饭了。以前小说里读到过世界末日,现在看见了。我说,一早你就碰上好活儿了,但是一万块,有点宰人的嫌疑了。人老了,良心乡下的沼气一样臭了,十页东西,有万字吗?大翻译说,数学才是这个世界的抓手。原稿和译文加在一起,还有译脏词的精神污染费,万块还少了。一些露骨的词儿,我都给他遮住了,那不是钱吗?我说,你那个算盘珠子一定是驴蛋子做的。咱们废话多了,我给二翻译打电话,到汉人街吃羊羔肉吧。

大翻译咳了几声,润了润嗓子,说,今天轮不到你骚情,是我给你打的电话。汉人街的那个老水磨,改成饭馆了,是以前卖糖稀的满满子开的,出了一个什么"乾隆拌面",咱们去尝尝。我笑了,说,冒牌货吧,乾隆怎么会吃过新疆拌面呢?大翻译说,那天满满子讲了几麻袋故事,说很早很早很早很早以前,他说了很多的很早以前,从这里可以伸到伊犁河的那么多很早以前,说是爷爷的爷爷的爷爷,反正是很多的爷爷,到北京给乾隆做过拌面。我说,是香妃给做的新疆拌面吧。大翻译说,那是一定,满满子的说法也能痒痒人,从前的日子,什么样的热闹没有啊。

我给二翻译发了个微信:大师发了、千字千块,万块已经在短裤里了。汉人街、老水磨、乾隆拌面,速来。二翻译回了信息说,人老了不好意思吹牛皮、吹泡泡了,也是一种智慧。满满子把老水磨装修了一番,还是五十年前的那个样子,亲切,那些砖块和长梁,仍旧透着那个时代的富贵和人气,像一个年迈的富人,无奈地窥视着那些硬朗的喝家们,回忆留在水声和磨盘里的滋润与福气。

大翻译说,我今天破费请你们喝酒,其实是消灾。昨天做了一个梦,梦见自己看到一个美女,说不出话来,哑巴了。我说,大师啊,你这么精明,也做梦吗?那个美女就是你青年时代的爱情,她现在找你了。大翻译说,爱情已经没有了,时间蔫了以后,和后娘养的懒婆娘打的糊糊一样模糊了。爱情,从前是无数个绳头,最纠结的是哪一条呢?时间的爷爷也不知道,要等那个最最智慧的瞬间说话。秋天的苹果红彤彤地向着太阳,已经忘记了它们开花的时节了。我贪污过一些东西,偷过人家的艳香,罪过压在我的心里,人心是彩云外的萌动和波折,忏悔是自己出冷汗,这是可以医治的。看不见的麻烦就是,不是有钱就能抓到好药。忏悔以后,拖着干净的身子,找一般的郎中,也能买到后悔药。如果贪污了爱情,就麻烦了,脸上没事,心里一直就垃圾着了。

拱着肚子站在老水磨门前谝传子的满满子,老远看见大翻译走过来了。几大步迈过去,吆喝起来了,攒劲人来了呀,雅座的窗扇开开,里面请。他把我们请到饭馆里,说,今天我可是有面子啦,你大翻译可是能把死人翻译成活人的儿子娃娃,日狼尿虎的金哥哥呀。大翻译不喜欢雅间,说,靠窗的那个桌子就行,可以品尝外面的人气,听大厅的哥们儿说话,蛮舒服。大翻译说,满满子,你厉害,听说这老水磨要拆了,你却挖抓上了,你小子祖宗三代都是做糖稀的,嘴甜。满满子说,这老水磨三百年以后还是这个样子,天山一样硬,挖掘机也挖不动。城里人有谁没有到这里磕过头吃过馕?这硬朗的老水磨和东边淌来的河水联手,养活了多少人脉人气?拆了有什么意思?最多脖子上耷拉金项链的某一老板也给他们的狗狗们发奖金了,对众生的记忆有什么好处?我和城管的小哥哥们讲了水磨的历史、说了好话,就是石头大了弯着走,好话也能熔化花岗岩,就把这个老水磨救下来了。大翻译说,你是舌头好,把枯井可以说成大海。满满子说,问题是你要找到它们的洞洞。

正说着,二翻译嬉笑着来了,他什么时候都是向日葵一样高兴。说,来晚了。姜处的微信悄悄地来了,我看见的时候,已经过了半个小时了。大翻译说,你也和姜处一样把耳朵借给岳母洗袜子了吗?二翻译说,我岳母用的是一次性的袜子,脏了就扔。大翻译说,你岳母的脚幸福啊,你的手也占便宜了。以后姜处不要给买买江发信息了,聚酒的时候,你去背他,积德嘛。我说,我的耳朵历来是忠于你的,背着朋友喝酒,也是耷拉着脑袋锻炼身体嘛。大翻译说,不是锻炼身体,是学会侮辱自己,你才能体会侮辱这个词儿。你们不懂,也看不出来,许多动词和形容词,是从名词那里演变的,你们该看眼睛的时候,看大腿了,于是一些词被扭曲了,本来是站着尿尿的命,最后蹲着吃剩饭了。二翻译说,我要修正错误,要争取站着尿尿。大翻译说,你有这个条件,但是要和你的脊梁商量好。

大翻译用浑浊的声音把满满子叫过来了,指着二翻译,说,你认识,是我的徒弟。又指着我说,这个朋友,姜处,在政府工作,你可能不认识。姓姜,不是姜皮子的姜,是姜子牙的姜。满满子说,巴掌大的城市,怎么会有不认识的朋友呢?电视上见着呢嘛,每一次脖子上都有领带,说话结实得很。大翻译说,那个叫姜子牙的人,你认识吗?满满子说,记不起来了,见了认识。大翻译说,就是那个在伊犁河桥头卖玉的老汉嘛,白白的胡子,威风着呢。我笑了,没有说话。二翻译说,专门钓鲇鱼,上钩的白条呀鲤鱼呀都扔河里。满满子说,这老爷子有意思,什么时候去拜访一下。大翻译说,喜欢喝酒,我什么时候请来,你安排一下。满满子说,多谢金哥哥,你这个人,走哪里,都是一加一等于二八一十六啊。大翻译说,好说,今天就我们三个朋友,好东西你就都上一点,你知道,酒漏子,都嘴馋,你满足一下。今天我们是冲着你的"乾隆拌面"来的,上小份,我们尝尝。咱们伊犁人吹牛可是能天上地下,乾隆爷爷品尝的是天鹅肉,都是天下长舌头的东西,你吹什么不行,鹿肉、天马肉、野羊、雪鸡的,都可以玩啊,撂出了个"乾隆拌面"。那个年代,这东西能进宫吗？满满子说,这是一代代的爷爷们传下来的说法嘛,没有的事情,我敢说吗？我们是靠手艺吃饭的人,不敢胡来呀。大翻译说,你先上,我们尝尝,酒哥们儿都是美食家,我们给你评个价。

"乾隆拌面"上来了。视觉上很上眼,色香味是没说的,严格地说,是碎肉拌面。就是面粗了一点。我尝了一口,味道里面多了一种生姜味。大翻译也吃出了名堂,说,应该是"乾隆拌面",生姜末和面咬嚼在一起,诞生了一种新的味道。满满子说,你金哥哥才是能看透黑暗的人,我这个碗都是当年乾隆用过的碗,当然是仿造的。景德镇的师傅给特制的。你看碗肚上的盘龙,和那个年代的没有两样。你看那碗口上转悠的祥云,也是那个年代的祝福。二翻译说,要是不算放了生姜,我看像棍棍面,就是以前马车夫和苦力吃的那种面,大拇指那么粗,一天不消化,干活的人和出门人喜欢吃。大翻译瞪了二翻译一眼,说,我们就是那个时代的"马车夫和苦力"。他又看着我,说,姜处,说说,像不像"乾隆拌面"？我想说像碎肉拌面,但是感觉气氛有点不对,如果大翻译不爽,他兜里的万块钱,所谓的万块钱吧,不会变成我们今天的悠然和潇洒,酒肉不能穿肠过,今天的气氛就让人浑身痒痒了。我说,就是"乾隆拌面",满满子不是说了吗?是无数爷爷们留下的话呀,那个年代的人会说假话吗?大翻译慢悠悠地一字一句地说,姜处是有学问的人,人家满满子把话说到这个份儿上了,怎么会不是"乾隆拌面"呢?咱们的买买江不是没有学问,而是学问罐子漏着呢,主要的成分都漏完了。满满子,上酒,上伊力王。你这里雪鸡煲汤有没有?满满子说,哎,这个没有,这东西稀少,昭苏县那边有。大翻译说,这你就偷懒了,伊犁这个地方,什么东西没有?鸡奶都有,雪鸡煲汤没有?叫人找去,森林宾馆就有,几百年前的"乾隆拌面"都有,雪鸡煲汤没有?丢伊犁的人嘛这不是。满满子说,我叫人去找。你不是喜欢吃羊羔肉吗?大翻译说,晚上闭上眼睛睡觉的时候,你知道会有什么样的梦来玩你吗?这个老水磨,它知道半个多世纪以后,你金哥哥我会坐在这里颂扬那些麦香吗?这个昼夜不停骄傲运转的老水磨,它会知道它的今天是"乾隆拌面"和雪鸡煲汤的痒痒吗?时间是无聊的,你十年不打招呼,它不会动你一根汗毛,是人在折腾。只要你还记着你出生证上的号码,你就能找到那扇没有把手的隐形门。大家沉默了,谁也没有说话。

  大翻译和以前一样,没有开喝就醉话满堂了。我看出二翻译脸上有点恶心他的意思。他说,金哥哥,有羊肉的地方,叫腾什么鸡呀,鸡是吃屎的东西呀。大翻译说,那是你们家的鸡。你见过雪鸡吗？二翻译说,没有。大翻译说,那我没法子给你说。好好长大吧,春天把青春给你了,你瞬间把它滑滑梯了。看着就一只鹅,你把这宝贝当老妈子了。和你金哥哥学喝酒,不都是端杯子的姿势,还有洞洞里面的罐罐,吮吸最后一滴酒的时候,嘴唇和酒杯痒痒喉咙,哧哧地做出声响,你能听懂那种玩法的意思吗？密码就在这里,你要和你的骨髓一起努力才行。大翻译把话扯远了,我咳了几声,说,满满子的名望,我是听说过的,他在汉人街上吼一声,伊犁河南岸的狗也睡不着。没事,他一个电话就能把雪鸡煲汤叫来。满满子,咱们留个手机号。我把我的号唱给了他,叫他给我拨他的号。而后,我给他写了两行信息：随便找一贼鸡高压锅折腾一下,放一把贼鸡精,老贼这个年龄喝不出雪鸡汤味道。不好意思,他今天又折腾了一沓子钱,胡话满堂了。满满子站起来,说,今天是个好日子,金哥哥让我认识了一个脊梁骨完整的汉子,雪鸡煲汤,尕尕的事儿,天鹅煲汤我也有。

我的朋友吾拉穆·艾山不看好我和大翻译和二翻译做朋友。他说,找不到人了吗？两个都是响当当的世纪萨朗（疯子）。我多次解释,是酒友,解闷儿的。其实,这是转悠他的话。他说,都一样,那两位,什么货色,你应该知道,他们年轻时代的朋友,一个也不找他们了。特别是那个老贼大翻译,基本上丧失了人的味道。当年,他和多力坤·托乎提是亲密朋友,是开裆裤时代的一条裤子,最后他卑鄙地来了那么一手。他的死,依据后院理论,也算是他下毒手了。你还和人家嘻嘻哈哈地喝酒,你当然不知道人家骂你们的话。他们说你是一只干净的苹果,他们二位是上世纪遗留的旱厕,臭到头顶上了,说一只苹果掉进了熏臭的旱厕里,要我想办法救你。我说,我佩服大翻译的水平,在这个城市,维吾尔文译汉文,汉文译维吾尔文,维吾尔文、汉文、俄文互译,他是第一人,他有许多怪异的毛病,我就是想探明他这种狂妄脾性的根源,特别是他和多力坤·托乎提的关系,为什么走到了这样一种地步。吾拉穆·艾山说,有意思吗?多力坤·托乎提能从坟墓里出来吗?我说,这对今后许多人有好处。他是一个丰富的人,他的文字能力是先天的,在翻译这个行当里,我这一辈的中年人,还有那些睿智的青年人,无法超越他。政治经济学方面的书籍,古诗词,中外文学作品,他都译得非常好。我对照阅读过他的译文,我深深地佩服这个人,是个全才。从小读书多,非常认真,记忆力好。但是这样一个人,结合他的生活态度和行为,在一些具体的事件中,他心中的那个善,去了哪儿呢?在每一个人的灵魂深处,都有那么一块固有的善,妈妈给的善,摇篮给的善,摇篮曲给的善,天山深处的盐巴给的善,粮食给的善,长大了是良心和文化给的善,他的这个东西,去了哪里呢?我想探究这个东西。难道他不需要善吗?厌恶善吗?有的时候,我猛然会有这样一个想法,在危险的一个悬崖边,他拥有许多绳子,但是他找不到绳头,在非常紧迫的瞬间,他的逻辑会突然中毒,他的思维颓废糜烂。为什么?我就是想找到这个答案。如果一个人拥有超智能力,这个人的骄傲应该是他的瞬间呢还是他的人格要在人间留下的盐场?大翻译看似生活在自己的善本书和神秘的哲学章节里,但是在另一些酒桌子上,我又会发现他的哲学是没有逻辑的,是孤独的。当我用稿费请他喝酒的时候,我甚至会发现他是一张迷魂阵似的渔网,他用自己独有的形容词来贿赂你,其实那是他的动词,他藏得很深。这是他的嗜好吗?和他喝酒,是我的一个偷窥,他的心在舌头上飘摇的时候,我坚信我会捕捉到一些本质的东西。

九

我们基本上是每周聚一次。有的时候二翻译买买江不到周末就安排喝酒,强制性地约你,不同意你没有时间。那天是星期二,他特意安排在了西桥鱼庄。我是最后到的,进来就看见大翻译的脸色不对,像上世纪初输掉了情妇的赌徒,满脸愤怒。后来明白了,这是二翻译赎罪的场子。酒喝到一半的时候,大翻译说,买买江,你的那个卖字儿是卖嘴皮子的卖还是埋葬的埋?我迅速地看了一眼二翻译,但他脸上没有丝毫的不悦,说,金哥哥,这汉字的意思,还是要听你的,什么时候是什么意思,你说了算。比如说金哥哥的金字,维吾尔语里叫阿勒屯,但是在汉语里,意思就多了,它的解释权在你那里。全世界都一样的一点是,屎是黄色的,但它不是金子,是吧,金哥哥?大翻译笑了,说,好好学,你是有希望的。我在手机里给二翻译写了一条信息:你这几天得罪老贼了吗?他回过来一条信息,说:不是这几天,很多年了。我又写了一条信息,说:你喜欢和他斗着玩儿。他回过来说:不是喜欢,是具备了坚定的意志。大翻译笑了,笑得像臃肿的皮条客,说,你们二位在手机里骂我吗?我喜欢被人骂,可以骂走一个人身上的邪恶,就附体到骂人的人的歪嘴上耷拉着,丑陋他的形象。骂和被骂,落地的疲软都作践人的灵魂。我说,金哥哥你误会了,我们的脚印和意志,都是你的追随,你是我们的春天和秋天。大翻译说,那谁是你们的夏天呢?二翻译说,有的时候是我,比如像今天。大翻译说,人不要脸鬼也脱裤子痒痒屁股。二翻译说,昨天我在梦里看见一个老鬼的屁股丢了。大翻译说,可怜就是憋不住气,屁股也看不住,屁股是最容易被收买的。刚才,姜子牙的后人说到了爱情,爱情在春水里面的样子是月亮的妹妹,是万人的心口,是懵懂的萌芽,渴望的蓓蕾,秋水养肥了以后,时间的花瓣撕裂灿烂,情恋灌溉呼吸,双眼痴情满满,流浪的秋风露宿枯萎的花瓣,风华昂扬的婚夜,曾经绚烂,纯情雄风曾经在前,君柳飘扬生生死死恩爱无边,时间的麝香装饰一度的容颜,春天的天姿埋葬糜烂。生活的美好,留住了记忆的屏幕,回忆是人人的金项链。我说,大师,我们还没有开喝,你就来词儿了。大翻译说,词儿是原在的哥们儿,在人气的胸口,安慰往昔的碎片。我说,记忆在许多雨水以后,像苍白的雪片,埋葬所谓的天籁。偶数里的展翅绽放,勾引哀鸿,赤裸的彩虹,在缥缈的人心里,也有自在的弯弯曲曲。停水的时候,沟渠的模样,不要示人,你不必揪住从前不放,问问渠水和河流,江海是慷慨的,你会明白,在它们的岸边,有许多璀璨,你伸手抚摸玉石,在阳光下命名它们的存在,你会发现你炙热的从前,你会发现盛夏为什么会有许多酒杯痞子一样匍匐着你的影子,你会发现你曾经得罪的时光,拥抱的不是你的拥抱,许多屋子和抓饭不认你。你晒海岸,那些浪花和天热是不收费的,这还不够吗?你总是狂颓地贪我的宁静,最廉价的念珠,也能算出你的贼心。该躺下的时候,你不要乱跑。大翻译说,那么,谁人陪我喝酒呢?我说,酒杯。酒杯够辛苦了,你还不满意吗?大翻译说,酒杯有人气吗?我说,撤销你的篱笆,你会充满人气。二翻译痒痒了,说,其实,现在就该开喝了。

每一次吃饭,其实就是喝酒,都是这样窝里斗,看似客客气气的,实质是那些动词名词形容词相互颠倒,被侮辱,被揉成沉重的锁链,挂在彼此的脖子上耷拉着,在酒肉的熏陶下,安慰彼此的嘴脸和心房。显然,大翻译听到了二翻译骂他的话,说,老贼译的托尔斯泰的《安娜·卡列尼娜》,许多地方和当年在阿拉木图出版的维吾尔文版的句式是一样的。意思是,金哥哥你有抄袭的嫌疑。也就有了大翻译开始的"你的那个卖字儿是卖嘴皮子的卖还是埋葬的埋"的侮辱,都是不能拿出去在外圈里讲的语词。也因而,我们不好请他人参加我们的酒饭。他们之间最早的恶视是从二翻译开始翻译《鲁迅小说选》时开始的。大翻译听到这个消息,说,这臭尿尿还没有学会擦鼻涕呢,就开始讨好月亮了。鲁迅是什么人?诞生的时候就是站着尿尿的人,是彻底掏空语言的男人。那个给老婆洗裤衩的二翻译,能译出鲁迅的骨髓和骨气吗?鲁迅哥哥那是什么底气?那些传闲话的人,再做一些加工,把这些意思分别传到他们俩耳朵的时候,都能电棒一样刺激他们的灵魂,怨恨就开始在他们的喉咙里燎原。

　　大翻译给新朋友的感觉是博学、智慧、脾性好、谦虚。但是他在这些词汇的照耀掩盖下，也微妙地贩卖自己的虚荣。那年，我在北京工作的朋友艾尔肯·买买提来新疆搞田野调查，我请他吃饭，也请大翻译和二翻译作陪，大翻译抓住机会，开始卖弄学问。说，艾尔肯·买买提兄，我听说过你的名字，在北京工作，你是福气的爷爷呀。我是一个热爱翻译事业的人，在梦里也翻译作品，翻译就是我的生命。吃饭睡觉是爸爸妈妈给的一个任务，我自己能站起来睁开眼睛的力量智慧就是翻译文学作品。在我们的文化生活中，如果没有可以埋葬颓废、拯救无聊、让死人复活的"海内存知己，天涯若比邻"，没有"黄河之水天上来，奔流到海不复回"，没有"天生我材必有用，千金散尽还复来"，没有"朱门酒肉臭，路有冻死骨"，没有"人人都说神仙好，唯有功名忘不了"，没有"劝君更尽一杯酒，西出阳关无故人"，没有"生如夏花之绚烂，死如秋叶之静美"，没有"大漠孤烟直，长河落日圆"，没有"独在异乡为异客，每逢佳节倍思亲"，没有"人生自古谁无死，留取丹心照汗青"，没有"无为在歧路，儿女共沾巾"，没有"先天下之忧而忧，后天下之乐而乐"，没有远方失乐园的繁华和天下万国醉心暖骨的文学关怀，没有宁可朋友千万不可金钱千万，那些酒肉潇洒哼哼哈哈，屌毛都不是。活着本身是个无聊的事,懂事以后,你知道人是来自何方又要去哪里,坟墓不是在很远的地方,这个过程就是个过山车,一会儿上面一会儿下面,一会儿前面一会儿后面,如果没有文学的关怀,没有文字的安慰清醒,人会重新回到达尔文那里去的。艾尔肯·买买提说,好,大哥,你可是从指甲到头发都是学问啊,相见恨晚啊哥哥。说得太好了,翻译的世界,才是温暖心灵的世界。天下所有的人都能享受天下所有的精神资源的时候,翻译的角落就是中心。你刚才说的那个坟墓,我们是不怕的,因为我们生活在文学的世界和科技的世界,我们没有吃亏。死亡是时间的颓废,在生命的黎明和曙光里,我们是向前的,我们没有低下头,我们和生活在一起。

那天,从开始到最后,都是他们二人在热聊。我和二翻译聊他的鲁迅翻译。有许多词儿,在维吾尔语中找不到相应的词语,他非常头疼,说,开始接这活儿的时候,和屁股没有商量好,现在蹲下起不来了。老贼说得对,但是他的方法是不对的,他不应该看不起我。我说,你应该请教金哥哥嘛,没事的,脸皮还是要厚一点,那个满满子的活法是石头大了弯着走,是对的。草原上的公羊你是找不到的,羊羔属于你就行,道理你都懂啊。二翻译说,折磨人的东西,就是这个道理。

那天,大翻译讲了一些我没有听到过的词汇。是他自己创造的词汇,比如"猫了",是糟蹋人的意思,喝酒叫"活一下",男人叫"棒",女人叫"扁",窝囊叫"布条"。后来艾尔肯·买买提对我说,这个老学究浪费了,这个人是个宝贝,几种语言文字,中外历史典故名句各种文字都能流水一样上口,他能看清蚂蚁的耳朵。这样的人,哪儿找啊。我说,是个大翻译家,找他的译作看看,文字功底,那可是狼狗一样厉害。我不知道艾尔肯·买买提明白没明白我藏在里面的意思,人你不能经常聊,风景要站着远远地看,如果你朋友上了,那脏话你是受不了的。就像有的要靠化妆品拯救的所谓美女,远看是玫瑰,近看满脸是麻子,精神提不起来。

大翻译在他事业最缭绕的时期,发表过一篇论文,题目极怪,叫《翻译的加减乘除》。开头说,文化世界,文字社会,为什么要有翻译呢?是人心渴望交友和文明的期盼。文字社会的辉煌是尽可能地利用一切文明成果,消除人和物的陌生化,在自己的熔炉里,熬煮多元文化的灿烂和支持,把陌生的眼睛打造成亲切的渴望,在文化的善水和波涛里,享受文化的温暖。他的另一个观点是,翻译是适应世事软化他者,是需要终身学习的行当。要熟悉他者的花朵,那是一朵可以接近的玫瑰,要学会欣赏不同的花蕊,它们是时间的灿烂和地域的恩赐,要利用他者的花篮,人类的智慧是共同的温暖,是迈向平视的灿烂。要研究语境,让逻辑支撑灿烂,如,方言的魅力和流畅,暗语的推动,词语的自然搭配,也是光彩亮丽的美丽;也应该有海底珍珠一样灿烂的底线做支撑,这也是读者十分欣赏的东西。译者和作者的沟通,是成功的一半。不会、不认真、不虚心和作者沟通的译者,是拙劣的二把刀,不可能在译坛留下自己的声音和劳绩。译者要会提问题。要学会跑堂,放下香架子,在学习中学习翻译,把译的过程当成重要的作业,把读者和专家的评价当作鞭策和台级,执着地训练脾性,继续攀登。他的"加减乘除"说,有自己的一套,所谓的加,不是填词,而是译者的出路。你要照亮自己的、读者的眼睛,让人家看懂你的翻译,就必须输出你独特的智慧,眼前一亮的文字。自己懂和他者懂,是翻译的第一光荣。在更多的时候,翻译是危难时期的接生婆,娃娃顺利了,她走人,幸福和光荣,是那个家庭的。所谓的减,是译文精练,最高树枝上的红苹果一样透亮;要学会亮出译的暗线,不迷信诱人的辞藻,抓住译的两头,中间不能打瞌睡。因不同文化的欣赏需要和固有的美学理念,需要在译文中减去所谓的灿烂,给读者亮出暗在的美,那是最结实的译文。在一株玫瑰里,剪去等待机会的蓓蕾,不要让它干扰尖头的玫瑰傲立。所谓的乘,是要借用许多不像是动词,但又起到了动词作用的名词或是形容词,打破词语原在的依附，直接描绘，向读者讲清楚这个人物和这个东西是一个什么样的洞洞，从深奥的形容词的迷惑中解放出来，把那个词的原形抖清楚，消灭原句的游戏性和故作深奥，在镜子前面说话，照亮彼此。所谓的除，就是要掩埋啰唆，把懒婆娘的裹脚布一样长的句子，整合到一个镜头里，不拐弯不曲线折腾，彩虹一样清晰，让译文成熟成功。

好多年来，和大翻译喝酒，我明白了他肚子里面的虫子，就是他的脸对我是敞开的，心是藏着的。这从他的脸上是看不出来的。因而只要有机会，我就注意隐秘地掌握他对我藏着的那些哲学。我对他早年的生活和趣闻，他的尴尬和干净、肮脏都感兴趣。节假日周末参加民间的一些活动，只要有他的话题，我就咬住不放。在一些喝酒的场合，如果有人贬他，我就隐秘地配合跟进，关键的时候撂出一句怪话，引人家上钩。读者对他的意见是"乱打巧整翻译法"。不重视不忠实原文的句法和结构，用词轻重随意，加法充裕，美学不够。对他的那篇论文《翻译的加减乘除》有意见。他也及时撂出话说，"忠实原文"是什么意思？那些原文在作家的灵魂里是"忠实"的吗？哪一个翻译家能保证那些作家没有利用祖先留下的语言呢？人人都是妈妈奶水的蹦蹦跳，当我们学会自己找奶吃的时候，我们的味道还是当年躺在摇篮里哄星星的天鹅水吗？是时间的盐巴让我们在小河里看到了江河,在这个无限痒痒的滋润里,我们不可能跪拜那个洁白的精神元素。因为该睁开眼睛看的时候,我们睡上了。当有人赞美他的译文,说他是一个了不起的翻译家,最大的本事就是会玩手心手背,艾青的诗,郭小川的诗,舒婷的诗,普希金的诗,李白的诗,托尔斯泰的小说,巴金的小说,王蒙的小说,铁凝的小说,译得都像肉馅一样流水一样顺畅,像夕阳下的伊犁河那样温润精神飘带,他也有说法。但是那些人品不出他的调料。他说,人的语言基础是他的骨头,但是牲口也有骨头。这样的时候,人家就说他神经有问题。他在酒场子里放出话说,翻译就是玩神经的买卖,不是没有骨头夯起来的东西。我可以从这两种极端的评价中,捕捉到民间对他的评价和在这种"批评"的汤水里的汤水。有的时候,大家喝酒的时候,也能道出对他的一些私密的不满,说,从他的译文就可以看出他隐秘的性格,他的脾性有的时候和他的肾脏换位,麻烦他的声带。有的时候,我们在苜蓿街邂逅,他会说他从一头陌生的牛那里赊了一瓶奶,回家孝敬老婆,如果我能像百年前的汉子那样慷慨一些请他喝几杯,他会把我的恩典刻在他永恒的墓志铭上,宣扬我的品德。我就会笑着请他喝酒,这样的时候,我很乐意,因为他会在几杯酒以后,说出我从来没有听到过的话,让我有一种惊奇,佩服他的语言能力,也担心这种蹂躏语言的说法是不是也是一种可怕的胡诌。因为乡下的一个奶奶说过,要一辈子说漂亮话,并把这种习惯留给子嗣,写在遗嘱的脊梁上,让他们一代代煮饭吃。那天,在羊肠烤肉的陪伴下,我们喝了一瓶伊力大老窖。最后一串羊肠烤肉吃完,我说,今天就这样吧。他说,男人不能替酒杯说话,男人要储存自己的尊严。当一个紊乱的人突然在飓风里变成灯塔的时候,会有许多人争着报销这个汉子的悲剧,时间的眼睛顿时蝴蝶的翅膀一样飞舞,风的耳朵回应光明诵唱,一些星星也会围绕月亮。你看着都是光,在犒劳大地,但是你不会发现,它们是在不该痒痒的时候痒痒。这是看不见的学费,也是鸡诅咒天鹅的腿长毛短。向酒杯学习,就是储存最后一杯酒的味道。

第二章　陌生的路和自己的影子

一

大翻译退休以后，一段时间变得非常颓废，穿戴像走狗的舅舅一样非常陈旧。把撂在杂货间以前洗得没了样子的裤子上衣穿上，视觉上显得脏兮兮的胡子留上，起码是几个月没有刮过的胡子，就出来在街上溜达。给我打电话，说，姜处，姜处先生，姜处弟弟，姜处翻译家，一上午从打字房里拿到稿费了，想吃"乾隆拌面"了，如果手脚没有让敌人老婆绑住，就下来陪我喝酒。我下来看到他那个样子，就没有兴趣，说，你怎么还是这样？该听话了，退休了要穿好衣服，让憎恨你的人恼火屁股痒痒才对嘛。他说，你不懂，前一段时间一些不要脸的梦骚扰我了，细节就不好说了。梦是一个人一生中最大的秤砣，你明明买了十公斤肉，秤砣玩成是二十公斤,这个蹂躏道理的过程,你的骨髓就淹没你的智慧灿烂,闭着眼睛的乱,是一切卑鄙的基础。这是多么大的沉重的学费啊。我就去找了那个在汉人街屠宰场后面住的算卦的奶奶,她的说法是,羊肉回到家里的时候,灿烂的代价是在皮带里预备小洞洞,男人的臊味诅咒猫头鹰和蝙蝠的时候,蝴蝶向爸爸们好汉子们敬献忠告,在精神上看清诅咒的密码是装傻,旧衣服的味道是旱厕的朋友,我的敌人会发现我的精神死了,他们的毒药就会蔫下来,我们就可以继续"乾隆拌面"。我自己明白,我的哲学是有眼睛的。有的时候他会装得非常可怜,企图让我信他没有钱喝酒,说和他联系的四个打字房都没有活儿,敌人老婆完全把持奴役了他的几个银行卡,要我请他喝酒。我不信,但是我不会在脸上露出这个不信,说,我总觉得麻达出在你的心上,嫂子也是一个老学究,会是那样一个人吗?他说,那是她的第二个脸,救救我吧,已经一周没有闻到酒味了。如果我突然死了,两个世界都不收我,让我在街上腐烂,你脸上也不好看。我决定和他玩到底,请他去了另外一个饭馆,一个不认识我们的饭馆。他说,吃人家的饭,就是精神嘴巴上的奴隶,像牲口一样,给什么吃什么。如果今天晚上我突然死了,记着弄一碗"乾隆拌面"和我一起埋了。可爱的生活,到了我就闭上眼睛了。君子报仇,明天不晚。我说,今天我也是没有能顶你好肉大酒的钱,这几天和老婆吵上了,不好意思要钱。二桥那个面馆有一段距离,他说要打的,我说钱不够,咱们玩两块钱的公交车。他说,那好,我今天也感受一下被蹂躏男人的末日。原来银子这个东西,才是瞎子的眼睛啊。我们坐上了公交车。一位嘴唇灿烂眉毛会说话的芭比姑娘,把肥圆的屁股坐热的位置让给他了。他说,谢谢。多好的姑娘,非常有教养,谢谢。我在一旁观察他的动作。他的眼睛落在了芭比姑娘的前胸上,可怜的连衣裙把她肥美的暖胸露了三分之一的光芒,熏香的香水味开始扰乱他没有立场的眼神。他开始长长地呼吸,偷吃芭比姑娘身上妈妈给的银子买的高级香水的味道,从他的鼻子流进去,烤烧痒痒他的肚脐子。他的眼睛醉瓶子一样漂白以后,说,好姑娘,您好,不好意思,手表几点了?芭比姑娘微微地张嘴,唇片舞动了一下,性感的舌头伸出来,转悠一下,痒痒地说,六点啦。他说,谢谢。您的手表是什么牌子的?这么漂亮。芭比姑娘玩着睫毛,说,是上海牌的。他说,您多幸福。我在您这个年龄时,梦想有一块上海牌的手表。那时候,有上海牌的手表和自行车,那是宇宙她妹妹一样的幸福。但是很多年以后,我才实现了这个愿望。那时候,一公斤肉还不到一块钱,现在五十块钱了。但是,我最终也幸福了,和您现在的幸福一样。芭比姑娘说,时间和时间抱在一起睡觉的床有可能是一样的,但是我们的感觉是不一样的,那时候你们炫耀脸上的皱纹,现在我们热衷于隐藏皱纹。他说,好姑娘,你们家的智慧都爬到你舌头上排队了,你舌苔比你的见识还要深。平时,我会有许多感受,但是我的舌头硬了。青春的时候,它是不幸的。以后虽然抬起头来了,但还是说不出我脉搏里的感受。这样说来,人的经验是无聊的,因为时间它比我们早看到了死亡。你应该是喜欢听故事的好姑娘,我把我的手机号给你,有事给我打电话。一个像我一样看到了死亡露出一只手的人,他的幸福,也就是有尊严地把生命交给土地的智慧,就是尊敬像你一样的好姑娘,把最温柔的形容词,献给你一样可爱的姑娘。芭比姑娘的眼睛开始飘起来了,在大翻译的头上转了几圈后,飘下来,开始痒痒他的喉咙。他在手机里储存了芭比姑娘的手机号,说,有事给我打电话,我骄傲我能认识您。芭比姑娘点了点头,像熟透了的桃子,掉进了他的嘴里。芭比姑娘到站了。他看着她的圆屁股,凸出的喉结开始鱼鳔一样起伏,他的眼睛,把她送到了很远的地方。我在他背后装着什么也没有听见,说,刚才那个美女,你认识吗?他说,认识,在中医医院工作,给我瞧过病。号脉扎针有一手,她给你号脉的时候,你可以看见你在月亮里面的幸福。哪天你去体验体验。我笑了,但是他没有看见我的笑脸。

我们又走了两站,一位机器人姑娘一样倩丽的美女上车了。她站在车中央,靠在扶手杆上,闭上了臃肿的眼睛。这姑娘经不起近看,我的第一感觉是,这是一个随便的姑娘,穿戴一般,裙子有点脏,我特别注意了她的双手,手指很长,和她的个头儿不相符。我突然发现她的指甲是不忍看的,给人一种残酷的丑陋,几乎所有的指甲里都有让人恶心的黑垢痂。我把视线从她的形象上移开了,如果没有发现她的指甲里面的那些垢痂,只看她的脸蛋,还是可以的。理想的胸脯在车的颠簸下像刚生下的羊羔一样晃动着,是可以安慰一些脏眼睛和傻眼睛的。但是,指甲里面的肮脏,似乎也影响了她基本的品位。我看了一眼大翻译,他已经注意上这个姑娘了,似乎眼睛里也有了一些半吊子似的诡计。这时,姑娘的手机响了。姑娘掏出手机,看了一眼号码,把手机给到耳边,叫唤了,哎,蔫货,有脸给你奶奶打手机吗?你膝盖不行嘛,折腾老半天也不下了雨嘛!什么?请我吃伊犁河野鱼?你自己先养好吧,光嘴痒痒不行,不要给我打电话了,我不接了。姑娘收好手机,悠闲地吹起了口哨。大翻译的脸色变了,只要碰到这种事儿,他就能超负荷地使出自己的劲儿。他阴沉沉地说,今天不会是世界的末日吧?我长这么大,还没有见过姑娘家吹口哨呢。乘客们听听,你们见过这样的姑娘吗?见过这样打电话的姑娘吗?这和在煤矿拉煤的驴驴子没有什么区别了嘛！你们听她刚才的那些词儿，太吓人了，地都害臊了，过一会儿不会地震吧？昨天我梦见一个魔鬼把一公交车推进伊犁河喂鱼了，这姑娘不会是那个魔鬼吧。大家评评，她就没有把我们当人嘛！我一直在注意姑娘的脸色，担心大翻译惹出事儿来，大家都不好看。我在他后面拉了拉他的衣服，意思是不要管闲事。大翻译说，拉什么拉我的衣服？是你的相好吗？我说，金哥哥，咱们是去喝酒的人，骆驼见了没有？没有。大翻译说，什么骆驼？你的耳朵有良心吗？你一个男人，听着那样恶心的言辞，不诅咒这个烂货，还包庇她，你是她的什么人？姑娘顿时瞪大眼睛，来劲了，说，什么？谁是烂货！你老贼是不是想掉几颗臭牙了，回去嘞你老婆的下巴玩呢？我说，你这个姑娘，太恶劣了，有你这样和老人说话的吗？姑娘说，这老贼骂我的时候，你在吃棒棒糖吗？你是他擦屁股的手纸吗？我说，姑娘家，老实一点，我会把你的眼珠子挖出来的。姑娘说，你敢动我一根毛吗？大翻译站起来了，指着姑娘的鼻子，说，你真是不要脸！车两边的乘客围过来了，刚才一直在观察姑娘接电话的一胖墩汉子，说，大家都冷静一点，这样不好。你一个姑娘家，在公共场合能说这样的话吗？下一站你下车吧。姑娘说，你蔫球管我下什么车呀？我想说什么话就说什么话。胖墩汉子大步冲过来，说，你要不是姑娘,这会儿我会把你的舌头抽出来的。这时,公交车停在路边了,光头司机扒开人群走过来,说,吵什么呢?早晨把鹿鞭吃上了吗?这尕丫头还敢顶撞老人,滚下去,到路边抓个母驴骑回家去挠痒痒,骚货!姑娘冲着光头司机说,你个没毛的二腻子,我一个手机叫人来就能把你送回你妈妈的那个地方去。光头司机大手伸过来,抓住姑娘的手,把她拉下车,推到人行道里的渠沟里,说,臭尿尿,把我的车牌号看好,把你那些不男不女的货色们叫来,尝尝趴下叫哥哥的滋味。姑娘从渠沟里爬起来,开始大骂光头司机是"光头土匪"。光头司机回到车里,来到大翻译跟前,说,老哥,我刚才从后视镜都看到了,你才是好汉,这个姑娘,心不干净,嘴不干净,就是要和她斗。光头司机回到驾驶座位上,把车开走了。

走了六站,我们在二桥下车了。我说,金哥哥,你管闲事的毛病又痒痒了,没有意思,你掺和人家裙子里面的私事干什么?大翻译说,你应该知道,我不是混饭吃的人,每一片叶子,都和我有关。我说,那些枯萎的树叶也和你有关系吗?大翻译说,甚至它们的把子也是我的朋友。达吾提·沙拉木的饭馆我不常来,主要是远,但是面好。我选择了南边旮旯里二人座位的小桌子。大翻译不干,说,花钱喝酒,藏起来干什么,男人嘛,要昂着头做事,咱们坐窗下的这个位置,看着外面的风景,瞄瞄进进出出的汉子们,那才是喝酒。我们要了两份碎肉面,味道极佳,面有嚼头,碎肉菜清香,舌头喉咙都润润的,胃兴奋,大小肠子都暖手宝一样暖心。我要了一盘红豆一样可爱的花生米,十串羊肉串,还有一只手撕土鸡。大翻译不高兴了,这又不是他的风格,说,姜处,男人不能在人家乞求他赐酒的时候狂妄,肚子吃饱了,伟大的麦子恩爱我们,这已经是可以写在家谱里的幸福了。下酒最好的东西是花生米,一盘花生米可以玩两瓶子酒。十串羊肉串已经是奢侈的妹妹了,你再来一个手撕土鸡,你这不是在我面前逞能吗?这个排场,你做给谁看?我笑了,说,金哥哥,这叫排场吗?大翻译说,应该是排场的一个远亲。手撕土鸡就不要了。我心里不同意,也没有说话,要了一瓶伊力大老窖,找来燕京啤酒厂赠送饭馆的啤酒杯,倒了大半杯酒,把啤酒杯恭敬地放在了大翻译面前。我说,咱先尝尝真酒嘛假酒。大翻译喝了一大口,说,就是它。我十三岁的时候喝的就是这个味道,那个时候这酒叫"花城大曲",名字变了,味道还是它。人是要死的,但是酒味不死。这就叫时间的忠诚。可惜的是,好多年以后,我才发现自己一直是个漏水的葫芦,一直生活在愚蠢和愚昧的麻袋里,自我膨胀,认为自己懂一种燃料里的众多因子,是自尊之子。实际上,那些年里,我把自己的好裤子当马桶了。我说,从来没有听过你自打嘴巴的事情,你是智慧之子啊。大翻译说,我到这个年龄,该我说真话了。那年有机会到其他省市去考察,是一个好机会,第一次看到了海。海原来是男人的第二只眼睛,是男人隐藏的挚友。以前在翻译文学作品的时候,读到作家们描写的海洋,觉得那是作家们一种病态的精神倾诉。那天看到成熟的好奶奶的面庞一样善良的海面,我看到了我肚子里面的虫子,我错了,内心里有一种病态的东西在统治我的感觉。原来大海才是慷慨的三生万物,静悄悄地收留了人间万年的智慧和在通向智慧之路的把戏。人有底气的时候,往往会忘记厕所的味道,这是东海给我的礼物。我觉得我有一种毒辣的后悔,我应该早一点到东海来。阵痛极致的海水退潮的时候,我看到了从十岁开始抚养我的时间和敬爱我的无数瞬间以及我自认为藏得很深的时间。我惭愧,以前所有的装硬,在时间面前,像上海的哈哈镜一样可怜。在我最早的意识里,我虽然不认识农民和他们的麦子,也没有向尊敬的磨坊表示过感谢,但是家里孩子有馕,这是所有的银子的中心。那时候家里没有自来水,要到马路边的水房里去买,两桶水两分钱,五分钱可以看《地道战》和《铁道游击队》,而我的野心是在外面的荣光。那是我能在一切颓废孽障和高昂的时间里站着尿尿的资本和缓慢的天命。我从收留我的时间和命运的海水里看到了我的玄机,所有需要我修正和清洗的东西,都在海水里等着我呢。那年,我看到我这个沉重的时间,觉得我失去的不是时间,而是一窝儿一窝儿阳光。我最后的可怜是,五年前,我的敌人老婆来过东海,她看到了我在海面上狼狈的这些时间,她看到了我的丑陋和众人唾骂我的那些恶词,它们在海面上狼狗的肠子一样丑陋,但是敌人老婆没有告诉我这个无耻和卑劣。于是我开始惩罚自己,在关键的时候,为什么没有人给我指点一下呢?既然敌人老婆发现了我屁股上没有穿裤子,为什么没有第一时间告诉我呢?于是我发现自己不是东西,这是我一生中最大的发现。你说我没有眼泪吗?已经和我的血液交了朋友的敌人老婆,没有告诉我应该改正自己的这个秘密。你现在说说,我是什么?我还能享用你的手撕土鸡吗?我笑了,说,往事是午夜的瞌睡虫,我没有发现你有什么不对的地方。大翻译说,你就装吧,年轻本身也是一种球奔拉。

二

手撕土鸡上来了。视觉上极美,亮亮的鸡皮,在我们眼睛的照耀下,开始痒痒我们的食欲。大翻译不高兴了,说,我退休以后,你就开始不听我的话了。我说不要手撕土鸡,你还是上了,你不是说你钱不够吗?我说,刚够。就剩了坐公交车的两块钱。大翻译说,姜处,姜皮子的姜,你不会变成犟驴的犟吧,万能的食物啊,你自己看着办吧。你看我的时候不要换眼睛,老实往往是最后的灯塔,要信妈妈给的奶水,不要以为我的舌头已经塑料了,我还有一个办法能整你和卖嘴皮子的卖,年初你不是翻译出版了迟子建的一本书吗?我读过,有几个饶舌的地方,我可以挑出一些毛病,再制造一些问题,写一篇评论,猛批你的译作,和你瞎玩翻译理论的把戏,几篇文章就可以把你们搞臭。你信吗?我说,金哥哥,我从开始都是跪拜你的,今后喝酒,我绝不要手撕土鸡了,"手撕土鸡"这四个字我也不说了。大翻译说,节约每一个铜板,都是为了喝酒的需要。在酒的面前,那个菜这个菜,还是个东西吗?我接着把刚才的话题说完。你知道我和朋友多力坤·托乎提的矛盾,根子也是这个事情。最早,二十多年前,他就去了趟东海,在海面上看见了我的时间,看到了我和另一女人的媾姆将会给我带来的灾难,但是他没有告诉我这个危险,结果我失去了一个新任命。结果我的卑鄙发作,我失去了朋友,自毁形象。接着就发生了许多集中在我身上的卑劣和秽语。这是后话,也可能我死了以后,这会成为你们的新热闹。如果我早一点来看东海,跪在东海前掏心窝的话,我还会有另外的发展。那年我在东海看到了很早以前被风吹到东海的塔克拉玛干沙漠的沙子。无数精明的沙子,躺在深海里,实现了自己一生要永远定居海底的愿望。那无数沙子向海的女儿海的底气海的波涛海的灵魂说,我们一定要让那些沙子变成金玉来报答那些慷慨的时间。做海水的命才好玩啊,我的学费是很长很长的阿拉伯数字,我现在的时间才属于我自己,但是我的翅膀已经枯萎了。有道是,当你欣慰你明白了价值的时候,你已经没有价值了。我说,不是这样,金哥哥。大翻译说,姜处,姜子牙的传人,现实已经这样了,比如说,我妈妈死了,爸爸续娶了女人,我知道那是他的情妇,我妈妈的精神毒药,但是我还得夹着尾巴叫她妈妈,实际上她不是我妈妈。其中的窝囊和苍蝇,靠言辞是说不清的。不是,我没有说准,就没有能说这事的词儿,字典里没有,方言话匣子里也没有。你非常想说一些什么,喉咙都热得痒痒了,但是你没有词儿。这是人最彻底的疲软。你有过这样的经验吗?我说,没有。大翻译说,就是因为没有人给你打过招呼,你妈妈健在的时候,你不知道很久以后要给你做妈妈的女人,是你爸爸的情妇。你爸爸健在的时候,你以为水是自己流进水缸里的,你不知道,那是水缸的把戏。我们诞生于把戏,成长在类似把戏的过程中,当死亡悄悄痒痒命脉的时候,坟墓里面的把戏已经准备好了,这是我们不知道的把戏。

大翻译今天感觉极佳,讲话很投入,他可以把很虚拟的东西,讲得那样实在和形象。一瓶酒已经咣当完了,空瓶子在酒桌一角像后娘养的孽种,立在那里,像用唾沫堆积起来的芙蓉那样丑陋。大翻译喝完最后一杯,看了一眼又像走狗的鞭子一样恶心的空酒瓶,把头转到窗口方向,开始欣赏街景。我已经明白了他的意思,平时也是这样,两个人一瓶酒,他是不会站起来拍屁股走人的。开始的时候,我想再买一瓶酒继续折腾他的往昔记忆,但是立马又打住了这个念头,我想和他玩到底,坚持我开头的只有坐公交车回家的可怜的两块钱的说法。我看了一眼大翻译,那架势,没有意思让我看一眼他的嘴脸。我咳了一声,勾引他的注意力,相反他小声地哼起了他的那个旋律,是他最喜欢的曲子,特别喜欢那词儿:哥们儿呀,玩你就像个玩的样子呀,在自己的圈圈里闹腾折腾呀。我曾问过他词作者是哪一位高人,他说,没有高人,是自古喝酒颂唱生命的大家麻家作的词。好东西没有主儿,属于大地庶民。太阳是谁发明的?酒是谁发明的?谁也说不清楚。没有办法,我使劲地咳了一声,说,金哥哥,我有一点晕,今天咱们就这样吧。大翻译转过身,说,就刚才最后一杯酒,我才喝出了点味道。好多时间,那些侮辱过我们的时间,眼下都跪在了它们自己的六点半下面了。坚持就是胜利,谁活着谁就能看得见,咱们再敬爱一瓶吧，高傲的生命，要是明天上汉人街那边的坟墓爷爷那里了，我们还可以占一瓶酒的便宜。我说，没钱了，我回去拿吗？大翻译使出他所有的贼能量，看着我的眼睛，说，我知道我退休了，但是我可以靠评论把你搞臭，你永远得不了什么翻译奖，你会后悔的，代价将会是整个天下酒厂的代价。你是一个聪明的人，我今天兴致极佳，不要为一瓶酒毒害自己。我说，你是我哥哥、师父、长辈，比我多穿过许多裤子，蹂躏过许多干净的裤衩，花许多钱，给许多美丽的口红支援过你的野心，我能拆装你的心情吗？我说的是老实话。大翻译说，手是你自己的，找找你的怀表兜，不会没有救命钱。我把我的底线告诉你，我不会为了一瓶酒就地跪拜的。我说，金哥哥，言重了，今天我出丑了，就带了这么几个不争气的钱。我明白，我赊账吧，咱们是常客，老板会乐意的。大翻译说，我不是要酒不要脸的男人，我宁可当手表，但是不赊账。我说，是我赊账。大翻译说，我在这里就不行。大翻译说，看看你的怀表兜。我站起来，当着他的面，把右兜里的小怀表兜翻出来，让他看了一眼。大翻译说，以前，人不要脸是鬼也怕，现在是人不要脸小贼兜也怕。一个男人，藏不住几个贼钱，基本上也蹲着尿尿了。今天我高兴，我是牲口走狗毒药一样高兴，我当手表。赤裸裸生下来的人，要什么手表。时间在天上，你就是金表，也抓不住那些缭绕的时间。大翻译吼了一声,服务员来了,恭敬地笑着说,哥哥吉祥,有什么吩咐?大翻译说,再来一瓶,还是伊力大老窖。服务员说,好的呢,哥哥,人手没有碰过的酒有呢。服务员提着一瓶酒来了,说,慢慢地喝,哥哥,我给你们赠送一盘鹰嘴豆,有嚼头,在胃里面储酒。服务员给我们端来了一盘子淡黄色的鹰嘴豆。我说,我今天算是把塔克拉玛干沙漠里的先人都丢光了。我装出窘迫无奈的样子,打开了酒瓶,开始在晶亮的杯子里倒酒。大翻译说,没有纯粹的男人,就是那种远远地咳嗽一声就能让老婆住院的男人,在博物馆里有骨架,他们是我们肝脏里的神话,我们只能看到月亮和它的星星孩子们,所以梦是我们颓废疲软后的希望,如果没有念想,今天见了老婆骨头架子落地的男人就不会有出头之日。老婆能让我们灿烂,因为她们秘密地知道,在我们的骨气里,有我们的祖先留给我们的金箔,老婆也可以让我们一夜间变成碎肉饺子,给小女人下酒,因为她们也秘密地明白,是男人,血脉里就有突然蹲着尿尿的毛病。在这里,老婆捏住了我们的按钮,让千古书家留下"大丈夫"三字的笔墨是无价的,而且是天下文化之骄傲之一,但是,有的豪车是用木头做的,我们看不见自己的软肋,我们听不见自己的梦话,哄我们睡觉的人是我们最亲密的怀里的敌人老婆,我们在死海里,是他者的镜子。我说,金哥哥我敬你一杯,我今天再一次地大学毕业了。没有毕业证,但是比毕业证要金贵万千。大翻译说,当我忘记儿时唱的歌的时候,我就是我敌人老婆的傀儡,我为她的蹂躏辩护。退休后,我有时间拨拉自己的时间了,我也发现了我最好的手艺,有些时间是值得我放在橱窗里细看骄傲自我膨胀的,但是我那个时候不知道我的这个气场,敌人老婆故意不告诉我,让我继续耷拉。我现在的欣慰是给儿子留下了一些值得密封贮藏的男人经验,一代人永远是一代的朋友,无论我多么孽障,我的内心是坦然的,我没有任何困难,当我的弟弟朋友为一瓶酒欺骗我的时候,我也是气宇轩昂的。后来我的幸福就是有刀片的时候也不刮脸,在嘴脸的丑陋和肮脏里,把心里的臭气吐出去,还我自己的一个小环保。我说,我自以为,我是你的最私密的可以靠得住的可以献肾献舌头的血缘弟弟,并为这样的一种现实而骄傲。大翻译说,小时候奶奶讲过故事,说,子夜人的眼睛被瞌睡虫勾引的时候,心就教唆舌头,让人不是人。这是多么大的代价啊,人人诅咒恶心,但都管不住舌头,我们都不知道我们沉睡的时候,舌头都学会了什么样的把戏。小时候从玩伴们那里学到过一个儿歌,叫"咚咚咚咚咚,大锅小锅羊肉黄萝卜咚咚咚",我不知道什么意思,最后请教奶奶翻译,奶奶说,前面的几个咚咚咚就是准备做饭了,后面的羊肉大小锅就是做了抓饭。什么意思？人吃了抓饭以后,嘴就老实了,要有良心,要感谢锅,不能认为锅是黑的,就吃饱了跑了。那时候听了挺感动的,后来就忘了,再想起来的时候,我的时间就疲软了。你现在可以实践许多时间,你不要整天欣赏人家发明的那些玫瑰月季,你自己也捣鼓一个品种出来,你弯腰给花儿浇水的时候,你会发现你母亲为你付出的劳苦,你会逐渐地变得人性人气骨气一些,会彻底地认识吃酒赊账是一个男人宇宙般巨大的耻辱。老贼金哥哥绕着玩了我一大圈,最后骂了我一句。

　　第二瓶喝完后,大翻译有点晕了,眼睛开始像黄昏准备上架睡觉的老母鸡一样蔫了。他小步迈到吧台前,准备结账。抹下手表,给长头发收款员讲他的意思。长头发收款员笑了,说,哥哥哎,这又不是世界的末日,手表你还是要继续威风的,你们是常客,不能这样说话,一瓶酒嘛,我们赠送了,好好回家吧。大翻译说,那不行,我不能出这个丑,这手表就当了。我走过去,说,金哥哥,你回到桌上休息一会儿,我来处理。大翻译说,不行,我要的酒,我自己结账。小伙子,把表收下。长头发收款员说,老哥,就八十块钱的一瓶酒,我当了你这么贵重的手表,明天什么老鼠把这手表吃了,这不成麻烦了吗?你喝好了,走吧,我和你这位朋友说。大翻译说,小伙子,老鼠也吃手表吗?长头发收款员说,老哥,我们这个地方的老鼠是机器老鼠,厉害着呢。大翻译说,你们老板命硬,净是机器老鼠围绕他了。兄弟呀,你不懂,酒是最无耻的东西,不给钱,我更无耻。两个无耻加在一起的时候,男人的大肠就会腐烂,一旦人开始熏臭腐烂,人的哲学就自己埋葬主人。我不喜欢变成尿壶。你怕我的手表晚上找你的麻烦,我就付现金。作为一个正酒和歪酒的传人,我怎么会没有一瓶半瓶酒的贼钱呢?我的朋友,把我当夜壶了。但是,我的豪车是用木头做的。你不收我的表,是对的,我的手表毛病不好,晚上半夜人家的天堂床嘎吱嘎吱响的时候,它会记录那些声音,向床上的精灵传闲话,扰乱人家的好事。大翻译慢慢地解开了腰带,裤子滑下去了,我立马把他的裤子提起来了。大翻译说,没事,屁股不要紧,气节要紧。不付酒钱,这场酒我就醒不过来。我把手松开了,不好意思站在他身边给提裤子。他摇晃着,开始拉短裤暗兜的拉链,但是抓不住拉头,他的腰已经弯得很深了,但还是没有个结果,拉链的拉头拉不开。我看不见,也不知道是拉头找不到还是拉头抓住了拉不开。我说,金哥哥,什么情况?钱在短裤兜里吗?我帮你拿吧。大翻译说,这种地方,你不能碰,这东西毒着呢,传染给你,我担不起这个麻烦。我能找到,拉头这个龟儿子,不上手,不要脸的东西,比我还不要脸,比那个卖嘴皮子的卖还不要脸。我笑了,大翻译从微醉的状态,开始进入半醉的状态了。他抬起头,看着长头发收款员,说,小伙子,你年龄小,帮我拉开,积德的机会到了。表现一下,给老人拉拉链,将来就会有好运气。长头发收款员说,好哥哥,你那个地方我不能动,钱是尕尕的哗啦哗啦,明天你那个命根子丢了,或是怎么了,我赔不起。好哥哥,你走吧,酒钱算了,我这个饭馆,一个月下来,有不少像你一样的,算了吧。大翻译说,小伙子,你太懒了,你后面的人生会一直是收钱吗?哪一天世界上一个钱也没有了,你咋办?给顾客的短裤拉拉链,也是一种手艺活儿。男人,什么手艺都应该学一点,存在肚子里,将来少不了你的馕啊。我笑了,说,金哥哥,你不说了,咱们回到桌子上吧,钱我想办法。大翻译说,你还是不懂我的哲学,你不能付钱,这是我的债务,我是男子汉大丈夫,我说话要算话。但是你又不能为我拉拉链,怎么办呢?我说,咱们回到座位上,你坐下来慢慢找拉头,慢慢拉,会拉开的。长头发收款员说,对对,回到座位上慢慢拉吧。哎,这个年龄,不能喝多呀。我把大翻译拉回来了。坐在椅子上,他开始低头黏糊着找拉链,瞬间就靠在椅子上闭上了眼睛。我开始查看他的短裤,鲜明的拉链就在那里摆着,大翻译就是没有摸着,抓不住拉头。我用手摸了摸拉链下面的地方,骚兜里不像有钱的样子,我小心地抓住拉链头,拉开了拉链。我拉开兜口看了看,没有钱,我又小心地摸了摸,兜里右角下的边角里,感觉有一小块东西,我把手放进兜里,努力躲开他那个东西,抓住了那个我怀疑的小块,拿出来一看,是叠成指甲盖那么大的一个纸块,又仔细一看,像是钱,我打开了纸块,是百元面额的一张票子。我笑了,给他拉好拉链,扣上皮带,到吧台前,把一百块钱交给了长头发收款员。长头发收款员笑了,说,你们狗犟的,我说算了就算了嘛。我说,你看见了,这位哥哥的毛病不少,没有办法。不找钱了,就放着,下次喝的时候再说吧。长头发收款员说,这二十块你还是拿上吧,刚才你的那些话我都听见了,你不是说只剩下了坐公交车的两块钱了吗?这好哥哥喝成这样了,你们打的回家吧。我把长头发收款员递给我的二十元接了过来,对他说,兄弟,不好意思,今天出丑了,多多包涵。长头发收款员说,没事儿,男人嘛。就是你明天给这个好哥哥讲一下,他那个短裤的颜色不对,花花绿绿的,他会硬不起来的,时间长了会进精神病医院的。也可能是早晨一着急,把老婆的花裤衩套上了。我笑了,说,好,谢谢。我们的事,你就不要给别人说了。

我回到大翻译跟前的时候,他迷迷糊糊地睁开了眼睛,说,姜处,你是钓鱼人的后裔,几点的飞机?我笑了,说,金哥哥,你今天是幸福他爷爷了,只一泡尿的工夫,就坐上飞机了。大翻译说,姜处,我现在是一个跟头三个灿烂,法国的美女都是大步走路,隆隆隆的,都能听到地颤的声音。我说,那可能是地震了。大翻译说,没有,地震了她们能走得那样舒坦吗?姜处,美才是最后的宝贝。我说,金哥哥,辛苦了,上趟厕所,你哗啦哗啦一下,咱们走吧。大翻译动了一下,我把他扶了起来,带到卫生间,停在小便器前面,让他尿。他低下头折腾了半天,没有声音。我扭头看了一眼,那架势是还在找他的东西。我说,金哥哥,找不到吗?大翻译说,多丢人啊,我一直担心这个,今天终于把它丢了,可能是丢在飞机上的厕所里了。可怜的宝贝,也不知道在哪一片云彩上孤独着呢。命啊,我一直都是很小心的,今天丢了,也好,值得纪念。但是,今天是个好日子,不应该啊。姜处,回去怎么交代啊,这应该是我一生中最沉重的打击了。我那个敌人老婆一看我的东西不在了,不要我了,我怎么办?我年轻的时候,她把我的油榨干了,现在翻脸,我孤独一人,谁给我打馕做拌面呢?也不知道那种机器老婆会不会打馕做拌面。我说,这个年龄了,拌面还是要少吃,弄个机器人,熬熬稀饭,也就行了。心里面热热的,舌头润润的自己说话,又不会和你吵架,多幸福。大翻译说,是啊,我太幸福了,不要脸的人就是幸福。你和机器人厂家联系一下,我要有个准备,最好联系那种分期付款的机器人,这样的机器人实在。记住,预订那种脾性老实的女机器人。我说,放心,你是我自己的金哥哥呀。金哥哥,你还尿吗?大翻译说,当然,我这会儿有点感觉了,我那个小可怜还在,刚才动了一下,狗日的好像是良心发现了,看来是头朝天压在了皮带下面了。都蔫成泥巴了,还这么不老实。刚才我可能是把皮带拉得太紧了,老啦!我说,金哥哥,不是,不能说老,实际上也是这样嘛,你前定的十朵鲜花的一朵还没有开呢,哪儿来的老了呢?刚才是我给你拉的皮带,我可能手重了。大翻译说,哦,原来是你啊,太丢人了,我怎么能让你干这种活儿呢?我们订过相关的合同吗?我太卑鄙了。但是,但是我的豪车是木头做的,我会赔偿你的,我要把手、心、嘴、舌头、牙齿,洗得干干净净的,请你吃"乾隆拌面"。那可是几百年前的味道啊,我要滋润你的舌头,我要为你的译笔祈祷,你会成为将来的大翻译家,你就是未来众多热爱翻译事业的汉子美女和嘻嘻哈哈们的金哥哥。我要立遗嘱,我要手写,用汉文、维吾尔文、哈萨克文、塔吉克文、锡伯文、蒙古文、藏文、柯尔克孜文立遗嘱,还有俄文和英文,我要回报你。我今天才发现,你才是那个我心目中的烈马。我是糊涂了一辈子啊,我要把缰绳给你。我说,谢谢金哥哥。你这会儿还想尿吗?大翻译说,我一直憋着呢,我现在把这个不要脸的小秃头拉出来,把肚子里面的毒都排掉,咱们回家,不睡渠沟和汉人街了,那些剩饭和被丢弃的可怜的馕们,今天休息吧。大翻译摇晃着掏出东西,对着漂亮的小便器,开始哗啦啦了。臊味升上来,像千年的毒药,直接威胁生命的出口和进口,我开始晕了,原来,大翻译的尿水竟这么臭毒。我给大翻译洗了把脸,带着他回家了。

三

几天后,二翻译知道了我们那天出洋相的事情。他给我打电话,说,丢下我,你们的喉咙能咽下那些酒肉吗?我说,是老大突然来了,也不是周末,要我请他喝酒,我们就盲目了一次。今天我请客,就咱俩,出来吧,到汉人街,吃开力的卤鸡。二翻译高兴了,说,那咱就潇洒一回啦。开力是个粗声粗气的人,会吆喝,专营卤鸡和韭菜包子。东西准备好后,就站在饭馆前的高凳子上吆喝,眼睛有没有耳朵听不听鼻子窟窿有没有,男人吃的卤鸡出锅啦,吃一口想三口的公鸡母鸡都来啦,声音听到了没有味道见到了没有,开力好汉子的冰糖茶三炮台赠送啦,茶香人好鸡嫩桌子板凳韭菜包子肚子过年大腿痒痒啦!有一回我问过他,你的卤鸡是一流一流的,是填肚子的硬货,韭菜包子就无所谓了,应该有个稀东西,面片之类的,喝着心热眼睛亮,多舒服。他说,非也,哥哥,男人要避免吃稀拉的东西,保持硬朗的身体,不然你该硬的时候硬不起来,像她嫂子的发糕一样耷拉着,是抬不起头来的。

二翻译笑盈盈地来了,我们要了二十个韭菜包子和一只鸡,开吃开喝了。开力给我们赠送了一盘子皮辣红凉菜,我们就聊上了。半瓶子酒进了肚子以后,二翻译的话多了。从他的内心里讲,他看不起大翻译,但是从我的观察来讲,他是嫉妒大翻译,但是他不承认,认为自己不是那样随便尿尿的人。有的时候,我们三人一起喝酒,二翻译耍小聪明,随便翻译一些早有译法的典故,大翻译就骂他,要他老老实实读书、做笔记,反复地练习,巩固学到的知识,不要丢人。他不敢犟嘴,但是我从他的脸上可以看出,每一次他都是不服的。那次喝酒,他说要翻译胡适,已经准备好了。大翻译听着不高兴,说,胡适是谁?是哪个朝代的人?二翻译瞪了他一眼,说,我们的读者,要全面了解鲁迅和胡适这两个人,这是非常重要的。大翻译说,你还是回家把屁股洗干净睡觉吧,老婆不让上床你可以睡地下室,但是不要说你要翻译胡适。大翻译和我喝酒的时候,说过二翻译,说,那个卖嘴皮子的卖脑袋起码少四颗螺丝钉,胡适不是一般人,那先生是学问家,这小子如此不要脸。

二翻译斟了两杯酒,说,敬你一杯,姜处,你是一个谦虚的人,等我把鲁迅译完,胡适译完,我要和你合作,译王蒙,译他的全集,最近出了四十多本,这是一个大工程,我一定要做好。这老爷子的小说和文章,我读得多了,零碎译了一些,我要翻译他的自传。一个智慧之子,他的经历和没有倒下的意志,才是我们需要的儿子娃娃精神。我说,我乐意和你合作,向你学习。二翻译说,一个人过于谦虚,锅里的肉就会变成白菜叶子,你要注意,我们要手拉手往前走,让老贼看看,我们是有能力的。以前,他的一个肾脏朋友沙吾提·斯迪克告诉过我,老贼神经上有问题,当年他老婆给他生第三个女儿的时候,他请童年时代的朋友沙吾提·斯迪克喝酒,哭了回,说,我太可怜了,孽障,我就盼第三个是儿子,这回又是一个女儿,我没有做过坏事,没有诅咒过人,没有说过人家的坏话,没有踩死过一只蚂蚁的妹妹,路过坟墓的时候,为亡灵祈祷过,我尊敬所有的人,富人,穷人,飞禽毛驴儿都是我的朋友,没有骂过小人二腻子和性别不详的人,但是,命运和我窝里斗,我盼了三次儿子,三次都是女孩子,我不能理解我的这个人生。天下的时间那么忙,为什么要折腾我呢?他就是这样一个人,藏得很深,很多人都不了解他内心的秘密。

在探究大翻译根根须须的过程中,我自然地也挖抓到了他爸爸海米提江工分的过去和他的隐秘。海米提江工分是一个知识人,有过石榴一样的辉煌和旱厕一样的耻辱,但是在眼神里,仍保持了知识人的尊严和自信,相信天的光明最终会照亮人的心脉,人的里里外外一起歌唱的光阴,一定会唤醒那个沉睡的黎明。他的外号是当年他被贬到村里劳动的时候,村里的笑话家艾山大嘴给起的。艾山大嘴是靠讲笑话过日子的人,张嘴笑的时候可以看到深深的喉咙,锈黄的牙齿,极丑。艾山大嘴是会来事的人,用村里的吾买尔寿星的说法,他有能和蛇做朋友的本事。那些年,县里来人动员在大田水渠边植树防风沙,几年下来效果不大。有一年,来了一个许库尔干部,穿得整洁,上衣小兜里插了两支笔,大背头,头发贼亮,来请教艾山大嘴。说,是县里的玉山歌手要我来找你的,我必须完成任务,你赐我一些智慧和门道吧。艾山大嘴说,尕尕的事情。你回去明天来,今天的时间不是你的,穿一套旧衣服来,屁股上有破洞的更好。几瓶酒,羊头羊肉也拿来。晚上咱们在老买村主任家里喝酒,我把你的意思加在笑话里,帮你说说。你不要说那种种树是保持什么生态平衡之类的话,农民听不懂。你就说我们要种的速生杨,三年就有我的大腿那么粗,五年可以做房梁,岳母家有盖房子的事情,都可以拿去孝敬,更重要的是可以卖大钱,买回羊只在大田后院里放着,过年过节,牙齿下面都是肥肉,这样的好事,天上是下不来的呀。那天晚上,艾山大嘴和老买村主任商量，叫了几个顽固的愣头青和习惯吃生面馕饼的哼哼哈哈们，就把事情给办了。许库尔干部是个精瘦的人，那天果然穿了一条屁股上有破洞的裤子，喝酒的时候，艾山大嘴开他的玩笑，说，我看你裤子破了，你就在炕上屁股朝天躺一会儿，我找人给你缝补一下。许库尔干部说，不麻烦了，我是有意下来兜风的。艾山大嘴说，那你的屁股是长时间没有见到阳光啦。许库尔干部说，阳光一直在我额头上，顾不上啊。大家都笑了。艾山大嘴说，你的屁股太清高了，主动一点嘛。大家又笑了。就一顿酒，那个许库尔干部就成了艾山大嘴的朋友，进城的时候，多了一个喝酒的地方。也就是在这天晚上，艾山大嘴从老买村主任那里听说了大翻译的爸爸海米提江和村里玩工分的事情。那年头经常开批判会，县里要努尔乡长准备一份批判稿，要求用汉语发言。努尔乡长了解苹果村海米提江的情况，就把任务下给了老买村主任。老买村主任找到海米提江把意思说了，感觉海米提江会高兴的。但是他咳嗽了几声，没有说话，看着老买村主任的眼睛，好像是在寻找自己丢弃的东西。老买村主任还是优雅地说了一句怎么样，给你五天的时间够了吧？海米提江说，够了。我第一天造纸，第二天造笔，第三天造墨水，第四天构思，第五天写，时间够了。老买村主任说，一个村里面有一个笑话家就够了，你不要学艾山大嘴说话了,那些东西都有,你带着肚子来村里写就行了,中午有一顿好饭。海米提江说,稿费有没有?老买村主任说,稿费是什么东西?海米提江说,就是钱,写发言稿的费用。老买村主任说,没有听说过,你们有学识的人,总是拐着弯弯说话,你说给多少钱不就清楚了吗?钱没有,给你记工分,每天十个工分。海米提江说,五十个工分我不干。每天十个工分,给我记一年的工分,汉语的、维吾尔语的发言稿,我都给你写好,县里面的领导看了,也是一流的东西,我就休息一年。老买村主任做不了主,找努尔乡长商量。努尔乡长说,这人胃口大呀,要全年的满工分。一年三百六十五天,一天十个工分,这在全乡也是最高的分了。老买村主任说,我吓唬一下他,让他老实一点,给他一个月的满工分。努尔乡长说,这个人我和他喝过酒,他不吃你那一套。如果是软骨人,就不会被贬到这里的。给他吧,一年就一年,让他写好,这次批判会很重要。但是不要和任何人讲这事,秘密地做,大家会有意见的。几天后,在村里一家人的宴席上,艾山大嘴当着海米提江的面,婉转地把这个话题引出来了。说,我以前小看你了,原来你才是我师父,是全县最会挣工分的人。这么多年来,村里来客人了,饭局里我半夜半夜地讲笑话,乡里有贵客了,我也是陪着喝酒挠痒哄人家高兴,没有得过一天的工分。而你,才是真正的工分大师。老先生你来我们村里也有好几个年头了,我们也不知道你以前的外号,今后我们就叫你海米提江工分吧。大家顿时高兴,鼓掌了,海米提江就有了一个外号。老买村主任说,祝贺你,海米提江先生,这个外号好啊,可以说是真正的外号王。艾山大嘴看着海米提江工分,说,读书人还是老实,我要是有你这样的本事,我还会要一头牛的。老买村主任说,所以你不是读书人,一个人一个外号就够了。大家又笑了。

大翻译的爸爸海米提江工分就靠写一份批判稿,在全县出了名。县长肖克来提和努尔乡长了解了一些情况,说,这是个人才,将来表现好了,要用起来,是个好翻译啊,绝对不是那种帽子拿来头拿来的翻译。海米提江工分抓住全年休息的机会,大门不出,开始翻译他多年前撂下的肖洛霍夫的小说《一个人的遭遇》。艾山大嘴找到家里,闲聊了一会儿,说,翻译哥哥,你现在还干这个吗?汉语里面有一句最好的话,叫"算了吧"。你就算了吧,还翻译吗?你头上来了这么多的事情,不要再拧巴自己了。该想一想你今后的生活了。你现在这两间草房,是村里提供的,这几年你也没有想盖房子的事情。你就是将来能回到城里工作,这也是你的财产呀。海米提江工分开窍了,在他找老买村主任以前,艾山大嘴已经游说过老买村主任了,于是宅基地划了一亩,把带有廊檐的十多平方米的新屋建起来了。许多橡子木头门框,都是在艾山大嘴的游说下,村民们捐赠的。主要的大梁和板床廊檐用的木料,是从村果园北边围墙下的林带里锯的。老买村主任安排人的时候,说,悄悄地锯。白天看好,不要一排排地锯,东一个西几个,中间再来几个,不要让人发现,咱们悄悄地来。房子盖好后,老买村主任安排人帮着海米提江工分把院墙也围起来了,菜地也有了。海米提江工分请大家喝酒的时候,看着艾山大嘴和老买村主任,说,就是我爸爸在世,也不会对我这样好吧?那天,据艾山大嘴说,海米提江工分喝醉了。

海米提江工分在盖房子置办家什的过程中,借了人家一笔钱,房子盖好后,他坐不住了。加上那时候大翻译在县城住校学习,家里有困难。他想到汉人街的劳工市场打零工挣钱,还账。他把这个意思给艾山大嘴讲了。艾山大嘴说,也好,还有大半年的时间呢,干几个月吧。艾山大嘴通过熟人,把他带到汉人街的劳工市场,介绍给了他们管事的人库纳洪。他是和田人,外貌凶恶,心好。他把海米提江工分收下了。说,我们这里没有什么头儿,我只是看着有些事情不对,就叫喊着成了他们的头儿。我们这里简单,就是装货卸货,现在主要是卸煤,往人家的煤房里转,就来钱,都是打天天工的人。海米提江工分在劳工市场干了三个月后,他自然成了那些人的头儿。都是来自各地喂肚子的汉子，海米提江工分关心他们，不问他们的来路，要求他们本分，爱劳动，不要乱花钱，说钱是男人的翅膀，要爱惜自己的翅膀。大家聚餐的时候，也喝两杯，他就给他们讲《西游记》里的故事，劳工们几乎没有听说过这个故事，他们为孙悟空的本事叫好，说这个书写得太了不起了，孙悟空的本事太大了。海米提江工分说，也不是，孙悟空虽能瞬间遨游天宇，但也逃不出如来佛的手心。他虽能一个筋斗翻十万八千里，但还是逃不出如来佛的手心。为什么？这就是普天下共同的道理：哥哥还有哥哥，恰玛古（蔓菁）有老大。要他们做老实人，挣钱吃饭，过平静的日子，任何时候都不要逞能。有的时候给他们讲《红楼梦》的故事，时间长了，劳工们就凑份子请他喝酒，听《红楼梦》的故事。他就给他们讲《好了歌》，说，人的一生，最好的日子是知足，不贪不偷，能抓住自己的日子，把属于你的故事听完。你死的时候，不欠任何人的东西和旋律。这个《好了歌》，不是人生无聊。人生留下了许多旋律，许多技术，许多城市，许多玫瑰，许多诗篇，许多门牌号码，留下了抵抗死亡的嗣嗣子子，子子嗣嗣。折腾是短暂的疲软，滴落液体的遗嘱和过于亢奋的眼珠们不知道，其实，他们的价值，就在那些只有娇妻忘不了的日子里。因为，那时候人不会发现死亡，认为春夏秋冬这个玫瑰是不落的太阳。当悲剧飘来的时候,他们不知道这悲剧来自何方。这是他们的飓风,因为他们在有价值的时候,不知道价值。如果我们因为死亡、因为苦难而牢骚人生诅咒月光,那我们就自己尿了自己了,我们活着,但是不会发现我们已经流产了。有许多道理是交叉着捆绑着攀缘缠绕着的,我们的肉眼看不见,我们可以感觉,虽然我们不知道出口的小径在何方,但是我们感觉到了自己的梦想在萌芽,就是我们的智慧超负荷了,生活也没有说我们的坏话,用母亲般的慈爱给我们注射坚韧的意志,篝火般地灌输我们不要狂,不要剥削自己的肾脏,给自己一个埋葬丑陋的机会。

在后来的时间里,海米提江工分在回忆录里写道,生活好像是所有人的奶嘴,但又不是。在那些艰难的日子里,我学会了在苦难中咬着牙维护生活的哲学,我储存了许多珍贵的道理和不是逻辑的逻辑。如果生活像开始的时候那样蝴蝶歌唱黎明,而黄昏又是一种崭新的激光世界,我会有这么多金贵的和切肤的人生经验吗?后来我多年奔波各地,同那些落难的人们和没有机会的人们相互鼓励着走过了许多日子,是爱我们的日子,给过我们机会的日子,也是没有眼睛的日子,出卖了自己的耳朵的日子。我明白了太多的事理。

大翻译从小跟爸爸学习翻译,学习多种语言文字,在大学学习专业之前就是一个成熟的翻译了。人家在学校学习翻译理论和实践的时候,他已经是一个搞翻译研究的人了。他的那些同学还不具备社会知识、人际交流经验的时候,他已经掌握了丰富的社会生活经验。一是爸爸海米提江工分给他传授了许多东西,二是他通过学习父亲留下的回忆录,也掌握了社会生活中的许多经验和那个时代的许多东西。因而二翻译背后骂他是"从屁眼儿上就老上了",意思是从小就是一个奸猾的人。

四

关于大翻译和二翻译,我有我的看法。酒多了,二翻译就巧妙地放飞他的嫉妒,漂亮地贬损他,秘密地树立自己的威信。实际上,在翻译水平上,他只能蹲下来给大翻译洗手,而在笼络脑袋眼睛的事情上,二翻译是有技术的,经常请圈子里的朋友吃饭,赞扬他们,也巧妙地通过媒体介绍那些人也不值得这么早肯定的成就,在这些人的影子里,也树立自己的威信。这一点,我看得很清楚,大翻译嘴里面不讲,但是心里面明白。所以他可以坚定结实地否定二翻译要译胡适的念想。大翻译给我讲过,说,那个家伙有野心,他想当翻译界的老大,这种事情,要靠人品,而后才是专业能力。这两样东西,他都没有。但是大翻译在公共场合,在有外人的地方,都很尊重他,一些事情,都请他建议,按照二翻译的说法去做,实际上,这是大翻译的一个秘密武器,在这样的尊重和依赖里,他悄悄地贩卖培植自己的哲学和势力,这一点,二翻译不一定能感觉到。二翻译之所以不敢和大翻译翻脸,我们三人喝酒的时候忍受他的脏词,主要是他有求于大翻译,一些重要的译作,没有大翻译的校正,没有大翻译的推介文章,他是拿不出去的。比如他译的鲁迅作品,没有大翻译的全心校正,出版社是不出版的。

后来我找过大翻译童年时代的朋友沙吾提·斯迪克,也了解了他的许多轶事。我问过他,说,你能不能给我讲一下有关大翻译金子一样灿烂和垃圾一样丑陋的事情呢?从人品上讲,这个大翻译是一个什么样的人呢?沙吾提·斯迪克说,你这个问题比泰山和天山还重,人品这个东西,是很深奥的,山里面有什么东西,我们不知道,东海里的珍珠还有多少,我们也不知道。山上的花儿我们能看清楚,海面上的浪花我们能看清楚,但这些东西不是山,不是海。生活中能挠痒痒的东西,是藏在看不见的地方的乖乖。大翻译这个人,基本上说不清楚。他似乎是这样一个人,表面上看,说话随便,反逻辑,蔑视美学,但是这里面有他的哲学,包含了他的数学思想和石头大了弯着走的伦理基数。他曾经说过,他是文言文的骄傲,他是生活在千年前的人。但是他的结果在一些秘密的星星下,却是《古文观止》的营养。他的怪异是多方面的,我们曾经是最好的朋友,现在我们基本上不来往了,是我远离了他。家里有喜事,我们都不互相邀请了。我们之间亲戚朋友死了,自己去吊唁,简单地问候,就走人。那年他岳父死了,我去看他,向他表示悲痛。他说,没有什么伤心的,九十五岁的老贼能不死吗?我跟前的人听了,都不敢说话了。他不是开玩笑,是真的。大家就说他有毛病,送到北京上海检查一下,他不去,说,我很正常,出门能找家回来的人,智商是最好的。青年时代,我们都刚刚成家的时候,是我们最兴奋的时代,但是他的脾性是非常怪异的。有的时候他用假嗓给哥们儿打电话,说家里乌鲁木齐来客人了,晚上要招待,请某某某来作陪。晚上人家准备好肚子来了,主人什么也不知道,愣愣地看着哥们儿,闹不明白是怎么回事。而他却在家里乐着,想象主人家的窘迫,第二天听他们的热闹。有的时候突然叫上一帮朋友,到某一朋友的家里"黑闯",这是早年民间朋友之间表示友好的一种玩法,几个要好的哥们儿,"黑闯"一朋友家,带一瓶酒或是其他东西,意思是要在他家吃喝玩乐。主人就忙着接待这突然来的客人,从邻居家借东西,做饭炒菜,尽量接待好这突然降临的"黑闯"客人。在那个萧条的年代,这也不是小事，不是亲密的朋友，一般不玩这种游戏。后来大家对他有意见，主要是他的这个"黑闯"游戏玩得频繁，人家接待不起，就开始讨厌他，在背后骂他，说他脑袋里面至少有可以糟蹋十亩麦田的害虫。"黑闯"，开玩笑，恶作剧，捣鬼，忽悠，这些词儿在他的脑子里，是很乱的，它们是纠缠在一起的。有的时候他给朋友们打电话，说阿合买提江或是买买提江出车祸死了，或者说昨天晚上玩鸽子从房顶上踩空摔死了，或是说晚上犯心脏病死了，反正是他很会说，说下午天黑前要下葬。于是朋友们从各地云集"死者"的家，但是"死者"的家平静安好，不像个死了人的样子，人来得多了，主人家带着葫芦脑袋出来问情况，结果辟谣，不满，大骂，诅咒那个害他们名声的人。而大翻译，始终藏在这些乱象的背后，看热闹。那年，他变着声音，给老婆单位打电话，说，你是赛买提翻译的妻子吗？他人在红旗大楼前面出车祸了，人已经死了，你们派人到公安局领尸吧。结果把家人亲戚搞得鸡飞狗跳，所谓的噩耗十传百，朋友亲戚同事们都来吊唁，就是不见尸首。老婆玛依拉·买买提伊明带着人到公安局领人，公安局看大门的小胡子爷爷说，你们误会了，这几天没有车祸，全市一个麻雀也没有死。玛依拉·买买提伊明回到家里，靠在葡萄架上，哭着派亲戚们出去找人。那天还是在我的提议下，单位出面找公安局了解情况。公安局一个负责交通的副局长说,这几天没有车祸,你们到城西那边的派出所看看,也没有吧,他们会给我们报的,到伊犁河那边找找吧。下午的时候,大翻译赛买提自己回来了,化了装,显然是找歌舞团的朋友给整的,戴了个墨镜,帽檐压到眉毛上了,下巴给上了个小胡子,突然出现在自家的院门前,号啕大哭,说,我的朋友赛买提,我忠诚的哥们儿赛买提,大翻译家赛买提,你好残酷呀我的朋友赛买提,你丢下我们走了呀,赛买提。他在院门前转着号哭的时候,也是我发现有点不对,他的声音是伪装的,我从他走路的样子发现了是他。我又仔细看他的脸型,确定是他以后,我拉着他的手把他带走了。我们来到我的家,我给他把假胡子扒了,说,你还是你自己吗?你这是干什么?有这样恶搞的吗?你自己说你怎么收场吧。他说,没事,联系联系咪西咪西嘛,哪一天我突然死了,后事就好办了,要积累经验。我们有多方面的经验,就是丧葬经验不够,因为我们自己没有死过呀。人天天安逸着,也是个无聊的事情。沙吾提·斯迪克,你是一个干净的人,是你爸爸鹰一样的儿子,你要把真实的情况告诉我,我现在最关心的是,我那个敌人老婆哭了没有?我说,你不是一般的混球啊,你还开玩笑吗?她都哭着躺在葡萄架下了,公安局跑了两趟,反正你没有好果子吃,看你怎么收场吧。他说,那就好,敌人老婆还是有救的,良心没有坏透。收场的事,我都想好了,就说是我的一个仇人给老婆单位打的电话,没有这么回事。很简单。我说,我可是把你看透了,你是个标准的疯子。他说,谢谢你的诊断,标准的疯子民政局是要发抚养费和看护费的,这年头,钱可是爷爷啊。我带着他回家了,他一进院就脏话满天,大骂干这事的人是疯狗,而后大步走过来,抓住躺在葡萄架下板床上的老婆玛依拉·买买提伊明,说,好老婆,我最爱的爱情老婆,我没有死,是我们的仇人造的谣,我会找到他的,你放心,我一定要给你报仇。玛依拉·买买提伊明抬起头,看到大翻译,抱着他大哭了一场,说,让这个卑鄙的小人去死吧!牲口!毛驴子!狗!他把老婆送到屋子里出来后,把我叫到厨房里,说,今天这个戏,如果你告诉任何一个人,我和你断绝朋友关系是孙孙的事情,我要放火烧你的院子。儿子娃娃,朋友是什么?是在地狱里也能保守秘密的人。我说,你说话放屁也是毒药啊。你为什么要这样做呢?他说,我想试探一下敌人老婆有没有二心。我说,正常的人都是一个心的奴隶,只有疯子是二心三心四意。在专业方面,他是一个好翻译,是高手,你等米下锅的时候,他可以把东西给你。非常理想,他是第一人,脑子笔力豺狼一样厉害,他的渊博不是从家里的哪一个箱子里出来的,也不是用钱买来的,是来自他的勤奋和热爱,他爸爸海米提江工分给他的智慧和奸心不少,他岁数不大屁股上就圆滑了。剩下的是他固有的才气。我不喜欢用"天才"这个词儿,因为我觉得这个词儿是一种秘密的侮辱,才气的来源是坚韧,没有舍命般的热爱,才气仍旧像是没有生育能力的女人。他聪慧、自信,直觉智慧狗一样厉害,有要活在人前的毅力,因而他有成就。喝酒吃肉荣誉晒太阳,上席是他的,社会上认他。关于他的脾性,我说不出个一二三,他是一个杂色式的人物,远看像个漂亮的果园,但是走进园子,你看不见果子,非常复杂。你在果园外面的时候,明明是看见了橘子桃子樱桃和她妹妹的面包苹果,但是走进果园就什么都没有了,他就是这样一个神秘的人。当你失望的时候,他又会拿出许多灿烂来满足你,非常微妙。他那个"戏"玩完以后,我们朋友们坐在一起回想以前发生的那些怪事和恶搞,认为都是大翻译干的,就从朋友圈里把他开除了。有的哥们儿不同意,说他是一流的翻译,市里的大领导那里也能说上话,我们这样做过分了,还是要把他拉回来,让他回到童年时代,重新开始。我们有一个叫赛普拉长手的朋友,手臂比一般人的手要长一巴掌,他说,你能把他拉回来吗?奶奶的冰激凌嘴巴能长出新牙吗?脏水能映出你的十八岁的容颜吗?于是大家请大翻译吃了一顿饭,不再和他玩了。他们要我说两句,我说,赛买提,今天是分手饭,你的日子神秘曲曲弯弯,弯弯曲曲,和我们的日子不一样,我们自己的太阳自己看吧。他说,就是说,咱们就是各自的太阳,我被清理了。这很正常,你们的玩法和我的玩法不一样,所以你讲的那句话也不对。不是自己的太阳,太阳只有一个,是我们共同的灿烂温暖。从那以后,我们的来往就断了。沙吾提·斯迪克还给我讲了赛买提的许多故事,当年的那些故事是不能说的,都是唾骂他现在的身份的东西。

五

大翻译退休那年,给和田的同学艾则买提·艾赛提打电话,定制了一条一百三十道的高级地毯。同学说,我的命根子同学,定制什么呀,现成的地毯有,是出口的,原色地毯也有,我把资料给你传过去,你看好,大小地毯你一定会满意的。定制的,如果你对质量不满意,比如图案色泽你看不上,就麻烦了。我说的麻烦是时间的问题。大翻译说,我不懂地毯,你看着好就行了,颜色图案我不讲究,我这个年龄,又不是定制神话中那种能飞的地毯。按照我的要求,你监工,织出来就行了。大翻译把自己的设计样寄给同学了,规格是五米乘五米,地毯前半部分图案是一片沙漠,中间有一簇红柳,红得惹人痒痒,中间是用死人的头骨编织成的花篮,花篮中央是赛买提翻译的头像,后半部分是伊犁河畔风水图案,有当年的摆渡船,地毯边框是天蓝色的丁香花图案,中间是他自己的肖像,很美。地毯中央有一行文字:"沉默的时间光明灿烂。"同学打电话说,我的在好地方活着的同学,脑子还好着呢吗?这地毯是坟墓里的亡灵用吗?你一辈子翻译诗歌小说,是不是最后老婆叫朋友了?你和田来一下,石榴一样有名的维吾尔医有,你的眼睛和舌头看一下,就知道你是什么毛病。我给你找一个医生,十天半个月,你就不要这样的疯地毯了。以后,小说不要翻译了,小说里面的吵架和阴谋,会传染到你身上的。记住羊脂玉一样真实的一个道理,除了裂缝以外,世界上什么东西都是可以传染的。好好活着,我七月份去看你。把牙齿保护好,咱们吃烤全羊。大翻译说,我很正常,眼睛鼻子耳朵嘴巴还在以前的地方。我真的需要这样一条地毯,我的精神需要。这条地毯是帮我打发以前的日子的,只有这样,我才能静下来。这条地毯对我很重要。三个月后,同学帮他把地毯织出来了。他去了趟和田,很满意,拥抱了同学,说,这才是会说话的地毯。同学偷偷地看他的眼睛,企图寻找他内心的颓废和狂飙。因为在监工的时候,技术员多次问过他,这地毯的主人,自己正常吗?同学不好意思,就说,是一家精神病院的院长,客厅里面用的。大翻译说,不认识了吗?我就是赛买提翻译,性别男,没有毛病。

　　大翻译的这个同学,是退休后折腾出来的一个硬汉,社会上的人鸟水草酒杯凉菜电线杆艾蒿野玫瑰菖蒲都是他的朋友。他在一位心脏朋友阔尼亚孜·吐尔逊江的帮助下,混进了玉石市场,开始了他的买卖历程。当年,他是带着沉甸甸的实货进入市场的,四块大玉石卖了个好价钱,上海的一个老板买走了,大钱进了他的怀抱。后来在阔尼亚孜·吐尔逊江的指点下,他慢慢地出售隐藏的好东西,很快就成暴发户了,在乌鲁木齐买了两套楼房,每年的同学聚会,费用他包了,依旧那样谦虚,不张扬,像宦官一样细声说话,因为他知道,手里的钱财一旦翻脸,他的日子就拉稀了。他明白自己。那年第一次组织同学聚会的时候,他给了大翻译两块极好的玉石,说,好东西,贵着呢,不要给任何人说我给你石头了,给老婆也不要说。老婆这个东西,穷的时候,是你的呼吸和前列腺炎;你一旦有钱了,她就会成为你的以钱为荣的昼夜蝴蝶。到时候,钱财是真罗汉。比如你老婆突然死了,安慰生者和近处的可耻卑鄙,唠唠叨叨,都靠钱,续女人继续热枕头也靠钱。如果,我明天问你昨天我给你的那两块玉石怎么样,你就唱咱们儿时的捉迷藏歌,装糊涂,也要秘密地要钱不要脸。脸脏了,以后洗洗还能见人,大事没有。俗话说,脸皮厚心里才能舒服。

大翻译的这个同学,是个人精。退休那年,一个周末,在岳父家里吃手抓羊肉,洗净油手,躲开岳父大人,到果园尽头的杂货房前面过烟瘾。陈旧的杂货房像年迈的老人,看着树上神话一样漂亮的苹果,开始唉声叹气,在东风的吹拂下,吹出了腐朽的霉气。他转身看着杂货房,想起了当年开车的岳父大人一定存有汽车钢板,那是打制宴请场合吃肉小刀的好材料,就推门走进杂货房,找当年被蹂躏苦役后退役的钢板。就在他低着头拨拉东西痒痒心口的瞬间,他发现了风吹露在墙砖下面的一个神奇的大石头,他用狼犬的速度蹲下,迅速擦拭那块石头,发现是一块玉石,又迅速抬起头,看了看门的方向,走过去,把门扣住,找了个铁棍,开始挖那玉石。玉石基本上挖开以后,他用手拃量了一下,是两拃半,极度兴奋,又迅速掩埋了。那天晚上,他失眠了,但是计谋也诞生了。可他立马又推翻了第一个计谋,不能给老婆讲,老婆在渤海一样深深的财富面前,会变成外人,忠诚娘在她婴儿时期喂她的奶水。奶头的恩情,是抹不掉的良心。于是在床上把老婆的身子变成想象中的卡通美女赞美一番以后,向老婆灌输亮丽的天堂三亚眼睛痒痒屁股扭扭的灿烂和等待新疆朋友嘴巴的龙虾大鱼,说,肚子不吃亏,海水里面有婴儿时代吃奶的感觉,全身润润的,梦里吃仙桃一样舒服。你带着爸爸妈妈玩一趟吧,今生在世,街面上以前擦皮鞋的都几次去三亚了,回来卖口水都发了,你准备一下,动身吧。老婆说,你不去,我们不好玩啊。他说,我的钱去就行了呀,现在是人不要紧卡要紧。老婆说,那你留家辛苦了,家里的花儿和妈妈院子浇水的事,都有劳你了。他说,我退休了,该我积德了,你们就浪漫地骄傲地准确痒痒地闹一趟三亚天堂吧。他送走老婆和岳父母,秘密地、不留痕迹地开始挖那块玉石了,结果那玉石一块接着一块,一共是二十九块地基玉石,是当年的石头,现在的宝贝。他处理好地基,把他可怜的桑塔纳开进院子里,在黄昏以后最好的黑夜里,秘密地把玉石运回家了。一开始就拿出四块卖钱了。老婆从三亚回来后,他热烈地拥抱老婆,天天和她婚礼之夜。老婆说,你这是怎么了?身体是你自己的,这能当饭吃吗?他说,我现在才像个男人了,老婆啊,是三亚的空气能当饭吃,你回来,看你这皮肤和精神,年轻了二十岁嘛。啊,多么了不起的三亚啊!啊,三亚,恩赐我金翅膀的三亚!下面我要买几本诗集,要学着写赞美三亚的诗歌。多美好的人生啊!原来三亚和钱都是会说话的朋友啊。老婆,你们走后,我在玉石市场做了几笔石头买卖,发了。如果你们不去三亚,就没有我今天的财富。命运有的时候在人老了没有办法的时候才来痒痒人啊。感谢三亚呀!

大翻译定制的那条地毯,他的同学艾则买提·艾赛提没有让他花钱。说,你这个三生万物八卦阵一样的地毯,你不能花钱,你会有灾难的。下面我给你定制一条正派的玫瑰花图案的地毯,那时候你自己付钱,那才是真货。大翻译把地毯拿回家里,叫人帮着铺在了客厅里。他老婆玛依拉·买买提伊明看了极为不满,心里咕噜着骂开了:我看你又蔫了,这是疯人院的院长奶奶赠送你的吗?你的疯劲又上来了,你的灵魂里闹鬼了吗?你看这图案,这些死人的头骨放在客厅,我不怕吗?这个家,除了你,我们不是人吗?大翻译说,这条地毯是我所有的时间,有许多时间你是不知道的,现在我披露秘密,摆在你的面前,你感谢的话一句没有,嘴巴还那么残酷,我们一点感情也没有了吗?话又说回来,这也是一件艺术品,是和田的同学送我的,是纪念我光荣退休的一个实物,一百多年以后也能用的地毯,这有什么不好吗?他老婆说,你说你是光荣退休?你光荣了吗?你没有全疯,我的花帽就玩蓝天了。你就不要光荣了,把地毯还给人家吧,我想,全世界也不会有这样一条地毯。有人来家了,我怎么说这个地毯?这些头骨我能说清楚吗?不会是你们先人的头骨吧?一个家里有一个疯子就死去活来了,我要是传染上了,咱们都睡垃圾场了。大翻译说,其实垃圾场是很热闹的,有些好东西,是老一辈血汗钱买来的,小的们不懂,就扔了,可以拾到很多好东西呢,那里充满了故事。

《棍棒敲打》《餐布献佳肴》等故事都是从垃圾场来的。你要把眼光放开,我这地毯是行为艺术的一部分。你是闹惯了,有的时候不是在厨房里悄悄地骂我吗?那种时候,出来踩着我的头骨走一走,你就可以出气了。在床上骂我的时候,是因为我强迫要你,你也可以下来在地毯上走走,你的心情也会逐渐地好起来。我被狼狗、豹子、猫、老鼠、蚂蚁、蝎子吃掉的良心,会秘密地回到我的心房,回到我的脸上眼睛里,抚爱救助我的颓废。

六

周末的一天,大翻译把我和二翻译叫到他家里,专门给我们讲了他的这条地毯。他说,翻译上的事,我就不说了。我的时间是赤裸的,你们是青春飘摇的斑斓,太阳和月亮都是你们的。我看中的是,你们俩是我的兄弟朋友,就是那种有碗没有锅的朋友,你们的前途都在有树的地方,这是原在的福气,树荫你们可以不掏钱享用。呜呼,你们这一代人,走到哪里都是现成的葡萄熟包子。现在,你们俩在这地毯上走九圈,要踩住每一个地方,每一次都要踩住我的头骨。我不会让你们白干活,走的时候,每人发两瓶伊力王酒,每人一个玉手镯,给老婆,讨好朋友,都行。二翻译沉默了,心里面在想这事背后的东西。我替他答应了,我的哲学还是那个古老的公式,管好师父的毛驴子,收好师父的好银子。我们脱掉袜子,开始走地毯了,二翻译不满地看了我一眼,说,大翻译开始乱了。我说,我们都是汤水的汤水的汤水。走完第六圈的时候,我的头开始晕了,好像我是踩上了大翻译头骨上的神经了,瞬间地毯上响起了一个声音,低沉,好像是盲人浑浊的声音。说,汉子们,我是塔克拉玛干沙漠,欢迎你们享受塔克拉玛干沙漠的热气。接着,飓风来了,一片吃人的黑暗扫过去后,千年来亲近人类的神话们留下了,它们是从一条神奇的骆驼图案的飞毯上滑下来的,那些神话把我抱上飞毯,升上了遥远的天际。我感觉到天空无限柔软,像新婚之夜的皮肤,像藏在面粉箱里过冬的昭苏马肠子,像十八岁的呻吟,像处处是会歌唱的玫瑰花,像公主的妹妹,姐姐不在的时候享受千万只蝴蝶的拥戴,处处是治愈拯救贪床男人气数的冬虫夏草的味道。沙漠的天气,是神话云集的集市,所有的神话都标出了自己的尊严,有的像柏拉图,有的像聊斋哥哥,有的像遥远的一千零一夜,有的像神秘的泰戈尔和莎士比亚,有的像封神演义和堂吉诃德,有的像史铁生和李白,有的像普希金和陀思妥耶夫斯基,有的像司马迁,有的像上世纪七十年代伊犁的苹果,有的像黄兴,有史必有斯人,有的像我的贼心,有的像孤儿花儿。在沙漠世界，我唯一的亢奋是我在活着的时候就发现了自己是什么货色，我知道，无辜的嘴脸和卑鄙的肝脏，在这个伟大的旅行中，也发现了自己。

当我飞到绿洲地带的时候，我笑了。连绵的剪不断的云朵对我说，您好，祝贺您远离人间飘飘然了。我说，我的一生，是可以说得过去的，我的归宿不是沙漠，绿洲是我最早的朋友，不是，是大家的，人间的，大地的，我们大家是无限的，是无限的一口口锅，是无限的一颗颗心。在手心那么大的一口锅里，繁衍了整个宇宙，所有的连词把我们衔接在了一起。可惜了，我们竟错过了上天无限的智慧，原来我们是在无限的时间里有限。我非常兴奋，在一次被迫走在大翻译的魔法地毯的旅行中，我捕获了一生享用的智慧。

我们完成了任务，拿了奖品走了。二翻译提议喝两杯，我说，回家吧，抓紧时间给老婆送金哥哥赏赐的玉镯。你要是讨好朋友，也要早早藏好，好东西是有嘴巴的。二翻译说，高，英明，处长大人。我说，不行我给你存着？二翻译说，如果你不打条子，就算了。我说，还是老实一点，年龄往上走的时候，心的硬度是会软下来的，家里面的老婆，也应该成为私密的朋友，白天可以大喊大叫，晚上是要哄着说悄悄话的。老婆一辈子忍受你的蹂躏，正常的时候发疯的时候都牲口一样折腾人家，最后一个圆圈石头也舍不得敬献吗？总有一天,良心是要掐脖子的。二翻译说,你读书的时候,老师一定是裙子,学校一定是天山的红花,你才是按时交学费的好学生。姜处,你拯救了我,对的,该老实一点了,人是长不大的洞洞啊,应该像青春年份爱情星空一样老实一点了,让老婆回忆三十年前的鼻子和鼻子,呼吸和呼吸,描绘疯狂的战斗岁月在我们的肉体和灵魂留下的血红印记。

那条魔鬼地毯铺进客厅以后,大翻译的老婆玛依拉·买买提伊明嘴巴里就没了盐味。大翻译每天都要在这个花招地毯上走一个多小时,念唱老婆从来没有听说过的词儿,开始在老婆可怜的眼神和老脸上,残酷地书写沧桑和恐怖。她把早已不来家看望父亲的儿子迪力夏提叫来,要他说教父亲,挽救妈妈的颓败。迪力夏提茫然地窥视早已不和他对话的父亲,心里有千万种感慨,还是搞不懂自己的父亲。有一次,我和二翻译在巴彦岱的烤包子店喝酒,遇见了迪力夏提,我知道他和父亲的矛盾,说,你是不对的,父亲是粮食和元气,没有父亲,我们的依靠是什么?他说,我不理解父亲,和他众多的朋友也谈过,就是闹不明白他的脾性,没有办法。我说,你搞明白你父亲的脾性做什么?你把他当父亲孝敬就行了呀!脾性是他自己的玩意儿。人生这玩意儿,谁人能看透呢?迪力夏提觉得父亲的神经已经乱了,认不出馕和砖头了。自从父亲坚决地反对自己买车,严格地说,不给他买车的钱以后,迪力夏提就不来看望了。说,像毛驴儿不认自己的小毛驴儿一样,父亲不认我了。大翻译的说法是,给买了房子,娶了女人,我还要给买车吗?这不是给做了抓饭又逼着吃吗?玛依拉·买买提伊明就骂男人,你还是一个知识分子吗?这样骂自己的儿子。大翻译说,儿子这东西,今天结婚发现女人了,第二天早晨就是人皮的叛徒。不是豺狼。如果是豺狼,你还有个预防,而人皮的叛徒是会隐藏的,到了时间就出卖你,吞吃你。玛依拉·买买提伊明不服气,说,搞翻译的人,把人家好好的字词句子揪过来塞进去,脑子都乱了。迪力夏提每周请母亲到家里来吃饭,他的老婆阿依古丽就说他,其实你是背叛,就一辆车嘛,我们自己存钱贷款买呀,你这样下去,会给家里带来麻烦的。而她照旧看望公公,带着库尔勒的香梨,给公公做饭,不愿意跟着自己男人犯傻。每当阿依古丽离开的时候,大翻译就看着儿媳消失的方向,说,这丫头,父母是骨髓里有东西的人。

　　大翻译每天早晨起床,打开窗户,远眺。这是他在练眼睛,是他在哈密的同学热伊穆·阿塔吾拉教他的方法。远处是高高的白杨树,像骄傲的男人,护卫大地的庄稼和候鸟,私密地欣赏它们的舞姿,祈祷它们的翅膀。说,白杨树忠诚土地,而男人背叛自己的裙子,女人忽悠给自己饭吃的锅锅,天下的良心,忙不过来呀。在卧室里偷窥他的老婆玛依拉·买买提伊明说,是啊,这么大的城市,你一个人的良心怎么够用呢?大翻译装着没有听见,不理老婆,开始在他的半吊子地毯上游走。在朗朗的念唱声中,自我陶醉。而后,自言自语:罪恶,卑鄙,在马路上掏出来随便尿尿,不是心的问题,是脚走出来的。这个无耻的脚板,在我最可爱的时间岁月里,在应该给我指点花之路的重要季节里,把我引到了牲口的乐园里。从那时起,我就不是人了。但是我没有暴露我的恶劣和野心。脚不忏悔,心不流泪,人是不能回到能报答妈妈的甜奶水的那个地方去的。我应该拯救我的脚,让它们回到妈妈给脚的那个时代里去,在半斤八两的照耀下,重新开始我的生活。

在静夜上床赞美老婆的时候,在机会主义哲学的教唆下,他就把这些想法告诉老婆,装傻求讨老婆的同情和支持。冰冷的老婆却听不进他的疯话,认为自男人退休以来,智商已经出问题了。一次,她和男人去汉人街买藏红花和和田人做的花酱,给他补脑髓恢复神志。大翻译站在老水磨前,说,臃肿的时间,怎么在这么好的地方建了一水磨呢?这应该是建卖散酒的地方嘛。老婆生气了,拉着他沾满酒气的手,大步离开了。怕那些老实人听了,背后诅咒他们。老婆说,我这一辈子,没有害过人,命咋这么苦啊。大翻译说,你命还苦吗?你都天堂的妹妹了,如果没有我的恩典,婚嫁你那个木匠,这会儿也不知道给谁人背家具呢。老婆说,他现在是大老板了,有自己的公司。那年过生日,他还记着呢,还是劳动人民好,给我送了一斤半的金手镯。他的心原来就在他的嘴上呢。大翻译说,你的手腕是无罪的,而有的黄金是无耻的,你的时间还没有睁开眼睛,最好和我一起走地毯忏悔赎罪。你的肥脚和卑鄙无耻的大嘴,会回到你最结实的处女时代。老婆说,一家一个疯子就够了,你自己忏悔吧,我继续做你的监护。如果哪一天你疯到头顶上了,我好叫救护车孝敬你呀。

那天早晨,大翻译起得最早。打开窗户,看不到白杨树,开始唠叨了。说:黎明今天身体不好,可能是蓝天亏待它了。万物都有一个挠痒痒的"贪"字,不给喉咙灌点东西,都笑不起来。而后,开始在他怪异的地毯上行走,踩踏自己的头骨像,开始缓慢地念他的词儿:数一数二数老三,老三的老婆会打馕;哪里来的骆驼客,和田来的骆驼客,核桃葡萄无花果;伊犁好嘛喀什好,哪里有酒哪里好,黑老婆好嘛白老婆好,会做抓饭的妹妹好;白石头,黑石头,清河边的玉石头;真朋友,假朋友,埋葬苦难的好朋友,我的夜莺飞走了,你的生命枯萎了,你是来自何方啊,你这千古的大美人;咚锵咚锵咚咚锵,谁的锅来谁的肉,谁的柴火咚咚锵。

每当这种时候,老婆躲在卧室门缝后面,默默地流泪,不敢预测自己的晚年生活。忍不住了,就向邻居老奶奶帕提满唠叨自己的苦心。帕提满奶奶说,不要悲伤,你男人还没有全疯,出去能回来,说明还是正常的。带把儿的男人,出生的时候都有点疯癫,肚子里面有九颗心,九颗心上面还有一个私房房,他们见不得人的词儿和诡计都在那里。他们的巫医也在那里。不要折磨你的心脏,放任他,随他去,让你走地毯你就光着屁股跟上,当他斥责你为什么没有遮羞布的时候,他的神志就会回到你的身旁。没事,男人有四十种诡计,要一个个破译,这个过程,就恩赐你识破他的智慧了。老婆说,我找北大营的阿娜尔神婆算一卦怎么样?帕提满奶奶说,这种事儿,你也信吗?那是糊弄人的东西,任何一种颓废和乱象,都是血脉里的紊乱。紊乱,是辱骂自己的舌头和牙齿。那个神婆能说清楚这种颠倒,但是不能治愈血脉,男人有的时候需要用干裂的羊肠鞭子抽打嘴脸七鞭,脊梁骨七鞭,屁股七鞭,三七二十一,哥德尔玛西,鸭子过去鹅过去,做梦娶媳妇,孙猴子自封齐天大圣,频繁的麻烦以后,男人才能找回自己的神经。男人来荷尔蒙的时候,睁着的眼睛什么也看不见。还有一个办法能治你的汉子,晚上男人睡觉的时候,你炒一盘子羊腰子,巴掌大的一块馕泡湖南人的黑茶,吃了睡觉,身子热热的,连续三天,就没事了。要稳住你自己,而后男人才能好。哪里有不交学费的事情呢?你给我说过,童年的时候,清晨你甜睡的时候,妈妈从院子里给你剪一束玫瑰,放在你的枕边,让花香陪伴你的睡眠。你曾经拥有过神话一样的童年,现在,这个学费,变成了你男人身上的麻烦,该你还债了,所以你不能自苦,自残,自责。把心痛拿出来,要面对,正视,亲亲它,你就有温度了。要有面对一盘大盘鸡那种愉快的心情,你才能走出你这所谓的灾难。

七

大翻译的老婆玛依拉·买买提伊明顿时满面春色,眉毛也舞动起来了,说,是啊,谢谢奶奶给我擦亮了眼睛。第二天一早,到汉人街里的乡下人市场,买了一筐大屁股的双黄土鸡蛋,孝敬帕提满奶奶的智慧了。在后来的日子里,玛依拉·买买提伊明基本上不让大翻译独自出门了,原因是喝酒管不住自己了,不喝个半酩酊不回家。老婆不让出门,他就开始说胡话吓唬老婆。躺在他那个神秘的地毯上,不停地念他的词儿:好老婆,坏老婆,人间的鬼老婆;好酒,烂酒,人间的老朋友,卖骚的卖,买酒的买,天下的卖和买。他向老婆说,如果你不给我自由,我就跳楼自杀,生命诚可贵,爱情稀巴烂,良心价更高。人老了,钱孤独的树叶一样流浪了。你现在做的拌面,是有毒的,我可以为你去死,但是你死的时候,谁人能证明你花蕊一样的青春滋润过我的历史呢?你记住,我死后,会让人把我埋在汉人街的公墓里,我自己安排自己的死亡,目的是不让你看见我的尸体,我的灵魂不能接受你为亲人们演戏的眼泪。当有人报告你我死了的时候,你沉默一天一夜,第二天就可以向世人继续炫耀你的木匠手镯,把你的从前揪进那个木匠的怀里,继续欺骗月亮。你会在欺骗的月光里永恒。这种话,要是在从前,老婆会发疯的,因为帕提满奶奶的教诲,她找弟弟库莱西帮她。库莱西说,姐,你就让姐夫在家里喝着吧,这种事情,不能急,漫长的从前,有过许多这样的人,如果人间里还有他一份子馕,他会变好的,不急,让他出去,钱不要多给,不能走极端,慢慢地哄。老婆有了自己的办法,一周同意他出去一次。这时候,他基本上不找我们了,一人去汉人街流浪汉酒屋,独自一人开喝了。一个月后,大翻译继续吓唬老婆,说,我要一周出去两次,这是我的家,不是监狱,你是我用钱养的老婆,酒钱以外,吃"乾隆拌面"的钱也要给我,不然,我就找你们家的老人告你。老婆同意了他的要求,同时也有了自己的主意。她找到社区里有名望的老教授西尔扎提,哭着把心里的苦水倒在了他面前。第二天晚上,老教授在社区大门前等他,和沉闷的大翻译聊了一会儿,用美好的词汇问候他,说,你退休后的生活,我们大家都知道,你不是一般的人,大翻译家,就连路上的树叶也要给你鞠躬呢,这么多年来,我们都是读着你翻译的书走过来的。你现在沉在酒里面了,这是不行的,你要振作起来,不能自己剁自己的尊严。健康是最大的朋友,休息好,有时间也搞点翻译,汉文的好书很多,要翻译给大家学习,不能自己毁灭自己。大翻译说,谢谢老教授,这些天我也在想这事呢,我想住院戒酒,但是我的身份证丢了。我从青年时代起就不是东西,是什么呢?是见了老婆身上所有的骨头都打战的人,自动地快板了。老教授,现在一公斤肉多少钱?春风的价格和秋风的标价有什么样的出入?听说下午汉人街里供应鸡蛋,你要吗?双黄蛋,现在鸡兴旺了。老教授,如果一个人突然死了,是幸福呢还是悲哀?我有一个翻译加酒肉朋友的哥们儿,他说,最美好的死是猝死,不给家人找麻烦,你同意这样的观点吗?如果太阳晚上照亮我们,月亮白天忽悠星星刺激我们的睡眠,我可以不跪在自己的屋门前敲门吗?之者乎也,天将降大任于斯人也,必先苦其心志,玉如意指挥倜傥,一座皆惊,金筶箩倾倒淋漓,千杯未醉,李白老哥玩酒千万杯,幸福的家庭都是相似的,昨天友谊医院一著名的医生家里丢了二八一十六只芦花鸡,据说是他姥爷留给他的纪念鸡。老教授,我请客,到汉人街流浪汉酒屋里坐一坐吗?老教授退了一步,有点恐慌,眼睫毛眨了几下,说,你先走,我随后就到,和老婆要几个酒银子。大翻译说,老教授,你也是在老婆手里吗?我们多幸福。你可能不知道,那个地方是可以赊账的。大翻译到汉人街喝完酒回来,向老婆说,你找的那个老教授是个一加一等于一的褴褛,他玩儿不住我,你把你的神仙搬来也没有用。我不会糟蹋我的意志,我要用我的酒杯持续地和你斗争。你知道全世界每天生产多少酒杯吗?希望是麦子一样甜蜜的东西,我连木匠都不怕,害怕你那些看不见的计谋吗?时间不会不要我,我在乡下买了五亩地,都种了玫瑰,是我留给你的遗产。上了岁数的女人,应该是墙上的蒙娜丽莎。老婆不懂蒙娜丽莎是什么,第二天找弟弟请教,弟弟说,是一张挂墙上的类似美女的画,早晨看是一个感觉,晚上看又是一种颓废,意思是要你少说话。你不要和他斗了。老婆不甘心,向大翻译说,你天天喝酒我也没有意见,我要跟着你出去。大翻译说,你把嗓子燥清,如果你跟踪我,我就穿我那一腿红一腿绿的裤子,人家戴绿帽子,我穿绿裤子,我要揭发你女人穿男人裤子的事情,卑鄙不是你的埋葬,我要看着你在人间鼻子不是鼻子,眼睛不是眼睛。最后,老婆怕了,同意他的要求,也给他涨了喝酒的钱。大翻译心里面笑了,因为胜利,昏了脑袋,说,我的工资卡和稿费卡,会在你做噩梦的一个半夜,掐你的脖子,蚂蚁会在屋顶上诅咒你,掉下来钻进你的嘴里,爬进你的心房毒害你。老婆怕了,装出可怜他的样子,把工资卡给他了,提出了条件,说,每周最多只能取二百块钱。大翻译提出一周五百,要到伊犁河边吃锡伯族渔民抓的鲇鱼,如果不同意,他就跳楼。老婆咬着牙,心里骂着同意了。说,也可以,工资卡的密码我改了,到银行取钱的时候,你持卡,在取款机上按钱数,而后转身回避,我按密码。大翻译没有和她争,同意了,说,草原上的公牛是谁家的我不管,牛犊归我就行。后来的情况是,喝多了回不来了,有的时候坐出租车回家,有的时候是坐马的,有的时候是坐毛驴车回来。老婆受不了了,就和大翻译大吵了一回,说,你要是再出去喝酒,我就先跳楼,死给你看。结果是,大翻译三天没有出门。老婆抓住机会,说,我到医院检查了,说我心脏有毛病,如果你再闹,我就死给你看。你可以在家里喝,我给你炒菜。大翻译说,家里喝酒,那不成监狱了吗?人在有人气的地方才是人,没有人脸陪着,我会闷死的。老婆说,你出去喝酒,我不闷死吗?咱们一起闷死家里多好。于是大翻译妥协了,心里说,绳子不能拉得太紧,老婆是疼爱我,我也不能尿得太高,有酒就行。老婆每天中午做拌面,菜炒好后,给他盛一小茶碗,悄悄地放茶几上,咳嗽几声,回厨房拉面。这咳嗽是信号,大翻译从屏幕的世界里走出来,闻到菜香味,就到书房里,往他著名的大水晶杯里满上四两,回到坐热的沙发上,第一口喝四分之一,吃两口菜,舒缓地出口气,眼睛在电视上,耳朵听老婆在案板上摔面的声音,下锅的声音。心里算好面出锅的时间,剩下的酒一次性地喝完,把一小茶碗菜吃光,等面。就在他擦嘴享受酒香的时候,面来了。他接过面,说一句面汤,放点盐,就开始吃。大口大口吃面压酒,面色顿时跟化妆的戏子一样通红,长长地吹出一口气,说,酒这个东西,必须在有酒气的地方喝,但是自由这个东西,比天上的月亮还难啊,我早年的意志去哪里了呢?而后,他就躺在沙发上,看着漂亮的吊灯,想心事。说:我后面的生命,就这样吗?坟墓里面最差也应该有一蜡烛吧?要早早买通掘墓人,在墓穴里备一些有光明的东西。死亡本身不可怕,要命的东西是持续的黑暗。我知道,我有着深刻的卑鄙,我这个从前的孩子,长大了就成了害子了。

老婆没有放弃对大翻译的拯救。晚上上床的时候,温情地用大翻译在早年恋爱季节里哄她的形容词哄他,说,要慢慢地戒酒,要爱惜自己的生命和尊严,你是一个大翻译家,家里那么多奖状,容易吗?退休是为了喝酒吗?每天穿上好衣服,和社区的老前辈交朋友,参加社区的公益活动,和大家一起生活嘛。你在心里,是看不起这些邻居的,这才是你的癌症,你逃避人气,用酒精封闭自己,不是自己埋葬自己吗？他们都尊敬你,而你却继续和你的酒做朋友,这样下去,酒精会要你的命的。大翻译说,从前为什么不会凝固在什么地方呢？记忆是个非常古怪的东西,只在心里说话。睡吧,好老婆,星星和那些喜欢传闲话的野鸽子们在窥听呢,如果隐私泛滥,像洪水,就非常可怕了。水在河床里,才像月亮的妹妹那样可爱美丽,如果它们泛滥在马路,就是人们的尿水了。

我照例每周给大翻译打一次电话,说我有稿费了,请他和二翻译吃"乾隆拌面"。他几乎不接。偶尔接了,来一句"是谁家的毛驴儿丢了？"就挂电话。有时几个月接一次,故意发出浑浊的声音,压低嗓子,嗡嗡地说,哦,天下的灿烂呀,至今你的稿费卡还在你自己的手里吗？值得祖祖辈辈庆贺的挺胸日子啊,好好活着,我已经糜烂了,配不上你的稿费,我现在是跪在敌人老婆膝下的酒丐,你和卖草鞋的卖潇洒着吧,我这个年龄,已经是黄昏的垃圾了。周日,我和大翻译的妻子玛依拉·买买提伊明说好,从家里把他叫出来了。他说,姜子牙的传人,生活方式是什么东西？我说,不要抛弃朋友。他说,没有永远的金铃铛,那小坨年轮日月岁岁在那铃铛里摇晃着备受折磨,它还能响起来吗？葡萄在架子上才是星星的朋友,人手触摸它们的灿烂梦幻的时候,嘴自己张开,就迫害埋葬葡萄的神话了。我们的脚懂得多,但是它们不说话。我说,一个人,如果离开了另一个人的声音,就是朋友灵魂走廊、灵魂心房、精神杠杆、精神缰绳的声音,那就成裁缝剪刀下的边角料了,这不是生活方式。大翻译说,我快了吗?我说,你不在那里,你只是把自己最早的门牌号码丢了,就是你成家第一次居住的那个土屋。大翻译说,人是前进的。我说,谢谢,那么人的生活方式也是前进的,你不应该到那种颓废的地方去喝酒,不要朋友。大翻译说,人生下来的时候没有朋友。我说,人生下来的时候有声音,声音就是朋友。大翻译坚持要去他的汉人街酒屋里去喝,说那里是最好的乐园,有那种他在褴褛时代向往的梦想,有一种他向往的熏臭。我跟着去了,那个民国时期的土屋,已经像爷爷正午的蔫茄子一样驼背了。我们推开满是污垢的油腻门板进去的时候,里面已经有好多人了,没有人说话的声音,都是自己喝自己的酒。南面的墙壁,已经用三根糟木顶上了,像西班牙的斗牛,固执地顶撑着已经腐朽的土墙。老板是个病秧子似的人,眼睛里面没有光亮,像夜晚的灰尘一样可怕的脸散发着瞌睡里的霉气。他看着大翻译,说,有知识的人来了,北墙角下有一个凳子,你先坐着,这个朋友我给排上队,哪一位酒爷抬屁股的时候,我给轮上。我们走到北墙角下,很是尴尬,那个小凳子,也就三十厘米那么高,就大翻译那样大的屁股,坐着那也是旧社会一样的残酷。大翻译说,你过去,把屁股贴上,这是我的地方,我靠着墙,也舒服。我说,你坐,我靠墙。大翻译说,年岁小的人,是要听话的。我坐在像孤儿一样可怜地趴在地上的小凳子上了,大翻译要来了新源大曲和一盘子鸡蛋,说,这里没有你喝的那种贵族酒,这里的知音们嫌贵,你就可怜一下吧,所以一年多来,我没有找你们。我不是故意蹲着尿尿,我是心乱,心里有一块毒瘤,我想用酒精化瘀,就是感觉不到那东西灭亡了没有。我很清楚我自己,就是想用酒精治疗自己。今天你自己来找我,我就把肠子里面的事情告诉你了。其实我也看透了,那些玫瑰,怎么闻都没有熏人的味道。你看那个卖嘴皮子的卖平时嘴巴那么仁义,几句话就可以给你娶一个野老婆,实际上,一年多他没有找过我,他巴不得我在翻译界消失,他好贩卖嘴脸。看人不能看嘴,要看脚。大翻译要来了酒和油炸大豆,是我们二十多年前喜欢吃的东西。他把盛大豆的铁盘子放在潮湿而又满地痰污的地面上,一瓶酒一人一半,倒进两只垢痂满身的啤酒杯里,让我抓一杯,自己一杯,说,先喝一半,剩下的,慢慢添。他端起酒杯,喝了一半,闭着眼就吹出一口气,说,我现在不喝猛酒了,我在思考我最后的生命。有可能,在我今后的生命中,我会成为一个著名的哲学家。我的课题是,爱情衰老的时候,为什么老婆是自己的敌人。我说,金哥哥,民间有一说法,浪子老了,就神仙了。老百姓还是喜欢翻译家的你。咱们今天不说做学问的事,还是说说你自己的事,这么多年,你向我封闭自己,我怎么帮你呢?大翻译说,姜皮子的姜,你的麻烦就是你的干净。但你有两个邋遢,一是你喜欢窥视,这不对,窥视是人肉体里的毒瘤,要远离它。因为隐私是人身上固有的激素,你把这个东西拿走了,人的气数就耷拉了。活着,屌意思还有吗?一个人不能看透另一个人的贼心,这是歧路的麻烦。俗语说,不要让爸爸发现妈妈的丑陋,意思是,要学会掩盖,让时间的阳光自己去治愈那些厕所鼻涕。另一个邋遢是,你喜欢帮助见不得人的事情。今天的酒杯,已经不是且听下回分解的朋友了,机器人已经开始掐喉咙了。许多俗语和成语,都退役了。灿烂,已经玩儿完了,所以你不能说要帮我。如果你还认我是师父,你就在我死的时候,在第一时间把我埋了,上午死了中午就埋,中午死了下午埋,我争取不在晚上死。晚上死的话,尸体不光明,洗尸汉提不起精神。你们不知,我在不断地总结自己,没有十多种颜色的笔,我的一生是写不清楚的,有些时间必须是要用朱笔来写的,有的时间是要用黄色的笔来说的,是南瓜花那种颜色的黄。我说,之所以我是你的徒弟嘛,就因为憨钝。我今天的第一个意思已经让你埋葬了,

"乾隆拌面"吃不上了,第二个意思是请你戒酒。你知道,酒精已经和你的血脉做朋友了,不用药是不行的。在家里治,我有一个同学是医生,他不会声张的。为了以后的生活,为了你的事业,一定要治。大翻译说,就你那个治疯子的朋友吗?我说,他会为我们保密的。大翻译说,不需要保密,这个年龄了,还玩什么面子里子的。我会自己戒的,尕尕的事情。我说,你还是要回到翻译上来,现在,每天都有好书出版,你不能就这样扔了自己。这一生,你不容易,要总结自己。总结不是炫耀自己,你要过滤脑袋,把自己弄清楚,是什么人,今后应该怎么活。肚子里面,你攒了那么多知识,懂那么多种语言,翻译局也找你解决疑难词汇,你忍心把自己浪费了吗?你那样说也不对,人是离不开人的,只要你说话,我是非常愿意帮助你的。大翻译说,我知道,我是人的儿子,我会在最后的咽气中,像个人的儿子一样活完这个生命,不会给任何人丢脸。当我的时间逐渐沉重,我似乎看到了我灵魂里的毒瘤,我现在正在甄别它的颜色,所以说,我的死亡鉴定书,是需要用不同颜色的笔来写的。姜处,你说说,如果一个人丢了,永远丢了,算不算死亡呢?我说,不算。死亡是我们眼前的尸体和我们悲哀的墓碑。大翻译说,许多翻译家到了晚年都会变成作家或是诗人,我就是不行。喝酒喝坏了,把智慧和灵气都喝掉了。我笑了,说,金哥哥,你有什么要求吗?你手里的作家诗人不少啊。大翻译说,那是。只是,我要是会作诗,我会写出月亮一样精美的诗歌的。命里没有这个东西,用钱买不来的。我说,那你是想听诗了,我给你诵一首怎么样?大翻译说,不急,我的病好了再说。有的时候我就想,为什么所有的渠水河水江河海洋,都不在一个路线挨着东南西北流淌呢?我说,它们的时间不在一个地方。坐在我跟前的一位酒哥儿看了大翻译一眼,浑浊的眼睛里什么意思也看不见,说,哥们儿,你是把长城和昆仑山都背上了,活得太沉重了,你喝上两瓶伊力大曲睡个半死,三天后起床,你说的那些渠沟河坝奶奶河都会流进你们家的水磨里的。这太简单了嘛。大翻译说,哥们儿高见,我现在是一天比一天迟钝糊涂,如果那样的话,那些河流会有缰绳吗?酒哥儿说,你是想骑上那些河流泛滥成灾吗?大翻译说,我想把河水领到鱼市,把河里的鱼换成钱,赚点酒钱。酒哥儿笑了,说,好,你才是汉子,我敬你一杯。这是我从家里带来的酒杯,在我手里玩了三十年了。大翻译说,你的酒兜可是幸福了呀。

酒哥儿和大翻译聊起来了,他们的脾性在他们敬用的某一个形容词或是什么动词名词中碰出了火花。下面的时间,开始在他们的嘴里遨游宇宙了。没有人和我说话了,酒屋里的酒气开始在明亮的窗前和暗臭的旮旯里寻觅火星,急切地等待着燃烧在自己的时间里,绚烂地炫耀独有的火气。满屋子的盐味像电影里的污气,也开始在屋子里流浪了。苦辣的酸气吹进了我的眼睛,我闭上了眼睛。但是耳朵还在大翻译的嘴上,在他熏臭毒辣尖刻昏庸的词儿上,窥视他和这位新哥们儿的心事。送大翻译回家的时候,他跟跄地走出酒屋,说,第一次见面是酒友,第二次见面就是亲戚了。喝了一辈子了,我的朋友遍天下了。

八

后来的几天里,我开始琢磨大翻译讲的他那个"毒瘤",一时理不出头绪,因为他是一个有太多故事的人,不知道是哪一个故事在他的心里变成了"毒瘤"。在后来一个多月的时间里,找了他青年时代一起玩泥巴长大的几个哥们儿,有一个叫吐尔逊·塔伊的朋友,脾性上和大翻译有天地之别,他甚至厌恶大翻译大步走路的那种样子,说是煤矿苦力的走相,是一个极为敏感的人。我把他的说法和二翻译的说法,还有其他人的说法,特别是把大翻译一位叫亚夏儿·努尔买买提的老朋友的说法加在一起轻柔地慢嚼,基本上可以确定那"毒瘤"是他和多力坤·托乎提的矛盾了,是一场悲剧。事情已过了好多年了,那时候还是树苗的果树,现如今已经满枝大苹果了,说得明白一点,就是"好了歌"了。他那个叫吐尔逊·塔伊的朋友,全面地否定他,满嘴的歧视,说,他的思维是混乱的,他身上有疯狗的血脉,他不应该出生在人间社会里,他可以和野狼为伍,他能和狼说话,他是人间的一个扰乱。比如说,他的翻译水平是一流的,没有人能给他浇水洗手,这是他身上的狼性决定的,人不可能有这样的能力。我们喝酒的时候都说你,你要小心,他会背着你把你的把儿卖给别人的。我们就是不明白,你怎么会和他搞在一起呢?他是有学问,但是一个危险的人,你玩儿不过他。在他人心的贼房里,藏有七个贼心,包括说话,你也要十分地谨慎。

我有点明白了,好像是时间在诅咒大翻译,岁月的牙齿咬嚼他的灵魂,他发现了什么,因而内心里在选择应该用什么样的笔总结自己的一生。我也是费了好大的劲,频繁地和那些人喝酒,麻痹他们,掏出了他们的心里话。据说真话这个哥们儿,在很早以前也是喜欢藏得这么深的,要费好大的劲,才能把他们的肝脏抽出来。

我们仨,无论谁出译著,都是要请酒大撮一顿的。那叫"洗一下"。这个词儿是大翻译发明的,说的时候很随便,后来工薪阶层也开始用了,接着流入民间,到处都能听到大家愉快地消费这个词儿。大翻译最初的意思是,有好事了,你

"洗一下",请大家烤全羊一下,酒杯一下,你这事就更好了。一个"洗"字儿,把一件好事的酸甜苦辣都揪到一起,也成全了那些时辰和瞬间的尴尬与磨难,最后为那坚韧的自信干杯。后来人们把这个"洗一下"用滥了,朋友同事乌鸦麻雀蚂蚁蝈蝈买了一件廉价的短裤或者是觅食一麦粒,墙角下温暖了一会儿阳光,也要人家"洗一下"了。最可笑的是,巷口上的哥们儿晚饭后闲聊谁家的烤全羊好吃的时候,要是发现哪一位刮了胡子黑脸白净净的了,也要付出代价"洗一下"了。有的哥们儿是痒痒着自己游说朋友圈,家里有喜事了,他要大大地"洗一下",叫朋友们把牙齿戳尖,一起喝进月亮的怀抱,和时间的花瓣一起喜洋洋。大翻译曾向二翻译夸过口,说,我这一生,什么事也没有成,就我发明的这个"洗一下",在人心的词典里,是不朽的。二翻译不服,和我单喝的时候,多次讲过他对这种狂妄的恶心,说,"洗一下"怎么会是老贼他发明的呢?这土地上今天有人了,这词儿第二天就有了。这正是人不要脸鬼也害臊啊。再说了,就这么个"洗屁股"的词儿,也值得老贼那么骄傲吗?他这个人,水平是有的,舌头比我们都多,但是他做任何一种事情,都是一个"狂",是一个没有"度"的人。他的舌头是哲学的爷爷,手是他自私的墓志铭。这些话,自然会传到大翻译的老耳朵。大翻译回应说,他懂屄,还是个娃娃嘛,你赏他好事,他会抱着树荫洗屁股的。

那年秋天,我翻译的《当代短篇小说精选》出版了,样书和稿费一起寄来了。大翻译阴阴阳阳地说,我一辈子都没有过这样的滋润,稿费和样书一起来了。都是春天出书,稿费第二年夏天才飞来。还是做处长好。我说,那个时候有许多钱还没有从金库里走出来嘛。大翻译说,如果钱习惯了潮湿的地库,它们就懒了,会睡得长久一些。我说,睡惯了的地方是很香的,像腊月的马肠子那样香。今天您老实说话,咱们上哪儿?酒当然是伊力王了,我好给二翻译打电话。大翻译说,那就上"三前门"吧,那里的炖鸡好。民间有说法,不去的磨坊还要去七次呢,咱们有时间没有去那里吃鸡了。那鸡做得还是让人有瘾的,汤在嘴里的时候,味道沙枣花的馨香一样晕人,走喉咙的时候,花椒树的妹妹一样麻痹神经,流进胃里的时候,肚子全场非常舒坦,所有的记忆顿时挠痒着上门。我们来到"三前门"的时候,笑嘻嘻的二翻译已经在大厅里等我们了。他礼貌地见过大翻译,说,金哥哥,不会是坐着毛驴车来的吧,我来了一瓶酒的时间了。大翻译说,姜子牙的血脉没有零钱,今天脚板吃亏了。老板苏力来了,热情地和我们握手,看着他的朋友二翻译,说,哥们儿,哥们儿哎,小时候咱们可是一条裤衩一人一腿,现在你可是六月份的青蛙一样不见人了。上个星期天同学叶克亚从乌鲁木齐来了,你的电话打不通,我借来消防局的探照灯整个城市照了个遍,任何旮旯里都没有找到你。我们大喝了一场,他只认伊力大老窖,我们八个人喝了十五瓶。你不能太尊贵了,手机打开呀。我听说了,你今年又出译著了,是好事,但是不能尿在你自己的餐单上。你就是能翻译天上的星星月亮和太阳的奶奶,你也是我玩泥巴长大的朋友,你的命根子多长,我的命根子多软,我们的眼睛都知道。你藏着活人,就整个一个前列腺炎后期。挺胸,把胸脯上的公毛亮出来,刮风下雨掌嘴屁股不争气也要忍下去,你忍住了眼睛里面才会有想法和方向,就像你们今天到我这里来了。时间不打人,人吃不出馕的味道。大翻译说,他太忙,节日里只能关机捞时间。他是两只手都翻译,右手汉文译维吾尔文,左手维吾尔文译汉文,没有第三只手接电话,你要理解。还有就是莫言得了诺贝尔文学奖以后,稿费涨了,你朋友平时闲着的右手,就劳役了。钱这个东西,越来越痒痒人了。老板苏力说,钱这个东西靠不住,还是要抓朋友,你们维吾尔族人有说法,钱是男人手上的垢痂,一洗就掉,留不住。我说,咱们进包厢说吧,我们的大师肚子也饿了。二翻译看着老板苏力,边走边说,你这一哇啦,我就想起了少年时代我们在伊犁河边放羊的那些事情,我们挤羊奶烧开泡馕吃,抓野鸡,钓鱼。那次你把我脱在河边的裤子两裤腿绑在一起,浸上水,我解不开,差一点回不了家。

那个时候你就厉害。老板苏力说，是啊，朋友，人不长大最好，起码一家人有一人不要长大，最好玩，让他做童年的镜子，诅咒家里长大后心眼儿坏了的人。进包厢吃饭吧，这些话是说不完的。我准备了一只大公鸡，主要是喝汤，对男人的嗓子好，和老婆吵架的时候，可以大声嚷嚷着耍威风。

我们品尝过炖鸡和羊肉串，还有羊心炒洋葱，开始喝酒了。伊力王味道醇香，大翻译高兴了，说，白杨树的味道，狂野干草的味道，盐碱泉的味道，野贝母的味道，库房里麦草的味道，橡树的味道和丁香花的味道，都有了。其实，人的真智慧，是一种感觉不到但是能享用的实在。像馕坑，沙坑肉馕，玉米面糊糊。许多人看不起玉米面糊糊的形象，说像牢狱的下水道一样丑陋。但是他们不知道，丑陋的糊糊是不告密的，许多人不知道它们的这个品质。村里着火的时候，跑在最前面救火的人，往往都是丑陋的村姑。是因为，她们是在村尾的屋子里生活的，最早能看见最残酷的东西。当然，也能看见最可爱的曙光。我说，她们是花瓣以外的花瓣。二翻译说，姜处高明。接着小声地向我嘟囔了一句，老贼又开始拽文了。今天大翻译喝得有点猛，我们俩也讨好，频频举杯。酒快喝完的时候，二翻译说了声我出去尿个尿，站起来出去了。大翻译趁着二翻译不在，小声地唠叨起来了，说，刚才听见老板的话了吧，这小子从小就是偷羊奶长大的，现在偷人家的词儿,也是向他的童年致敬。我们抓不住他。这么有学问的翻译,刚才说他出去"尿个尿"。这话是他说的吗?卫生间不会说吗?厕所也不会说吗?"尿个尿",那味道有多臊啊。就是说,在根子里面,他还是缺点东西。正说着,二翻译提着一瓶伊力王进来了,我看着有点不对,说,二翻译,你这是干什么?你不是出去尿尿吗?那地方发这个吗?二翻译说,厕所跟前的商店有卖,我看那商标太诱人了,就掏钱了。大翻译说,这么好的酒,在那样熏臭的地方卖,让人硬不起来啊。我看着二翻译,说,今天是我请客,你这么一"尿",这还算是我"洗"了吗?你这不是搞破坏吗?你应该知道,我请客的时候,客人是不能"尿"的。大翻译顿时来劲了,说,也未必。举杯,为二翻译的这一"尿"干杯。我们喝了几杯,酒瓶就干了。我打开了二翻译"尿"来的那瓶酒,又一大杯酒进肚后,大翻译喝了一口茶,说,话不能说得太结实,讨好肉的时候,也要加上骨头。不要小看骨头说没有用,它们往往是衔接动脉的东西。为什么客人不能"尿"?今后,客人想"尿"的时候就"尿",不存在谁"洗"的时候客人不能"尿"的问题。这些年,我们经常喝酒,就没有见过二翻译像今天这样中间出去主动地"尿"一泡。这不挺好吗?一"尿"就"尿"出男人味儿来了嘛。今后无论咱们谁"洗",人人都能"尿",想什么时候"尿"就什么时候"尿"。不能说客人不能"尿",今后都是自己人。到有好酒的厕所里"尿"。记住,今后接待外来的客人,也允许他们"尿"。你不能老是憋人家呀,他不"尿"还是男人吗?"尿"了,才能舒服呀。我自己也要带头"尿"。二翻译今天"尿"得好,我要向他学习。人是会变的,有的时候时间长一点,有的时候就几天,有的时候就瞬间。现在看来,只有我们自己的床位哭泣的时候,我们才会悟出多年的道道来。比如就刚才二翻译出去"尿"的这个事,我心里一下亮堂了,上了年纪的人,如果心里没有春天,他就植物人了。谁在为谁"洗",谁又在为谁"尿",他全然不知。我这个年龄已经没有嗅觉了,但是我不能拒绝鲜花。我活了一辈子,今天才看清自己的嘴脸。多么漫长的学费啊。我也出去"尿"一个。我说,我跟着吧,老师不能"尿"。大翻译说,都一样,老师也能"尿"。

第三章　成长的学费

一

当我觉得自己对大翻译有了一个基本的、较清楚的了解以后,另一件让人脊梁出冷汗的事,突然发生了。那是一个温馨的星期五,是我和二翻译在汉人街老水磨饭馆吃"乾隆拌面"填饱肚子,喝酒品塔城草原巴什拜羊的日子。我们吃完面,第三杯酒还没有进肚子的时候,二翻译接了一个电话,"啊"了一声,愣住了。我说,什么情况?他说,大翻译失踪了。我也愣住了,把手里的酒杯靠放在肉盘子跟前,看着二翻译,说,几天了?二翻译说,昨天的事儿,早晨出去逛街吃满满子的"乾隆拌面"了,就没有回来。我说,报案了吗?二翻译说,不知道。嗨,这个事情,不能急,以前他和朋友们经常玩这种把戏,给活人报丧,说他们死去的一个朋友又复活了,他自己就报过自己的一次死讯,完全是恶作剧。到昭苏参加一朋友儿子的生日宴去了,在鱼水草原喝了三天酒回来了。给朋友们说,那个世界看坟墓的把头把我赶出来了,说我还没有活完,人间还有一个重要的考验,我就出来了。想死,时间不到,也没有办法。这一次,弄不好也是一个戏弄人的把戏。咱们不急,再看看,过一会儿给他老婆打个电话,也许,这会儿老贼已经回家了。我觉得二翻译说得对,在大翻译以往的生活中,他是一个非常混乱的人,特别是在他的中年时代,几乎没有人能管得住他,其实就是吃不透他的脾性。那些规劝他的人不懂什么样的词语能管住他,也因而,他儿子多次向我说过,他不懂父亲是一种什么样脾性的人。我的手机响了,是一翻译朋友,询问我大翻译失踪是怎么回事。二翻译也接了一个电话,他回答人家说,可能是到哪个墓场里去排队了,他喜欢长眠在路边的墓地。我给大翻译的家里打了个电话,是他儿子接的,说,现在还不是爸爸死的年龄,早了一点,他老人家一定是在玩弄我们,他这几年是深刻地寂寞,像被赶出了森林的狼一样寂寞,和从前一样,不弄出个死了又复活了的事儿,他糟蹋的那些酒杯,也是不会答应的。咱们等着吧,最长也就一年半载会有消息的,妈妈可以利用这个时间好好休养一下,理一理自己的心绪。这些年来,爸爸故意惹妈妈生气,找乐子,满足自己的寂寞和蜕变,和从前一样,他一定是躲到什么山上喝酒去了。我惊奇他竟这样平静,像丢了一只瘸腿鸡那样无所谓。我说,无论怎么样,咱们还是报案吧。他说,叔叔,千万不要报案,有人问,就说上山会他的狼朋友去了,我有一个感觉,爸爸活着。

第二天早晨,我和二翻译来到了大翻译的家。楼房前已经来了好多人了,我们和大家握手问候,准备上楼见玛依拉·买买提伊明的时候,报社的翻译阿不都外力·塔伊尔挡住了我们的去路,说,这回老贼可能是真的出事了。老贼要是有幸真的到坟墓里报名了,你们俩就是翻译界的老大了。晚上我请你们喝酒。我没有说话,瞪了他一眼。二翻译说,欠着吧,多攒点钱,等你这几天死了,咱们到墓场一起喝吧。阿不都外力·塔伊尔说,瞧,师父是词儿毒,徒弟嘴臭。

上到三层的时候,看到大翻译的儿女们都到了。他的儿子看到我们,走过来,说,还是没有消息,我总觉得没事,但妈妈担心。几个屋子里都坐满了人,我们在里屋见到了玛依拉·买买提伊明。她眼睛红了,显然是哭过。我说,嫂子,不要急,我们觉得不会出什么事的,您知道他的脾性,他喜欢随便,可能是上什么地方玩了。她忧伤地说,我不放心,什么事都可能发生,也可能是他故意气我。他年轻的时候不是这样的。二翻译说,我们给所有的朋友都打招呼了,他们也在帮我们打听。玛依拉·买买提伊明说,一旦有什么事,我怎么活?人家会说我的。他总是认为我什么也不对,我管得严了,让他少出门,或是我们一起出去,他就说我是他的监狱长,绕着骂我。我是有苦说不出来啊。他现在已经是酒精中毒了,他不承认,就用诗歌骂我。孩子们劝他也不听。别人家的老爷子们,这个年岁了都是听儿女的,他是反着来,一般不和儿女们交流,过年过节儿子来看他,他不高兴,说,要钱来了吗?我不欠他什么吧?养大了,屁股上没有屎了,老婆我给娶上了,房子我也给买上了,我不欠他什么了吧?不要往我这里跑,现在是新社会,一个男人只能娶一个。我需要安静,你要是给他带娃娃,到他家里去带,工钱给我算好,我一辈子把他养到今天,我一个子儿还没有挣呢。你们是知道的,他就这样一个人,我真的是没有诉苦的地方啊。我说,您不要多想,让亲戚朋友们都回家吧,有消息再说,您要休息好。我总是觉得没有什么事,他不是一般的人,不会出事的。我知道这样说话是不对的,在这样的事情上,不能狂妄,任何状况都可能发生。但是眼下,需要安慰辛苦劳累一生的玛依拉·买买提伊明。四个孩子的妈妈,容易吗?多么艰难啊,我们一个孩子都养不好。

第三天也在忐忑不安的心乱里过去了,没有任何消息。

两天来,下班后,我和二翻译没有离开办公室,和朋友们与他们的朋友们联系,打听大翻译的情况。他喜欢游玩的昭苏、巩留、特克斯、伊宁县都通了电话,都没有情况。时间一长,我的心也乱了,但是另一方面,心里觉得什么事情也没有。天黑了以后,我和二翻译到汉人街的老水磨饭馆吃"乾隆拌面"去了,实际上是打听大翻译的情况。"乾隆拌面"上来了,老板满满子给我们提来了一壶滚热的面汤,说,咱们这个伊犁河的人,就是在这个面汤上有福的,男的女的,你看那个面相,奶油泡出来的一样油光惹人,都是喝上了面汤的福气,一个个都是结实人,骨头里面的髓水也是满满的。你们把面汤喝好,今天进了塔城的巴什拜羊,我给你们弄一盘子,喝两杯。对了,你们老大呢?我把大翻译失踪的事给他讲了,说我们都在找他呢。满满子笑了,说,这不是脱了裤子放屁的话嘛,你们老大能丢吗?当年是什么人?这汉人街浪尖上的硬汉们哪一个不知道你们老大的肝气?日狼尿虎的人!这个伊犁河谷下面有多少条蛇,都在他手心里面绑着呢。他是什么人?今年丢了明年自己能回来的人。你们喝好,今天我请了,什么事都没有,只是把喝酒的次数要记好,回来了要给老大补上。你们老大,是罕见的知识人,是能坐着一张白纸上天玩月亮的人。你看他那个眼神,什么样的洞洞他没有见过?你十次把他扔进水磨里,他一百次从磨盘下面转出来啥事也没有。二翻译来劲了,说,好,咱们今天喝上了,我们的金哥哥不会出事的。我也把心放下了,顿时感到很轻松。没有想到的是,每次来这饭馆吃面喝酒,这满满子总是刚过完了满月的戏子一样嬉笑着舌尖尖头上欢迎我们,按照回族人的理解,喊一声"看客",面还没有吃上,心先热了。今天,他这样说道大翻译,我有点吃惊,却原来,他才是对大翻译知根知底啊。这个满满子,我以前是小看了,却原来,他是比钢板还硬比海绵还软的人啊。这么多年吃人家的"乾隆拌面",却不知人家的皮毛。我看着二翻译说,这个满满子,也是一个地头蛇啊。二翻译说,别的不说,自从水磨停磨以后,在这里扔了十多年,很多人都想盘这块地,谁人都没有得逞,就是这个满满子,把旅游局的人说热了,把老水磨拿到手里了。其他的事,你自己想吧。我说,满满子喝不喝?二翻译说,干活不喝,今天和他不染,咱们说自己的话。我们开喝了,我心里沉甸甸的,好像看到了百年前这个磨坊里的生机和人气。我看着倒酒的二翻译,说,等以后咱们放心了,我要请满满子喝酒。

到了第五天,传来了一个坏消息,说大翻译跳伊犁河了,尸首漂到伊犁河下游惠远段拐弯处,被浪水冲到北岸上了。大翻译的儿子得到这个消息,带着人到惠远镇查看,结果不是他爸爸,搞错了,也不知道是什么人给的消息。到了下午的时候,我和二翻译一起吃饭,互通信息。他给我说了许多情况,主要都是民间流传的谣言,说大翻译在伊犁河上游野马渡自杀了,尸体让狼吃光了,骨头让乌鸦叼进河里了。有的谣言说大翻译从前的敌人,在他一次喝完酒回家的路上把他劫了,装进大褡裢,活埋了。熏臭的消息从腐臭的垃圾场和黑暗的旮旯里走进街道客厅熏香的金床银床的时候,在一些重要的门槛上停留记录在案的时候,社区民警找到了大翻译的老婆玛依拉·买买提伊明。他们说,女士,我们初步掌握了你们这个情况的一些秘密,赛买提先生失踪已经一周的时间了,你们为什么没有报案呢?玛依拉·买买提伊明说,不是失踪,很多人都误会了,他是上山治病去了,吃当年产的羊羔尾巴油去了。民警说,上哪里的哪座山啦?玛依拉·买买提伊明说,我现在就是后悔没有问清楚,他从前都是说声上山,十天半月回来,有的时候夏天去了秋天回来,说吃到了什么珍贵动物的胸叉子肉了。民警说,那好,一旦有什么事,需要帮助,请和我们联系。其实,这是我那天教玛依拉·买买提伊明的话,我说,赛买提哥哥一生脾性古怪,不会笑着说话,他身边的人和朋友们都不能理解他,会有各种不齿的言论和污蔑,如有问话的人,咱们还是要有一个鼻子眉毛一样的说法。

我发现死亡也是一个机会,是嘴巴伪装、庸俗、刻薄、讨好等等恶俗的机会,一生不喝酒的人也突然糟蹋酒杯,甚至是一些虚伪、卑鄙者的节日。有许多肮脏的灵魂诬陷大翻译的人格血性,说他从青年时代就是一个色鬼,德行败坏的牲口;有的说他译的那些东西,基本上都是抄袭上世纪在阿拉木图出版的东西,把斯拉夫文版的书籍改写了一下而已。我听到这些话,心疼。说说、骂骂二翻译有点讨饭一样尕尕的阴谋,是可以的,用不实的脏语陷害大翻译,是那些妒忌他的大可怜和一些讨厌他的小人制造的混乱。绝对地说,在业务上,他们没有资格评价大翻译。奇怪,当一个人在情绪、相貌、嗜好、生活方式上不能自然地愉悦他人感官的时候,这个人的金子和珍珠玛瑙,眼看着就会变成旱厕里的蠕蠕虫。在人人固有的心绪裁判里,为什么情绪化的东西会飘到逻辑和理性上面去呢?我们不懂的人心弱点还有哪些?学会笑着污蔑,反过来哭丧着脸去看望这个病人,当死亡邀请他到黑暗的墓穴里报到,盘点一生的时候,这个人立马作出悲怆千古的悼文,变成他的一个崇拜和被炫耀、被尊敬、被吃请、被吹捧的时候,由谁来解剖和抽打那个最早的诬陷呢?时间吗?如果大雨倾盆后,彩虹衔接人间神仙,狼狈顿时蝴蝶般绚烂,到底是什么东西在拯救我们的力量呢?时间背后的安慰吗?"不,是我们头顶上的光。你可以清浊颠倒,只要你昂头致敬太阳,这个最后的神仙,会赐我们辽阔的雨水,清洗我们的灵魂。在活着的功课里,忏悔是最大的学费。"这是大翻译留给我的思考。我们最后一次喝酒那天,他绷着监狱旮旯里的垢痂一样的脸,给我留下了他的哲学。他的这些说辞,特别是那个"忏悔是最大的学费"一说,是否是他玩失踪的暗示呢? 奇怪的是,我竟能一字不差地背出他的心得。

到了第六天,我收到了一封信,是一个叫穆合塔尔的人送来的,那人瘦干干的,一阵小风也能吹倒似的。他说,我是汉人街公墓里的掘墓人,用银子委托我的那个人,要求在今天把这封信送到你手里。我走了,你可以在公墓大门右侧的那个屋子里找到我。我甚至不知道来人是什么时候走的,急忙拆开了信封。信里夹了一张银行卡。我一眼认出了笔迹,是大翻译的信,工整有力的字体急切地飞进了我的眼球:

在灿烂的大地豪迈地活着,在傍晚的甜蜜时光里骄傲地咬嚼"乾隆拌面"、享用奶奶的怀抱一样甘醉的河谷美酒的姜处,姜子牙的延续,我自己的弟弟,你的日子灿烂着呢吗? 我也知道,你们一定是被我的失踪搞乱了。极少数的人,不信我会失踪,多数人、平时诅咒我的人,他们信,希望我能迅速死亡,他们好吃喝自己的破烂和伪装。也应该,我总是挡他们的路,和他们对着干,为了留下原在的真实,用磐石般的文章驳斥他们的伪装。现在，一切结束了，美丽的伊犁河畔，可爱的昭苏草原，神话一样激动人心的巩留山区草原，总之，美丽的汉人街和满满子的"乾隆拌面"，尊贵骄傲君子一样意志坚强的伊力老窖，还有众多的葡萄庄园，像远古抚养我们祖辈的白杨树，在伊犁河床的河水世界里为我们歌唱的鲇鱼鲤鱼青黄鱼白条草鱼狗鱼等等的鱼儿们，遥远的沙漠世界，和田的核桃和我的同学，还有我家里那条神奇的地毯，都永远地留在了可爱的人间。我熟悉的磨坊的声音，酒瓶和酒杯碰在一起的声音，夜半的时候在月光下静流远方的伊犁河水声，我青年时代的情歌声——我太啰唆了，总之，无数个美好都留在你们身边了，留在故乡的怀抱里和灿烂的果园里了。其实，这就是死亡。当你收到这封信的时候，是我死后的第六天了。我把死后的一切，都委托给了那个叫穆合塔尔的掘墓人。在我的金子银子的帮助下，他愉快接受了处理我后事的要求。最后，我决心离开这个人间了。我总结了一下，那天我一人喝了两瓶伊力大老窖，就我的哲学来讲，可以安心地死了，重要的问题是，在最后的时辰，灯就要从我的眼中灭了的时候，我是清醒的，我把得失都算好了。我平静地结束了自己的生命。我是有准备的。多年来，我积攒了那种可以平静地结束生命的药物和哲学。结束贪婪，埋葬精神纬度里的毒瘤，才是最后的交代。汉人街公墓的掘墓人穆合塔尔已决定把我葬在公墓向阳的那一面了,我很高兴,你知道,我怕冷,这是我的软肋。墓碑在去年的时候就做好了,上面写了"最后的香醋"五个字。你们闹不明白这意思,生活就是这样,在我们的身边,充满了意思,但是我们基本上都闹不明白。我们是在不明白中明白着往前走着的一群人。你们也继续前进吧,也多少给一代代人留下一些要他们破解的不明白吧。我的想法是,在雄狮一样勇猛的智慧里,也添加一些糊涂吧。过年过节不要上坟来看我,很俗的,平时想起来了就来,请在喝酒的时候来看我,在下雨的时候来看我,你们会在雨滴落墓碑泛起的苦涩里,闻出我的味道。味道也是一代代的玄奘和行者,没有虔诚是活不下来的,没有志向是围绕母鸡小鸡的圈圈。视野,是最高果树上最顶尖的那只苹果,因为它能在第一时间看到撕裂大地的黎明。剩下的事情,你们看着办。我译作的版权,都留给为我辛苦了一生的冰糖老婆了。我的大半生,是紊乱的,是气老婆的,是醉醺醺的,我对不起她。她是一个传统的女人,懂女人的善良,本分,老实,喜欢吃我的剩饭,我懂她的心。我贪污了她许多香水,我欠她一种长期的欢乐,请她宽恕我。一个男人,从童年到最后的日子,一路走来没有遗憾没有耻辱,把事业、责任、家庭能搅在一起过活,该多滋润。青年时代我是红苹果主义。是苹果,就应该是鲜红润圆的。中年以后我才明白,凡愿望,不都是开花的蓓蕾,绿叶和照不上阳光的小蓓蕾们,是那些旺盛花儿们的照耀。在不同的时间段里,道理是叨叨和沉默的黑匣子,时间是保密的保姆,时间的铃铛在很远的地方呐喊,我们听不见。我不欠人家的酒肉钱,在我第二个不要脸的青年时代,我欠人一束玫瑰一只花瓶,但是现在已经不可能了。后来睁开眼睛的智慧,比全世界的旱厕还要臭。清晨的学费醒不过来,后来的肿瘤折腾神经。带着众多的经验死,也是可怜的事情。你是我自己的弟弟,你把嫂子安慰好。其实死亡是一种习惯,像我这样习惯遗忘的人,活着的时候是比较狂妄的,特别地讲究那些标点符号,得罪人。比如那个人已经句号了,但是却站在逗号、冒号的位置上给人家分配名词和形容词,我就坐不住。衬衣都不烫了,还骚情。羊肉吃得多了,皮带下面就成灾难的渊薮了。那些能记住死亡的样子和辉煌的人,都是嘴角较长的人。平时和人打招呼,牙齿说话,小肚子热热的,他们自己就是灿烂。崇尚除了死亡以外一切都是喜洋洋的原则。其实,记住死亡,是少穿西服的一种启示。你记住该记住的这些说辞,能用就用,第一时间把这封信给尊敬的二翻译看,我对他支持不多,如果他住高层,他的能力是可以翻译莎士比亚的。我支持他的梦想,一定要把这个四百多年前的哥们儿的智慧和那个时代的空气、肉价都翻译过来。尊敬的二翻译曾经给我的敌人说过,我译的《堂吉诃德》《红岩》《钢铁是怎样炼成的》《论语》《古文观止》《唐诗三百首》是三流水平。我骂过他,现在忏悔了。忏悔是自己打针,不是逃避看医生的费用,是自己悄悄地跪太阳。因为在不同的时代,词语的光芒和力量是需要更新的,重译是新时代的需要。试想,一个不谦虚的人,是没有涵养的人,没有涵养,时间就会悄悄地远离你,你就找不到自己的门房。翻译是时代的学问,译者是渺小的英雄。敲锣打鼓是疲软和颓废的温床。我最后才明白,世间最后的算盘,在太阳的手里,在它那无数光束里。人有了能耐以后,应该像黎明一样老实才对。老实不是看热闹,老实是纠正热闹。前面我讲过,最后送我的就是那两瓶伊力大老窖,我让那个掘墓人把这两个瓶子也和我一起葬了,在墓穴里不孤独,我让他给我配个铜酒杯,在那个没有空气的小乐园,我可以永远地和我的这些朋友在一起。我啰唆了,好好活着,弟弟,牙齿好的时候把意思和灿烂都活完,不要留遗憾。死了家人也就哭上一天,第二天抓饭包子照样穿肠过,规矩在很早的时候就是这样的,第三天都正常了,少一人折腾还更好。永别了,我自己的好弟弟。善待一切,不要忘记伊力大老窖,喝不动的时候,也要亲近它闻闻它。不要忘记满满子在这个时代敬献我们的"乾隆拌面",不要忘记晚上为我干一杯,更不要忘记翻译,这是滋润人心的好事,是为民众送学问的好事,是天下交朋友的善事,天下这么多的好汉子,不是人人都有机会为民众的文化菜谱敬献智慧,要珍惜。其实,生活是一种非常烦人的任务,要用事业的神绳把自己拴在它的航标上,就能意思着走完它给我们的时间,到光荣的墓场,觐见掘墓人。银行卡里面,有二十万块钱,是我一生主要译作的稿费和翻译奖励。小稿费都喝酒了。请你把它捐给咱们的文学翻译家协会,设一个奖,奖掖有发展前途的文学翻译青年人才,就叫"青春文学翻译家"。有两个意思,一是奖励青年人,二是吸收新鲜的翻译技巧和经验。这对我们的文学事业,是最新鲜的东西,这里面有许多值得我们研究借鉴的东西,加上我们自己的东西,就能实现文学翻译的创新,也属于青春翻译。我不是有钱人,因为我的目标不是挣钱,只是用钱没有规律。从酒杯里面节省的这些钱,是我的一个小野心和虚荣心,留个小名声,到时候也有人颂扬颂扬,拐着弯弯冲洗我的颓废和毒瘤。刚才我说我不欠人家的什么,说错了。我还欠着汉人街流浪汉酒屋老板两瓶酒和十个鸡蛋的钱,一瓶让从喀什来的几个可怜人喝了,也给了八个鸡蛋。那些年是我的赊账时期,你会理解的。

永别了,兄弟。我想了许多,只有妈妈才是最辛苦的人。爸爸一般就是摸摸头就走人,妈妈是生命的容颜。每天给你妈妈打一次电话,三天给订一份鸽子汤,爸爸可以一周去看一次,需要的时候,给爸爸打电话,请教他为什么那次突然"四舍五入"。现在,真的永别了,兄弟们,请你们想念我。

读完信,我一紧张,鼻子就酸了。我闭上了眼睛,在黑暗的世界,好像看到了大翻译的容颜。冷静下来,我还是不信大翻译真的死了,觉得这太简单了,大翻译不是轻生的人。不同的是,他对我和买买江的称呼变了。以前,他称我"姜处",叫二翻译是"卖嘴皮子的卖",现在我变成了"我自己的弟弟",二翻译变成了"尊敬的二翻译"。这样说来,他真的想明白了吗?

二

我给二翻译打了个电话,还没有等我说话,他就抢着问了一句,金哥哥有消息吗?我说,你立刻到我办公室来。和以前比,二翻译对大翻译的态度上有了明显的爱戴,对他的重要性有了感性的认识。我就觉得,二翻译把身上的妒水,也尿得差不多了。半个多小时后,有人敲门,我意识到是二翻译,喊了一声"请进"。他身子还没有进来,眼睛已经飞到我的眼球上了,火辣辣的眼神,在急切地祈求新的讯息。我把桌上的信递给了他,他看着我,接过信,缩在沙发一角,开始低头读信。二翻译的脸开始发黑了,额头的皱纹明显地集中在一起了,眉毛也耷起来了,嘴唇像戏子的嘴唇微微张开,似乎是在心里和大翻译留给我们的那些意思和事情辩论,抒发自己的看法。他读完信,低下了头。我没有说话,意思是想知道他的第一反应。他抬起头,不停地眨着眼睫毛,说,这有可能吗?谁人这样安排过自己的死亡?而后,他沉默了。我也没有说话,在心里算计着他继续说话的时间。我长长地叹了一声,那意思是,这到底是怎么回事?二翻译还是没有说话,这次是头耷拉了,好像是在检查裤裆方面是否有丢人的地方,那些早已熏臭了的针线,不堪侮辱,断了线自我解救,让他出丑。我觉得该我说话了。我说,在金哥哥那里,一切都是可能的。二翻译把信交给我,说,他是这方面的专家,咱们找一下那个掘墓人。信是谁人送来的?我说,就是那个掘墓人。我把银行卡递给了他,说,你们协会的人,你熟悉,你交给他们吧。他说,不急,他要是忽悠我们的帽帽呢?我说,就这一条,我认为他人已经不在了。但是我觉得蹊跷,有这么简单的死亡吗?咱们现在就去找那个叫穆合塔尔的掘墓人。

我们来到了汉人街公墓。高大的铁门威严地立在那里,好像是在防范无数不安的灵魂逃匿。二翻译叫了声开门。从右边简陋的土屋里,走出四十来岁的一女人,木偶似的看了我们几眼,说,上坟吗？我说,找穆合塔尔师傅。女人没有说话,回去了。一会儿,穆合塔尔出来了,说,哦,是你们。他把门拉开了。我说,穆合塔尔师傅,以前,这门是敞开着的,每次开门,你也麻烦。瘦干干的掘墓人咳了一声,说,现在不一样了,里面的死灵魂管不住了。我说,我经常来参加葬礼,以前没有见到过你。掘墓人说,我是从伊宁县南边的一个村里来的,那边一年下来死不了几个人,挣不上几个钱,我就联系到这个公墓了,平均一天可以挖三四个坑,挺好的。二翻译瞪了他一眼,说,你这个身体,一天挖三个坑,受得了吗？掘墓人说,我是瘦肉型的,骨头结实,越干越有劲。二翻译说,哦,你是那种没有骨头爹起来啊。掘墓人说,我是心里面有劲。我把话题引开了,说,带我们到那个墓上看看吧。掘墓人说,好,跟我走吧。是上坡路,我们离开的时候,那个女人出来,"嘎"的一声,把大门关上了。路两边的榆树已经碗口那么粗了,看那憔悴的树叶,就知道它们缺水。上到墓园高处的时候,我们跟着掘墓人向右拐,走一段后,是宽敞的停车场,右侧广阔的墓场地带,有零星的扫墓人在给坟头的榆树浇水。我问掘墓人说,他们是从下面拉水吗？他说,是的,都是些虔诚的好人。二翻译说,这和虔诚没有关系吧？人死了就死了嘛，折腾个树，几天呼哧着上来浇水，有什么意思？任何人在墓穴里能安稳，就是活着的亲人们活好嘛，可怜。掘墓人说，您有您的说法，那是您自己的见识，但是这些人有这个怀念，有这个时间和条件，他们愿意种树用绿色怀念亲人，也成了他们的一种日子，这不妨碍任何人，是人人抚爱自己的善心。也有这样的墓主亲属，每年给我一些费用，我帮他们浇水。每当我来到那些墓头浇完水，坐下来休息的时候，我就能感到墓穴里的尸体已经听见了我浇水的声音，他们的灵魂看见了。很有意思，不是说人死了就死了，后面的事情真的不少。我看了一眼掘墓人，他脸上像样点的地方是他的高鼻子，我觉得蹊跷，一个掘墓人，也能说出这样的道理来。我偷看了一眼二翻译，他脸上有点尴尬了，已经不能反驳这个掘墓人了。我在心里说了一句，这人不简单。掘墓人说，你们的朋友是个好人，那天挖坑的时候，土质绵黏黏的，他是钱给得好。我是从十五岁的时候开始干这一行的，今年五十五岁了，从来没有见过这种死亡。你们这朋友，怎么会有这么大的伤痛呢？一个地方抬不起头来，去另一个地方混嘛。死亡是时间的拿捏，人不能自己找死亡。活着是比好女人还要好的事情，起码，夏天纯天然的哈密瓜熟了，切开用勺子挖了，热馕掰在里面，腰带松开，美美地撮一顿，那不是神仙的日子吗？二翻译盯着掘墓人说，也可能，他正在什么天仙湖里神仙着呢？我说，穆合塔尔师傅，我们的朋友真的死了吗？掘墓人说，这有假吗？这不，到了。掘墓人停在了路边一座新墓前，指着墓碑，说，这个碑是你们朋友给我的，我不识字，问过几个喑客，他们说写的是"最后的香醋"，不知道什么意思，很怪。这的确是个怪事。那字儿是他自己的，他的毛笔字是能拿出来的。他给我说过，是读中学的时候开始练的。那时候有一邻居，以前从部队上下来的，姓钟，是个书法家，晚上没事了就叫他写毛笔字，在废报纸上写，坚持到大学毕业至工作，以后中间有十多年没有写，有时间喝酒了。后来，退休后前几年，又置了一套毛笔，开始写了。二翻译说，这是他自己的字儿。怪事，这有可能吗？他看着在一旁驼着背看墓碑的掘墓人，说，你这个墓里面，真的埋有死人吗？掘墓人说，你们挖开看看嘛。我说，好，你挖吧。掘墓人说，我挖开一万，埋进去一万，你们要是想看那两个酒瓶子和一个铜制的酒杯，一万，一共三万。我顿时愣住了。二翻译说，好，儿子娃娃说话算数，你挖，如果你挖不出来，咋办？掘墓人说，尕尕的事情，你把我埋进去嘛。我觉得不是这么回事，我说，穆合塔尔师傅，那你讲讲埋人的经过吧。掘墓人说，这事你们也要商量好，我是收了封口费的，十万。如果你们非要我讲，也付十万。二翻译说，他给的是银行的钱呢还是复印的钱？掘墓人说，银行的柜员拿出来的，人手没有抓过的处女钱，姑娘的妈妈给的新裙子一样干净的钱。我心里面顿时有了个鬼主意，我说，你埋人的过程我们就不要了，你挖人吧，三万块钱我们成交。掘墓人说，好，今天是好日子，钱就要来了，我回去拿工具，咱们到下面邮局前代笔的老先生那里立一个字据，意思是你们付钱要我挖的，再到公证处做个公证，很简单，我就开挖。我沉默了，顿然感到大翻译没有死，他买通了这个掘墓人。二翻译好像也明白了许多，说，姜处，咱们走吧，这个人是个骗子。掘墓人装着没有听见，走到墓碑前，说，这个墓碑有意思，这个"最后的香醋"，是什么意思呢？我说，就是要把你的两只脚往一只靴子里塞的意思。穆合塔尔师傅，你是一个辛苦人，我们不想把事情闹大，我们已经明白了，你这墓里没有人，你说实话，就没有你的事，我们也不让你白说。如果你和我们僵上了，咱们都不好看，城里公安局的局长是我同学，我现在就可以给他打电话，叫他派人来。掘墓人愣了，站在那里，无言地看着我的眼睛，好像在琢磨对策。我说，我不为难你，我的办公室你已经知道了，明天早晨十点，我等你，如果你不来，我就给公安局局长打电话，你不要说我们不够男人。说完，我和二翻译走了。

二翻译说，这是个危险的人。你看他那深蓝的眼睛，非常乱,你抓不住他的主线。那样的蓝眼睛,在很遥远的年代,也来自很遥远的地方,他自己也说不清楚他的血脉。我说,这事主要是大翻译玩的把戏,所以我们还不能吓着他,他明天说实话就行。还有,你明天到银行跑一趟,查看一下金哥哥的那个银行卡,不会没有银子吧?二翻译说,也可能有,他是没有逻辑里的有逻辑,不好说。我说,这信的事情,咱就不要给金哥哥家人讲了,明天以后,咱们就找人吧,那个掘墓人一定知道金哥哥的去向。

第二天,还没有到约定的时间,穆合塔尔就来到了我们单位。我来上班的时候,他说他已经来了一个小时了,得知他没有吃早饭,我们一起在西大桥马胖子餐馆用了早餐。大碗奶茶上来的时候,他一口气喝掉了大半碗,好像肚子里种上了水稻似的。我又为他要了一碗,看他吃了三张烙得金黄的葱花饼,外加一个馕,吃了两个鸡蛋,把一整盘凉拌萝卜丝吃光了。葱炒豆腐一块也没有动,不合胃口,留给我了。显然,因为紧张,他吃得很快。我说,穆合塔尔师傅,今天还有活儿吗?他说,有,明天出殡的,四个坑。我说,那你就早一点回去吧。咱们简单一点,我们的朋友没有死,是吧?掘墓人说,是的,他活着,是他要我这样做的。开始的时候我不敢,我们吵起来了,他是一个强势的人,威胁我,又给了我很多钱,我就按照他的要求做了。就像你昨天晚上威胁我一样。我说,我的朋友,他现在在哪里?掘墓人说,我真的不知道。我从兜里取出给他准备的五千块钱,放在了他面前。我说,钱是没有嘴巴的,放心用,你要多吃肉,太瘦了,你整天这么劳累,要注意身体。每天炖两块肉,放一个恰玛古,每天下午晚饭前孝敬自己,时间长了,腰就粗了。再说了,钱的一个颠倒,就是能管住人的嘴巴。穆合塔尔师傅,我们以后就是朋友了,我的那个朋友在哪里?掘墓人说,我可以给你发誓,我不知道。他把面前的钱抓起来,放在了我面前。我觉得他没有撒谎,我站起来,抓起钱,放进了他的裤兜里。我说,你回去干活吧,我信你。原来你这裤兜,这么深啊。他把钱掏出来,放在我面前,说,游戏结束了,钱就没有力量了。

中午,我和二翻译来到了老工人俱乐部扎克尔的食堂,他们的发面包子做得好,要了两碗肉汤手工面,一边吃着,我把掘墓人早晨来过的情况,告知了二翻译。他说,钱他没有收,那就是他知道金哥哥的去处,我觉得他留了一手。我说,这样对他有什么好处吗?二翻译说,他好诈钱呀,你看昨天,叫他挖墓坑,歪嘴一翘就是一万两万三万,这样的人,是不会急着说真话的。我说,这金哥哥已经是坐下起不来的年岁了,他玩这个,没有意思嘛。二翻译说,他要的意思和我们不一样,咱这就可以不急了,他自己会回来的。痒痒的地方好了,他就回家了。我和二翻译把这个意思绑到一起了,这个事情,不给大翻译老婆讲,压住,等待最后的消息。晚饭后,我们去大翻译家看玛依拉·买买提伊明。家里就她一人,老嫂子已经说不出话来了,眼睛里面聚集了一生的悲痛和对大翻译的怨恨,满脸的颓废。她小声地对我们说,我查看了他的东西,护照不见了,可能去了阿拉木图或其他的国家,我们只有等。也可能我死后,他才回来。我说,嫂子,您放心,我心里忒静,不会有事的,我们都知道,他就是这么个脾性。走出大翻译的家,我和二翻译做了寻觅信息的分工:他负责在搞边贸的汉子们那里打听,有没有人在口岸或是在阿拉木图又或乌兹别克斯坦等国家见到过大翻译的影子;我在翻译界和其他单位范围内了解情况。

周末晚饭后,我一人来到汉人街公墓,找到了那个掘墓人。他讲过,一般在傍晚以后,就在家里了。我本来有一个小计谋,把他弄到汉人街著名的玉赛因羊羔肉馆,喝上一顿,半醉的时候,套他的心里话,掌握大翻译的去处。只是他不喝酒不吸烟,没有飘然的生活福气。我也初步地认为,他在老婆上是一个没有福气的人,有两次看到她,都是洗碗水一样的脸,好像是整个墓场里的灵魂们都欠着她什么似的,翌日天就会掉下来一样。我说,那个五千块早晚是你的,你告诉我那个"最后的香醋"在哪里。他笑了,说,嗨,我这个蹲下起不来的人,知道就好了。我没有这个福气啊。五千块钱,那是一年的羊肉钱啊,但是我不能要。你不知道,我一生爱钱,当年我十五岁,爸爸也是因为这挖墓坑的行当挣钱,就叫我跟师傅了。我们这个墓场是这个城市最早的亡灵巴扎,我们挖凿的新墓坑,实际上是千年前也埋过人的地方,都能挖到尸骨、金牙、金镯子,可以看出来,那个时代的人是好傻的,金子应该留到人间才对,一代人折腾完了,下一代人继续把欲望绑在这些金子上面,让无聊的生活变得刺激。那个时代的人不懂,可能那时候没有一加一等于二的智慧。我是挣死人钱的人,就这个事上,我没有骗你,我不知道这香醋哥们儿的去向。我每天都能看到这个墓碑,就想,这香醋哥们儿是神经有问题。这不就是个墓碑嘛,香醋是什么意思?还不如花椒胡椒姜皮子呢。我觉得他是认真的,我说,你在墓场行走的时候,眼睛和耳朵放在一起把贼心耷拉在脑后,如果能发现我香醋朋友的影子眸子,我有赏。掘墓人说,多好,我一生,就崇尚这个"赏",没有赏,就没有诞生和死亡。我说,你会说话的能耐,是怎么来的?你十五岁就是挖坑小师傅了,显然你是没有读过书的。掘墓人说,那是。但是,这墓场是一个没有老师的学校。连接着上古人气命脉的这个人间,可耻卑鄙眼睛下面屁股后面基本上没有区别的垢人,贩卖微笑暗藏那些善良者们的唇齿和前额里曲线折腾的时候,会发生一些非正常的死亡,这种痛苦又奇妙地变成了我的外快,生活竟然这样忽然正面忽然颠倒。这些死灵魂耷拉着命根子到我这里报到的时候,送葬的天使和隐藏的肮脏们,就会说出他们的心里话,风会把许多方面的评价送到我的耳朵里,重要的是那些词儿,帮助我学习了人间的秘密和灿烂,还有藏在大腿们之间的深奥和退化。我学会说话了。有一次,在我最后查看了墓坑内穴满脸尘土出来后,一善面银须老爷子说了一句话,说,死者静好,活着的要活好。后来我就想这事,这才是天下的一个缰绳,是馕的原味。人间的事情,往往是生死不在一个缰绳上。你放心,看在死亡的面子上,我听你的,一旦闻到香醋味,我就向你报告,我的哲学是,赏钱才是能大声咳嗽的荣誉。

　　二翻译打来电话,他没有了解到任何情况。说,想吃"乾隆拌面"了。我们说好在汉人街老水磨见。来到老水磨前的时候,看到了嬉笑着迎客的满满子。上次听二翻译一席话,肚脐里开始佩服他了。看见他额头上的春光,也灿烂他的唇齿了,露出黑牙,喊了一句"翻译家们来了,看客,乾隆的贡茶赏给"。我笑了,说,老板,你现在是乾隆的贡茶也有了。满满子人还没有笑,眼睛眯起来说话了,现在的茶叶比当年乾隆爷喝的都好,我们纪念乾隆爷嘛。我笑了,在浪子上混的人，都是舌头厉害。但是这次我明白了，在他软绵绵的样子里，深藏着他磨盘般的硬气，这便是他的一个看不见。我们还是坐在了老位子上，屁股下面的意思是惦记大翻译。二翻译说，咱们把掘墓人也叫来吧，和他聊聊，这锤子的贼劲儿，起码也是他上辈子的诡计经验，很会说话。我没有向二翻译讲我见过掘墓人的事，心里面的想法是，不愿意让他有什么误会。二翻译给掘墓人打了一个电话，没人接。二翻译说，可能在给亡人挖坑呢吧，我这几天也打听了一下，这家伙活儿干得好，人都说他的墓坑内穴挖得宽敞，只是钱瘾大，要价高，有时接到半夜挖坑的活儿，就要双倍的费用。我没有说话，严格地说，二翻译的这个说法是一种娘儿们傍晚葡萄架下喝奶茶时咬嚼的唠叨，这种小尿尿，不应该成为二翻译嘴上的一个话题。他的华为响了，铃声亲切，中段的旋律昂扬志气，听着舒服。我猜测可能是掘墓人打来的。见过他的手机，是汉人街羊蹄市场前面旧手机市场里买的，二百块钱，破旧，但声音清晰。二翻译接完电话，说，是掘墓人，刚挖完一个墓坑，说他要洗澡换衣服才能来。我说，咱先吃面，喝着，他就来了。满满子自己把"乾隆拌面"端过来了，说，慢慢吃，我这儿特意给你们备了伊宁县东麻扎的大蒜，多吃两个，本地的东西，味道可以痒醒青年时代的月亮。我说，你满满子可是个汉子啊。满满子说，不敢当,我是跪着数小钱的人,汉子是什么意思?当年,我曾爷爷说过,汉子就是在这个水磨能背着二百公斤的两麻袋麦子走到群众电影院后面的车马店的人,一顿可以吃半只羊,三天不吃饭照样能给水磨背麻袋。现在的我们,行吗?见了老婆腿都直不起来,哪儿来的汉子呀?我只是一个靠做饭过日子的人。对了,你们的老大,还没有玩够吗?不见人呀?我说,还没有消息,昨天我梦见他了,好像是在一个什么湖上,躺在小舟里,手捧鲜花,口里唱着什么词儿,我只听到了一句,什么"啊,葡萄,你快快熟吧,掉我嘴里,滋润我的良心"。满满子说,好梦,好人都有好梦。你们吃面,聊聊烦心事。吃完面,开始喝酒的时候,掘墓人突然出现在了我们的眼前,打扮了一下,样子像个乡下给人张罗婚事的小麻利,刮过脸以后,特别精神,脸上看不见死人的灰暗了。我让他坐在了我的对面,他吃过面,说,有嚼头,好面,这"乾隆拌面"和以前的棍棍面也差不多嘛。我说,菜炒得不一样。二翻译故意给他倒了一杯酒,说,男人嘛,一杯两杯嘛。掘墓人说,我不会,你们玩吧。我对人间的两个事情有意见:一是酒,说越贵越好,但是人人都是喝完脸皮褶皱着睁不开眼睛,说明这酒不是你们说的那样好;二是吃羊肉串,总是要放辣子面,搞得贼辣,吃不出羊肉的原香,多没意思。我说,有些意思,是说不清楚的。二翻译说,穆合塔尔师傅,你的这个行当,才是积德的劳作,将来会有好事的。掘墓人说,我这个年龄了,好事我拿着跑骚吗?我就是今天,这面好,乾隆爷当年吃过的,这不幸福吗?鸽子汤来了,我这个年龄就大补了,多喝两碗,身子热热的,回家老婆小婆的,不好吗?我喜欢今天。二翻译说,我也就是说说,喝酒了嘛,嘴巴就痒痒。这行当,你干了一辈子了,遇到过像我们这次这样,把两个酒瓶当成死人下葬的事情吗?掘墓人说,没有。十多年前是有过这样一件事情,我记得那是一个周末,我帮着把一亡人葬了,来了太多的人,过于隆重。第二天清早去挖墓坑路过的时候,看见那个墓包被挖开了,有一个洞,我迅速下去查看,尸体不见了。我爬出来,走到一高处,查看了一下,什么情况也没有,我就把那个洞埋了,没有声张。我说,以后呢?掘墓人说,没有下文。但是过年过节,也有人来上坟,我观察好像是墓主的孩子们,虔诚的那个样子,可以看出他们不知道这是空坟。我没有吭气,我一个挖死人坑的,经不起热闹。我说,那就是,有人把尸体偷走了。掘墓人说,不一定。这么多年来,我一直就想这事,那个人,当时是真死还是假死?如果是自己挖洞出去了,是假死,而且内穴那个面积也能装下穴口的那些松土;如果是真死,就是有人把尸体偷走了。我在电影里看过,如果当时我报案了,公家来人,会破案的。但是,都过去了。我的想法是,来了那么多人,悲痛地葬了,就行了。如果那哥们儿还活着,能赔偿当年众人来送他的那些尊严吗?这当然是小事。大事是,这个猫腻里面的马脚又会是什么呢?但是,像你们香醋哥这种"死法",还是没有过的。二翻译说,你们说事的时候,有没有什么现在看来是值得怀疑的地方呢?掘墓人没有说话,他看着酒瓶,沉默了。我把酒杯放下了,看着掘墓人,看着他干皱的额头,等他开口说话。他把视线从酒瓶移开了,盯住了我前面的酒杯,说,一个人,一生没有喝过一杯酒,那也是很可怜的。我没有搭话,我发现掘墓人在转移话题。二翻译说,你能说说当时的一些情况吗?掘墓人抬起头,看了一眼二翻译,转向我,平静地说,当时他接了一个电话,对方说了一句"我给你把和田最好的医生说好了"。我说,好,这就对了,他人在和田,我们和他的那个同学联系。我对二翻译说,你给金哥哥的儿子打电话,问他有没有爸爸在和田的那位同学的电话,金哥哥肯定在和田。二翻译打通了大翻译儿子的电话,他说,没有,他可以通过在和田的同学,找到爸爸同学的电话。我们来劲了,又要了一瓶酒,打开酒瓶的时候,掘墓人说,你们喝着,我早一点回去,明天还有活儿呢。

三

第二天,我们找到了大翻译和田同学的电话。一切都了然了,大翻译人在和田,与那年给他搞地毯的同学在一起。在他玩失踪后的第七个星期,我们终于找到他的踪迹了。中午,我和二翻译来到了大翻译的家。老嫂子看到我们,眼睛一亮,说,有消息吗?我说,嫂子,赛买提哥哥在和田。她听到这句话,眼睛一亮一暗,而后低下头哭了。眼泪从她憔悴的脸上滑落下来,一闪一闪的,像新娘脖子上的珍珠一样灿烂,让人心疼。玛依拉·买买提伊明说,你们和他通话了吗?我说,没有,和他的同学通话了,赛买提哥哥在一家私立医院戒酒呢。听到这话,玛依拉·买买提伊明颤抖着,哭出了声,喃喃地说,这可能吗?他会戒吗?二翻译说,会的,他和我们说过。显然,这是二翻译的宽心话了。我说,他同学说,还有两周的时间,他就能回来。玛依拉·买买提伊明说,我这一生,比毒药还要苦。多少个日夜,他喝多了就找我的麻烦,说我嫌弃他了,骂他酒鬼了。我总结了一下,我的命为什么比毒药还要苦呢?这个毒药,就是不能给人讲我的苦。找朋友或是长辈们讲讲,也是一种释放,但是不能说。你们自己说,他就这样玩失踪,我能给人讲吗?从前更厉害,他和人家玩死亡,变着嗓音给朋友们打电话,说赛买提死了,下午出殡,大家互相转告一下。下午亲戚朋友们都来了,他装着什么也不知道的样子,大骂有人在诅咒他死亡。有时候自己组织那些歪屁股姑娘们喝艳酒,又偷着打电话向朋友们的老婆告他们,时间一长,这些事情败露以后,朋友们就和他决裂了,最后就剩了你们俩和他做朋友了。我甚至深刻地怀疑过他的人品,实际上他的神经有问题,太疲劳了,他热爱文学翻译,读到一本好书,就急着要翻译过来出版,让更多的人享受。白天上班,晚上半夜半夜地翻译小说,神经就出问题了。有一天,他从水管子里接了一盆水,坐在地毯上,开始向盆里的水说话,说,水啊,好哥们儿,你记住,虽然有人拿你洗脏身了,但是他们蹦跶不了多久。珍珠在海底是看不见的,但我们同样敬仰大海。你是麦子的朋友,没有麦子,我们能蹦跶吗?你是向日葵的朋友,没有向日葵,我们做抓饭的清油何来?你是马兰花的朋友,没有马兰花,我们的梦野跑了,我们怎么办?你是玫瑰花的朋友,没有玫瑰花,爱情怎么说话?你是天山红花的朋友,没有红花,我们心中的灿烂何在?水啊,你是我无数个麦粒,是盛夏爱情一样醉梦的哈密瓜,是我在月亮下面孝敬好老婆买买提伊明·许库尔的女儿我心爱的心肝宝贝玛依拉·买买提伊明的嫩玉米,你是我的彩虹,是我手心上的肉体生命；我的饥渴，我的肮脏，我的傻，都是你给我洗干净的，你是慷慨的庇护。现在，你带着我的话，我的祝福，去感谢麦子和许多没有名字的花儿吧。就这样，他会说许多胡话，把盆里的水倒进下水道，祈求下水道把他的祝福，带到广袤的草原和那些见了岳母跪拜的女婿们家里，带到坟墓里去，滋润那些还没有活够就去了的生命。他经常这样，半夜睡不着，就起来骂被子，说，里面的棉絮不是东西，一句安慰的话都没有，一个劲儿地把我往床下推，良心何在？有的时候用俄语骂，我听不懂。我感觉他脑子乱了，就把他带到医院做了一次检查，是神经上出了问题。医生给开了个叫"刺五加"的药，他喝了几瓶，说，这完全是酒药嘛，还是喝我的伊力老窖吧，就不喝刺五加了。现在，他会戒酒吗？玛依拉·买买提伊明又哭了，我们安慰了她几句，走了。

第二天上午，玛依拉·买买提伊明来找我，说，昨天失眠了，一夜总结了一生，决定明天去和田接赛买提回家。我愣住了，这是我没有想到的。我说，你儿子也去吗？她说，我没有让他去，我一个人想和他长谈一次。我说，你应该去，我给赛买提哥哥的那个同学打电话，赛买提哥哥会到机场接你的。我把这个情况报告给二翻译了，他说，现在不好请假，应该是我去接才好。这些天我在反思许多事情，包括我的为人，为文，包括和师父的关系。如果一个人不是生活在自然感恩的心肠里,他的收获是一种没有根基的东西。我从我的师父大翻译那里得到了温暖,但是我没有还他欣慰,这是一种深刻的良心腐败。一个人狂妄的时候,神也是看热闹的。学费交到抬不起头来的时候,才能发现自己的后视镜。我万幸自己明白了。那时候我把脸搞成屁股了,还傻着天天洗漱。人家背后骂,我说他们是嫉妒我。嫉妒啥啊,做人的好时节自己糟蹋了,还骂人家是小人。男人懂事的费用太微妙了,人心耻颓,你的金山不说话。那时候我看了金哥哥译的《论语》,说,我的第三只手也会译得比这个好。金哥哥在喝酒的时候骂我,说,你尿尿再有二十年,也练不出来我这个水准,你不是傻,而是聪明过头,半夜里尿自己的锅,不要说用词,就是重要的附加成分,你也用不到点子上。现在,为了赎罪,我应该去接他。我说,这都是后话了。今后喝酒,你积极地固执地买单就行了。再说了,金哥哥已经原谅你了。在他给我们的那封信里,他对你的称呼都改了,你现在是"尊敬的二翻译"了。让嫂子去接吧,现在我们可以向那些造谣的人说,大翻译和老婆到和田旅游了。

  第二天中午,大翻译的儿子来电话了,说,早晨他把妈妈送到飞机场了,一切顺利。他想请我和二翻译吃饭。我推辞了。我有点不高兴,妈妈急着接爸爸去了,他请我们吃什么饭呢？现在的青年人，和我们想的不一样。他们在名牌的抚养下，自然蔑视我们的补丁岁月，这不是无知和敌意，而是一种草原伏天里的蒲公英哲学，能灿烂一天是一天。让人心痛的是，你自己的血脉，厌恶你给他的喂养。

这些日子以来，外面开始无情地猜测大翻译的失踪，风把那些恶语和恶评，也送到我们的耳朵里了。有的说大翻译死在汉人街公墓厕所里了；有的说他死在伊犁河下游废弃的老摆渡船里了；有的说老贼自杀了，神经错乱了；有的说老贼做了变脸手术，躲到乌鲁木齐二道桥做生意呢。总之，说他坏话的人，还是比较残酷的。我就想这样一个问题，大翻译是有成就的人，是重要的翻译家，是一个有名望的人，可以翻译多方面的文章书籍，参加过新疆重大的集体翻译项目，是有贡献的人，知识丰富，有多方面的社会经验和多种翻译工作经验。二翻译当年学徒，遇到维吾尔语的一个 miter-peter，翻译不了，请教他。miter 是尺子，peter 是附加在尺子后面凑热闹的后缀，没有准确的什么意思，是为前面的"尺子"服务的一种韵律，是语词节奏的需要。大翻译帮他译了，译成了汉语的"公尺母尺"。因为汉语中，同样也没有"母尺"一说，也是一种押韵。那时候，大翻译可是他的太阳，他承认他是自己文学翻译的导师，也是帮助他出版译作的伯乐。后来二翻译有了一点成就，特别是获了一次全国文学翻译奖项后,就有点膨胀了,也开始在酒桌上,在那些小字辈们的教唆和盲目也不盲目的吹捧下,妄论前辈和曾经给他引路的大翻译了。显然,不会有完全对等的翻译效果,这是不同语言表述特点的差异,是一种先天的俗称。在理论上,二翻译懂这个九九,但是在名誉利益上,他的哲学是站不起来的癌病人。这便是他们矛盾开始的地方。准确地说,他译的《唐诗三百首》发表后,他飘起来了,开始用鼻子说话了。那天,我和二翻译吃"乾隆拌面"的时候,他说,如果大翻译不玩失踪的话,我真的还不能发现这些真理,我真的是无脸见人,就等于是尿了有恩于自己的那口抓饭锅了。这些天,我也是学习了。为什么大翻译失踪后,有许多言辞这样无情地抽打他的精神灵魂呢?这又是我的一个问题,答案好像我也能说出个一二,但是从这种心态的根基血脉来讲,我又道不出个源头来。这不完全是嫉妒,因为这些声音,在成就和阅历方面,它们靠不到大翻译的气场。那么,大翻译是输在脾性上了吗?也不完全是,大家正在欣赏喜雨的时候,流氓一样的狂风来了,吹走了上天恩赐的甘露。那么又是谁的意志,在丑陋的雷电以后,在天的怀抱演绎彩虹,点燃人心的欲望呢?我有了一种朦胧的总结,你宁可学问夹生,但不能缺少品质良心。大翻译说过这样一句话:"一个人的词汇,就是他彻底放肆的良心。人硬不起来的道理很多,人缺钙的时候,虚伪不到年底就盘点了。人觉得账本还是有意思,就开始迎接人为的痒痒,强硬收留一些不属于他的形容词。人是从这个时候开始挨骂的。呜呼。"

后来明白了,大翻译出走和田,是他生命的一次转折。他在和田,在他同学的帮助下,在民丰县东北方向的沙漠世界里,开始了人生中的第二次加减乘除,第一次列出了自己崭新的"五舍四入"之计算方法。他认识自己纠正自己的理论基础是,应该在余生也尝试一下"五舍四入"。深刻的感觉是,不懂数学的人,玩什么都玩不好。他觉得,做人的道理是无限的,一生都是在四舍五入的路子上奔波算计。

一个月以前,在我们紧张地寻找他的影子的时候,他就秘密地来到了和田。他的同学和两个儿子按照他的要求,把他拉到民丰县的沙漠世界,在那里疗养了十天的时间,一是远离有酒的地方,二是沙疗,中午两个小时,下午两个小时,把身子埋在热沙里,排毒。他说,我主要是脊髓中毒太深。同学说,应该是肾脏、脾脏、肝脏的问题了。他说,我和别人不一样,我主要是脊骨上的问题。同学说,你嘴巴也有问题,但是没有办法沙疗,头是不能埋沙子的。我给你找个玉片,是几百年前孩子们玩打核桃游戏的东西,平时你就挂在脖子上,脾气痒痒了的时候,抓出来放在嘴里咬住,你脾气就下来了,神奇得很。大翻译笑了,说,在你这里治疗了,还会有什么脾气吗?回家后的生活就是小声敲门进屋子,自己洗袜子,用实际行动悔过,给什么吃什么,夹着尾巴做人了。

在十天的时间里,大翻译在同学的帮助下,十分幸福光荣地享受了沙疗的神奇。正午的时候,在同学两个善良的儿子手脚们的帮助下,躺在沙地里,接受沙疗。两个小时后爬起来时,热沙就变成潮湿的沙堆,把他身上的毒气都拔出来了。当下午的沙疗结束以后,他就能心热地感觉到,热沙温暖身躯的神效,渗进了他的骨骨髓髓里。这是他第一次沙疗,以前,主要是亲戚们年年到吐鲁番做沙疗,邀请他一同前往,他借口忙,不去。实际上,他看不起沙疗,认为把作用吹得玄乎了。这次亲身体验,服了,在心里默默地批评自己,承认了自己的无知。

身上的湿气出去后,营养就靠漂亮的羊肉来补。沙漠里古老的吃法是著名的"沙坑羊肉"。在一块块羊肉上抹盐和黑胡椒,埋进沙里,半个小时后,就是天下最美味的烧烤了。拍拍沙粒,放在奶油馕上,切片,就着馕吃,加点洋葱,那滋味是他今生没有享用过的。胃吃热了,来一大口葫芦凉水,满身舒服,也是一大享受。他向老同学说,你能,吃的办法太多了。但是,这样做肉,卫生吗?老同学说,不卫生,但是太阳帮助我们消毒,不会有事的。大翻译说,吃着这么美的东西,却没有酒,多可怜啊。老一辈人说,有水的地方没有草,有草的地方没有水,这些善良的经验,世世代代都是能用的。但是,从这个沙漠到有人烟的地方,也是两个小时的路程,你这烈马一样攒劲的两个儿子,抓个阄,一个跑一趟有水草的村庄,挑战一下那个古老的说法,弄两瓶伊犁的好酒,孝敬一下这些"沙坑羊肉"不好吗?在你的善里面,也附加可怜我恩赐我施舍我尊敬我的两瓶我伟大家乡的酒,难道这不会成为你绝美的慈善吗?难道你不需要回忆吗?老同学说,完全可以,恰塔克摇克(麻达没有),但是,我珍贵的派克笔写下的诺言,半夜里钻进我的梦里糟蹋我怎么办?签字的人是你,但是我的笔是腼腆文明的,不会为难客人,我不成了又给做抓饭又给屁股的孽种了吗?大翻译说,现在的人变得太快了,几年前深情慷慨恩赐我一条神奇地毯的同学,现在却把一生的名声和生命,搭在两瓶酒上了。把黑石头煮成白石头,再给起个叫"玉"的名字,招摇着卖金疙瘩银疙瘩的人,和穷人不是一条心。老同学说,戒了吧,伊犁河的汉子,天下没有天天的潇洒。五月以后,天山的红花也是不敢天天见人的。大翻译说,如果我第二个人生是没有酒味的孽障,我就会被诅咒。一旦我穿裙子了,蹲下尿尿了,喝奶茶的时候就只能咬嚼尊敬的湖南人的黑茶叶了。泰戈尔的飞鸟,会可怜我的孤独吗?老同学说,你想远了,我是你山一样的依靠,我不会让你蹲下的。我们需要你,那些读者需要你,文学翻译需要你。应该恢复你当年的昂扬和豪气。

那天下午,玛依拉·买买提伊明飞到了和田。她没有看到家乡天空那样的白云飘舞。她有点喘不过气来,好像是背上了沉重的天山山脉,提不起精神。小小的心,像日本人的火山一样燃烧起来了。从伊犁飞到乌鲁木齐,又从乌鲁木齐飞到和田的旅程中,在难忘的、激动的、撕裂的、壮烈的、颓废的、彩虹般灿烂的分分秒秒里,在连续的回顾和思辨里,她把一生的日子和许多狗日的生活,把那些疯癫陪伴呼噜迎接黎明的不眠之夜,都集中在她的喉咙里,盘点她艾德莱斯绸一样飘扬的日子和男人醉梦一样没有眼睛的夜晚,她不知道应该加什么减什么。她没有看见预案里的玫瑰,许多已经蓓蕾了的灿烂,也在一梦后消失,被男人的飓风和时间的无聊淹没。她最初的图画和有了第一个孩子以后的生活愿望,几乎都留在了她温热的肚子里,没有出现在她精美的梳妆台上。后来的伪装是她唯一的口红,衔接她的绚丽时代。她是在花香的灿烂里长大的,即使在物资匮乏的年代,母亲节约截留家用的银子,扶持她的天颜,通过让女儿飘摇而自己也尊贵,暗地里的买卖是,鸭子过去鹅过去。她在乌鲁木齐机场候机的时候,对当年嫁给大翻译的动机,有了第一次的总结。她没有看错人,第一印象牢牢地控制住了自己的感情,实在,厚道,一米八五的个子,重要的是大翻译前额上飘摇着的那个叫"大学生"的吸铁石,也把她装进了他的口袋里。再者,那时候唯一的去处就是伊犁河畔,在浓密碧绿飘荡野鸡疯狂的次森林里,大翻译充分地发挥自己的语言天才,每次见面,看得见的苹果一个没有给她,用色彩浓烈的形容词赞美她的美丽可爱,完全俘虏了她的芳心。说,我在大学见到过各地来的美女们,没有一个人像你这样美,重要的是你的丽质,高贵的面庞、秋水一样丰满自信的眼睛,你宽厚的前额、你看人时候的甜笑、你的站式,你走路的样子、标准的脖长,都是上天给你的丽质。最后他得到了她的苹果,也就是大翻译烧烤一样浓烈的语言阴谋,让她冲进了他的怀抱里。后来,他们有了孩子以后,大翻译在恋爱季节里用在她身上的那些形容词,都回到了它们原先的动词名词副词的位置上去了。爱情没有消亡,只是没有继续在有玫瑰的地方或是在有水有草的什么河边,抚爱彼此的双手,拥抱彼此的骨肉,就是在形式上也好,重复月亮教会他们的方言和远古的歌谣,维护自由蹦跶的语言跪拜和家庭温暖。爱情出卖月光下疯癫的呼吸,走进家的时候,在蚂蚁的右腿一样小小的时间里,同时发现了床、锅、面袋子、背煤的麻袋、茶罐、盐瓶的时候,她觉得大翻译不够哥们儿,爱情以后的呻吟和嗡嗡叫的苍蝇的声音,没有给她说清楚。绸缎被子下面平躺侧身抬脚做俯卧撑的那个小小的地方,却原来是持续诞生烦闷痛苦和无意识的源头,这是她后来揪心的学费。她甚至骂过男人的醉体,你是那个贩卖玫瑰话的赛买提吗?我去你的玫瑰!玛依拉·买买提伊明说,在我们的早年,爱情是有眼睛有鼻子的东西。当我们背对粮田的时候,旮旯的病毒发现了我们的狂妄和颓废,风残害了我们,该跪的时候,我们尿了那个赐我们粮食的老水磨。后来的麻烦和耻辱发酵了,我们生活在愤怒的眼神里,但是我们不知道。出路在什么地方呢?在我漫长的生活中,我忘记拥抱我的男人了。每天起床,应该在早餐前,拥抱男人一次,记住他的味道,才是顺利地拉着手哄好日子的魔法。

四

飞机落地的时候,撕裂的颤抖声惊醒了玛依拉·买买提伊明。窗外的和田大地,坚实地欢迎她。她推着行李箱,走出大厅的时候,和田闷热的空气像她早年喜欢吃的扁桃的味道,吹进了她的心口。她长出一口气,抬头目视前方的时候,洁白的大翻译出现在她的眼前,后面是他的同学,再后面是同学的爱人其曼古丽,他们像金匠的好孩子一样,在柔软的阳光下,灿烂地闪着金色的光芒。大翻译穿了一套洁白的西服,酒红色的衬衣在白色西服的衬托下,高贵光亮,蓝色的印花领带像伊犁河畔深远的草路,似乎在诉说着他们当年的幸福和激动,当年蝴蝶一样高贵的时辰。当年他们结婚的时候,大翻译也是穿着一套洁白的西服去娶亲的。那是太阳落山后的一个美妙的夜晚,他的朋友们围绕在他的身边,在手风琴似醉似梦的旋律声中,唱着悠扬的民歌,祝福新娘新郎永远像骄傲的围绕月亮的星星那样幸福安康。往事梦幻般地出现在了心肠脆弱的玛依拉·买买提伊明的眼前,好多年以后的这双眼睛,竟神奇地看见了新婚之夜的大翻译,骄傲的、孩子气的,像原始草原里的烈马,把她抱到床上,用他的微笑亲吻她的血脉,享受她的眼睛,在她连接生命源头的舌尖里,播种他们的奢望和野心,在她燕窝一样甘甜的嘴唇上,书写他不朽的诗篇,在无边的遐想里,坚信日子的恩爱,感谢慷慨的黎明照亮了日子的方向。大翻译大步走到妻子面前的时候,玛依拉·买买提伊明站住了,她丢下行李箱,虚弱地迈向丈夫,满脸泪水,拥抱这个在太阳的怀抱里长大的孩子,这个在爱情的月亮园里长大的情手,这个在无数个没有黑暗的鲜红夜晚给了她撕裂的号叫,给了她肉体和性爱的感悟,给了她疯癫的疲劳,给了她重生一样的语言感受,给了她死亡一样残酷的阵痛的挚爱。她紧紧地抱住了她的丈夫,给过她像伊犁河畔无数鲜花一样幸福的丈夫,也是在后来漫长的吃馕过日子的岁月里,用酒精作践她,恶心她,欺负她,假醉真骂她的这个丈夫。她松开男人的腰,把左脸紧紧地贴在男人的脸上,开始哽咽,而后响起了自来水龙头里流水一样哗啦啦的哭声。她强忍住悲伤,说,赛买提,我就这么坏吗?大翻译从裤兜里抓出一方洁白的手帕,给她擦过眼泪,把手帕放在她手里,说,好老婆,在和田是不能哭的,这是一个雨水少的地方。从前的赛买提已经死了,新的赛买提,你手心一样亲切的赛买提,诞生了。赛买提同学的妻子其曼古丽走过来,扶着玛依拉·买买提伊明的手,问候过后,陪她来到了停车场。

玛依拉·买买提伊明和男人住进红柳饭店,三天没有出门。玛依拉·买买提伊明把最好的和最坏的时间,把那些天天开花的和偷花的时间,一一掰开扔在了大翻译的脚下。有的时候,他惭愧地弯下腰,拾起那些最冤枉的碎片,在洁白的西服里子上擦净,悄悄地放进了老婆鲜红的手包里。他一生的经验告诉他说,误会是良心的右手,右手是不会打左手的。玛依拉·买买提伊明说,你是机器人舌头,你能说清楚你半斤八两着蹂躏我的那些时间吗?大翻译说,从前的赛买提不是人,现在的赛买提从今以后是敲脑袋请示吃饭的千年君子。你的原谅是我的诞生,是我的摇篮,摇篮上面是金黄的葡萄架,是乌黑的黑珍珠,是玉龙喀什河深处肚脐里的天玉。接受原谅是要付出代价的,明天我要让你的手腕,享受一千年前的和田玉镯,让它回到我们的青春时代,盘点"落霞与孤鹜齐飞,秋水共长天一色"的志向,盘点我们的杭州人丝绸一样亲切的流水,把洁白的鸡蛋染成性感的金黄色,丢进和田河,贿赂高傲的鲤鱼,喂醉那些多姿的白条,捞出来庆贺你今生今世第一次来和田的缘分。玛依拉·买买提伊明说,奇怪了,你虽然是现在的赛买提,舌头为什么还这样水溜溜的呢?赛买提说,从前我是中毒太深,你要给我一点时间。一辈子在一张床上混,这个面子你应该赠送吧。

第四天他们上街了。同学和夫人其曼古丽把他们接到了艾德莱斯绸市场。玛依拉·买买提伊明的眼神走进了斑斓的艾德莱斯绸世界里,她看到花色不一的艾德莱斯绸,陶醉了,虔诚地抓住各种颜色的艾德莱斯绸,说,厉害,这些吃着核桃长大的和田人。一直沉默着陪伴她的大翻译,开始说话了。说,你看这些可爱优美积极引诱我们向上的图案和色彩,是遥远的人们留给我们的礼物,是他们种田吃饭以后的智慧,你挑选十二种不同颜色款式的艾德莱斯绸吧,一个月享用一种款式,这是我献给你的初步的赎罪。玛依拉·买买提伊明说,你的语速还是这么快,我听着有点心慌。大翻译说,一个赎罪的人,是冷静不下来的。每当我看见你身上这些华丽的艾德莱斯绸,我就会想起我们鲜花一样的日子,鞭策我自己,回到我们的沙枣花时代,珍惜那些厚爱给我们的机会和经验。玛依拉·买买提伊明说,赛买提,你的经验应该是一种长满了眼睛和耳朵的东西,这是可怕的,你甚至有人类还没有文字时候的经验,我怕这个东西。一旦人的分秒都智慧了,那是可怕的。阿凡提的故事之所以可爱,是因为他在该傻的时候不聪明。巴依老爷想吃肉了,说,阿凡提,明天就是世界的末日了,留着你那大肥羊太亏了,咱们宰了吃肉吧。阿凡提立马就把家里的羊宰了。煮羊肉的时候,柴火不够了,阿凡提就把去洗澡的那些巴依们的衣服也烧了。甚至这样的经验你也不缺,这么漫长的岁月,你不就是靠这种经验鼓励鼓舞自己吗?用现在的哲学来讲,这是一种没有龙头的东西,一旦甜水泛滥,不会有人欣赏你的鲜花的。大翻译说,和田有一个神医,有祖传的秘方,他给我做了一种神药,我感觉良好,酒戒了,重要的是血液里的酒毒都排出去了。神医说,我神经上还有一点问题,要慢慢来,要多吃黄萝卜、菠菜、西红柿,辣子不能吃,闻闻可以。还是那句话,我继续需要时间,我继续需要你干乳一样安慰神经的时间。玛依拉·买买提伊明说,鼻子,自古是没有出息的东西。大翻译说,有的时候,鼻子也是光荣的,它避免人把屎当成金子收藏了。

　　他们来到了沸腾的玉器市场。大翻译的同学给玛依拉·买买提伊明介绍情况说,以前用玉石做屋基的人们,后来用玉石砸核桃吃的人们,现在,都有钱了。他们不讲究穿戴,但是眼睛泛泛的玉石一样可爱了。天下有钱,人人痒痒了。他们走进了一家店铺,大翻译要妻子挑选玉镯,说要敬献她一个深刻的和田纪念。一款乳白的手镯俏丽地戴上手腕的时候,玛依拉·买买提伊明的眼睛和面庞,回到了她的媳妇儿时代。在她的笑脸中,出现了红花的光芒。她问老板说,多少钱？老板说,二十万。玛依拉·买买提伊明收回了笑脸,取下玉镯,放在了晶亮的柜台上。大翻译说,今天不讲价钱。钱是忏悔的葬品,你已经喜欢了,戴上。喜欢这个东西,是人人幕后的师爷。天下的和谐和灿烂,比如掌嘴,回到一条崭新的公路上,学会远视果园和草原,保持一种能产生痒劲儿的朦胧,这是在以后的时间里能吃到羊羔肉和风干牛肉的奇妙基础。他把玉镯戴在了老婆的手腕上,看着老板说,老板,这宝贝我要了,本来不想还价,今天是一个特殊的日子,是我重新诞生的日子,有两个月的时间了,我本来是在家乡死的,后来从和田的坟墓里出来了。死亡说,你旅游了,今后,你的生命就是旅游生命了。我想在我仙女老婆身上,留下这样一个还价的记忆,我给你一个漂亮的数字,十八万。再说了,你要二十万,我就出二十万,不就肉头了吗?清醒了一辈子,这个年龄邋遢了,牲口和畜生也会联手揍我的。老板说,这位客官,您好幽默,不会是伊犁人吧?大翻译说,是的。我们喜欢你们的地毯、艾德莱斯绸、核桃,还有那种拳头大的烤包子。你去过伊犁吗?老板说,没有,听说第一次去伊犁的人,在赛里木湖口,要咬驴粪蛋子做纪念,是真的吗?大翻译说,有这么一说。但是你可以开私家车,晚上过嘛。老板说,好,有意思。那就十八万吧,咱们交个朋友。大翻译掏出钱包,取卡的时候,玛依拉·买买提伊明说,你真要买啊?我不要了,喜欢和真掏钱是不一样的,十八万,可以给孩子们买车呀。大翻译说,我们的时间到了,该为我们自己活着了,要给他们一些自己努力的机会。大翻译把银行卡递给了老板。老板在刷卡机上"唰"了一下,嬉笑着把银行卡递给了大翻译,说,伊犁人就是厉害,会玩儿。大翻译的老同学说,这个镯子,要是在几年前的快马市场,起码是三十万的价。站在玛依拉·买买提伊明身边的其曼古丽笑着说,你戴上好上手,包里有小镜子吗,照照,立马神采飞扬了,这就是玉的神奇,是人体的护身符。玛依拉·买买提伊明看了一眼男人,心里说,这老贼,还有一个银行卡呀,常言说狡兔三窝,我这个宝贝起码有七八个洞洞。大翻译说,这样下来,我就可以成为一个羊羔一样理想的、优秀的、听话的、耳根软的、嘴甜的、脚勤的汉子。这是我死了以后,再生于可爱的核桃故乡、艾德莱斯绸故乡、地毯故乡和田时的终极理想。啊,茫茫戈壁滩,萍水相逢,尽是他乡之客,黄河之水天上来,夕阳西下,断肠人在天涯。寻寻觅觅,冷冷清清,凄凄惨惨戚戚,酒逢知己,金山银海,一江春水向东流,人比黄花瘦,明月几时有,今夕是何年,但愿人长久,千里共婵娟。玛依拉·买买提伊明看着男人的眼睛,小声地说,又犯了吗?大翻译说,我在做神疗呢,现在一天比一天好。你注意了吗?今天我是跟着你走的,不像从前,让你跟着我走。玛依拉·买买提伊明说,你从前不是这样的,怎么能花十八万买一个玉镯呢?外江外江(哎呀呀),郎中给你的那些药,你念了说明书了吗?大翻译说,没有说明书,民间的东西,吃着感觉极好。你放心,不到半年的时间,我就会痊愈。你让我买肉,绝不会买黄萝卜回家。其曼古丽说,中午都过了,咱们去吃饭吧。

玉镯是漂亮,但是玛依拉·买买提伊明心里不踏实,觉得太贵。而且,也觉得她年纪大了,不配这个精美的东西,应该给哪一个女儿才对。和她并肩走的其曼古丽一直在观察她的心思,说,这东西,是升值的,在银行存钱一样,没有什么不对的。

后来我和大翻译谈过他的"假死事件"和那个"香醋墓碑"的事情。他说,其实我想体验一下死亡,那个掘墓人膝盖不硬,没有给我办成。当所有的人认为我真的死了的时候,我想知道他们给我的评价。这才是最真实的评价。自己的人都说好,那个没有意思,真话来自那些恨我骂我看我不顺眼的人。我这个人,我这一生,不是简单的加减乘除,不是那种锯一锯、刨一刨就能说得过去的人,在我的身上,有一些死结,不好弄。

吃饭的地方安排在著名的"牡丹亭花园"了。这里烤全羊和大烤包子出名。还有开胃的手工面,不放菜,肉汤下面,汤是白色原味,纯香。不像伊犁的汤需要放西红柿慢火煮熬,折腾出红星星子才下面。老板叫阿纳也提·吾斯曼,是大翻译老同学的朋友,看到他们进来了,就吆喝开了:小的们,睁眼看大人,有钱的老爷来啦,桑树下面的圆桌子备药茶啦。院子很大,树多,西面是高大的核桃树,北边是十几棵桑树,大门前是各色的牡丹花,像有钱人家的娇女,艳丽多彩,愉悦人心。一位小伙子把他们请到了一棵巨大的桑树下面的圆桌旁。大翻译顿时感到应该抓住一切机会体贴老婆,于是抓着老婆的手,绕到圆桌西边,拉出一张靠背椅子,让老婆坐好后,双手放在她的肩上给按了几下,而后坐在了她的身边,说,这里的烤全羊是最好的,在伊犁吃不上这样的烤全羊。玛依拉·买买提伊明木木地说,你自己没有事吧?大翻译说,正常。我剩下的生命是属于旅游的,人在旅游的时候,像花园的侍从,手脚自动轻快。玛依拉·买买提伊明说,你今天好像是从电影里出来的人,我有点不适应。你是有分身术的人,你是你自己吧?大翻译说,奴才是您忠实的仆人,灿烂的和田,生生死死的烤全羊,民间神医有秘方,哥哥娶啥人,嫂子即那人,僵死的路人怀里有馕一饼,你是来看我的吗?还是来烧焦我的心?一顿美食,记忆的小舌头永志不忘。玛依拉·买买提伊明慌了,把话题移开了,说,是的,你该多看看医书了。

一周以后,他们要回伊犁了。在机场,大翻译和老同学艾则买提·艾赛提告别的时候,说,我是一个大麻烦。艾则买提·艾赛提说,没有麻烦,人就找不到那个特殊的盎然。候机的时候,玛依拉·买买提伊明愉快地说,我最大的晚年幸福,就是你戒酒。大翻译说,我参观过酒厂的生产线,那酒自来水一样往下流,无限的恩典啊,人竟这样残酷地幸福,野兽一样地享用美酒,我们能承受得了吗?我们会有什么感恩呢?玛依拉·买买提伊明说,你又来了,算了。以前我们怎么没有来和田玩呢?和田的玉米面饺子好吃,是一绝;地毯最美,本地的羊毛最适合编织地毯。玛依拉·买买提伊明说,对了,你那个妖魔地毯,我叫儿子扔进伊犁河里了。大翻译说,好,让它灭亡吧,重新诞生的赛买提应该有一条玫瑰花图案的地毯了。给老同学讲了,后面的生活,是美好的。只是,那地毯不会祸乱河里的鱼朋友们吧?玛依拉·买买提伊明说,儿子是半夜去的,鱼儿们都睡了。大翻译说,就白条不睡,它们偷窥月亮的窗帘。皎洁的月光,总是要刺激它们的神经。玛依拉·买买提伊明说,现在的你多好啊,可以管理自己了。我把你的工资卡和稿费卡还给你,也结束我的贪婪和卑鄙。她说到"卑鄙"一词的时候,哭了。大翻译抓住了她的双手,左手伸过去抱住她的头,把脸贴在老婆的脸上,说,苦难的日子已经过去,亲切的甜蜜的岁月就要来了。你给儿子打电话,叫他准备买车,二十万以内的,油钱他自己折腾。大翻译此时感到心空空的,一生欠老婆的东西太多了。他深刻地认识到,让老婆高兴,就是帮她做让孩子们高兴的事情。他细细地想,多年来,从他嘴里出来的那些脏话,那些气她玩的疯话,也够埋葬她好几次了。高音喇叭打破了沉默,时间到了。大翻译把所有的行李抓在了自己的手里,玛依拉·买买提伊明擦干了眼泪,她哭的时候,竟是这样地美丽。

第四章　时间是天下的朋友

一

时间是天下的朋友。但有的时间是放任的,有的时间是高峰的驿站,更多的时间喜欢嚷嚷昼夜的流金灿烂,匆忙地追赶小渠小溪。大翻译在绚丽的和田,第一次把时间放进自己的小花帽里,剖析它的恣意和灿烂,看清了它的本质,逐渐地明白时间的奥秘。原来时间的学费,总是藏在看不见的地方,在很久的一个无聊的时间,鞭打主人所谓的价值。

我和二翻译把大翻译和他老婆接到了家里。他抓着我的手,说,你是一个骨髓饱满完全干净的人,是一个有味道的人,不容易,是我自己的弟弟。他抓着二翻译的手,说,尊敬的二翻译,原谅我,我没有把你教好。原来,跪拜道理,才能忍受不尊。在未来日子的光彩里,我看到了你的作为。要柔软地前进,学会在你自己的机会里爱人,荣誉和光荣,应该成为你最后的饥渴。大翻译的儿子和女儿们都来了,在家里做好饭等着他们呢。女儿们哭了,儿子没有哭。大翻译回答她们说,我怎么会失踪呢?当时去和田旅游的计划,是你们妈妈提出来的,我先走了一步,你们妈妈就忘了,后来也跟着人家说我失踪了。误会,这不,不是妈妈也去和田玩了吗?女儿们知道,爸爸是生活在名堂里面的人,从来不反驳他说的话。玛依拉·买买提伊明把皮球又踢回去了,说,前一段时间我的神经也出问题了,可能是爸爸给我传染的。嗨,衰老是个可怕的东西啊。大翻译看着儿子,说,妈妈说你把那条地毯拿去喂鱼了,挺好。要从小开始学习帮助人和关心动物。比如说,养狗,养鸽子,养鸟,对我们没有什么直接的好处,但是这些东西默默地纠正我们的脾性和生活方式,给我们一些启示,安慰我们的浮躁,教会我们沉稳,有爱心。这是生活的一部分。现在,你起码要养一群鸽子,它们会成为你和云朵之间的使者,你会慢慢地定位你的定位。我在和田的宾馆、石榴园、核桃林,在茶馆,在许多地方,都向你妈妈检讨了自己。男人最珍贵的地方是及时学会揍自己。这是我要送给你的一个经验。却原来,是我欠你的精神教养。你应该接到妈妈的电话了,准备买车吧,如果你不能明白我的爱,那么我明白你的爱,我为什么不能站在你的身边和你一起说话呢？儿子,请你原谅我,当爸爸不容易。给钱,有爱心,是简单的翅膀温暖,要懂事。懂事这个事情,靠我的那个阶段已经过去了,现在要靠你自己体验赤橙黄绿青蓝紫的味道。比如,在染料中,没有直接的酒红色,要把大红和大黄放在一起染,才能染出酒红。这是生活固有的密码。我逼你自己奋斗的意思是,让你学会生活的规律,靠自己挣出你的骨气来,要实现在家族、在你的圈子里,说话结实人家认你。你这个年龄还靠我,那不是你的优势和骄傲,是你退出生活的潦倒。这时候,你就是天天抓饭包子龙虾人参汤,生活也会变成你的麻烦,生活固有的情趣和意思,都会成为你的阻碍和报复。人家是创造生活享受生活,而你是索要生活打发生活。这个痛苦,才是要命的东西。现在,我的病也治好了,我起码要休整一年,而后继续抓紧时间翻译作品,下面的目标是翻译《王蒙全集》。我不能没有事做,无聊是直接的颓废,把自己扔了,就没有方向了。你要培养一个可以给你欢乐的爱好,找到能拴住你性情的事来做,你的眼睛才能接地气,吃饭有味,才能压住生活的无聊和颓废。玛依拉·买买提伊明说,你以前很少这样教育孩子。大翻译笑了,说,灯从眼前灭了的时候,这躯体也不会有生命。玛依拉·买买提伊明打断他,说,你又来了,给孩子多讲一点道理不好吗？大翻译说，尊敬的老婆，教育有老婆的孩子，是非常没有面子没有学费的事情。

在回家的路上，二翻译说，这金哥哥变得这么快啊，脾性好了，老脸一片温暖，还说我是"尊敬的二翻译"。不容易，他早就应该是这个样子。这次他这么一闹，我也发现了我身上的肮脏，主要是发现了死亡。人发现死亡的时候才老实。人最大的弱是生下来就把手往嘴里放，这个毛病从无意识到后来悄悄地操办，跟随我们一生，满足我们的奢望和贪婪，扰乱了我们应该有的纯正念想。都什么时代了，我们还是走不出名利的束缚和控制。我说，金哥哥也是在适应。一个人的改变，没有那么容易。你说得对，我们的麻烦就是名利的束缚，这是我们共同的荒原。因为麦子这个东西，是我们天天想念的饥饿。欲望是传染的、派生的。我自己就是一个深刻的例子。我们结婚的时候，找了一个房东的库房，收拾了一下是十多平方米，一床一桌一柜，全部的生活就灿烂在掌心里了。好多年以后，才有了两间旧房子，冬天有做饭的地方了，也是一种深刻的解放。后来有过五十平方米的新房，那是一种崭新的、诞生似的激动，咬着牙简单地装了一下，看到了活着的美好。后来住上了一百平方米的房子，这是我们多年的终极理想。但是，现在老婆的野心伸出舌头，说，要为一个别墅而奋斗，夏天葡萄架下抓饭包子,傍晚歌唱阿瓦尔古丽,冬天回到楼房享受暖气。我基本上也同意,但是这不应该成为一种骚乱,不应该成为另一种精神绑架。我叫一画家朋友画了一幅上世纪五十年代的土块房子,挂在了客厅里,也用美学的力量教育她不要狂妄。狂妄是忘记出生地的开始,也是亲人背离亲人的开始。人性乱了,人乱来了,候鸟也跟着我们倒霉,它们也会互相咬杀的。小时候和朋友们玩捉迷藏,哥们儿之间有摩擦了,就骂一句:"沟子夹紧不好吗?"就是制止你,不要随便放屁,遵循万事的玩法道道原则。长大后朋友之间也继续用这个话,主要是解恨,这个古老的骂法深刻形象,能戳进对方的人格命脉。没边儿的欲望,也是沟子夹不紧的悲剧。金哥哥的完全回归,还是需要时间的。二翻译说,咱们什么时候请金哥哥"乾隆拌面"一下? 我说,不急。金哥哥在和田的老同学艾则买提·艾赛提电话里给我讲了许多情况,这一趟他主要是戒酒,留给我们的那个"最后的香醋",是他的探子耳目,但是他没有得逞。即便,圈里圈外,还是留下了一些对他的评价。他对这个感兴趣,他的思维是不一样的。他的疙瘩也在他的野心洁癖上。他的怪癖颓废以及酒生活,都是他的序曲,他野兽一样残酷的企图是,要树立自己独特的形象,从而落实尊严,一个翻译界天上地下的全才形象。实际上,这个东西,非常难。天下没有哪一类戏子,兴奋到满街大喊自己是最卓越的破鞋。沟子夹紧的骂句,也是需要你我遵循的。二翻译说,那我们等着他自己说话吧。我说,对头。我想问一下,在我们这个河谷,有没有脾性学识和金哥哥一样燃烧着的人?二翻译说,没有,就这一个还对付不了呢。你想带徒弟吗?我说,不是,我这不是随时调研嘛。

一周的时间过去了,没有接到大翻译要吃"乾隆拌面"的电话。我和他联系了一次,说,出来尝尝汉人街的味道吧。他说,正午和残阳的时间,都是一个时间吗?我说,夕阳西下不是一个时间。大翻译说,那好,我会找你们的,代问尊敬的二翻译好。下午快下班的时候,二翻译来了,说,咱俩弄一瓶吧,不去"乾隆拌面"了。在工人俱乐部后面那个猫头鹰巷子,有个叫吾拉穆·穆塔里夫的哥们儿开了一个"百灵鸟饭馆",烤包子好吃,叫"彩色烤包子",就是馅儿里放有辣椒和西红柿的新式烤包子,有吃头。猫头鹰巷子以前的名字叫富人巷,路两边是几百年前的井口那么大的橡树,后来有个叫库莱西·哈斯木的青年人从这个巷子买下了四家人的院子,建了一别墅,搬来住了。奇怪的是,和他一起搬来的还有众多的猫头鹰,它们在橡树上做窝繁衍,白天窥视时间的来来往往,晚上出去周游大地的荒唐,在视觉上心理上扰乱了富人巷的正常生活,孩子们怕,大人们厌恶地诅咒那些猫头鹰,从而都不看好暴发户库莱西·哈斯木,见面打招呼也是假笑。这个十多年前在广州待了一年就挣够了几辈子的金疙瘩的哥们儿,有一天突然失踪了,好几年没有回来,老婆嘴上的"出国做生意去了"的自我欺骗最后撑不住了的时候,搬回了自己的老宅。邻居们的说法,傲慢的女人最后付不起别墅的开支了。于是一个叫吾拉穆·穆塔里夫的老板,租下这个别墅,开饭馆了。"彩色烤包子"就是他发明的。传统烤包子馅儿是羊肉洋葱加盐和黑胡椒,他增加了来食欲的辣椒和西红柿。他请的都是高级厨师,样样饭菜都是精品名菜,几个月的时间,喜欢吃烤包子的人都往这里跑了。也就在这个时候,那些猫头鹰都不见了。邻居们想起了当年巷子里那位老学究讲的一句话,说,这个暴发户,什么时候破产了,这些鸟才会离开这个巷子。一些不迷信的人想起这句话,结合飞走了的猫头鹰,只是摇头叹气,不说话。他们说,白天看不见的鸟,的确不是什么祥鸟。

我们走进百灵鸟饭馆的时候,魁梧的老板吾拉穆·穆塔里夫从橡树下的阴凉里走过来,和我们打招呼,说,地下室凉快,三楼也行。我们上三楼了,二翻译问我吃几个烤包子,我说,随你,你几个,我也一样尝尝就行,客人比绵羊还老实,你看着办。我打开窗户,开始欣赏那些橡树。像这么大的橡树,惠远镇路边还有几棵,西公园对面路口还有几棵,很是珍贵。其他地方的,也就一百年那么个样子,还提不起神儿。一般的树,和一般的人那样多,珍贵的树,和有用的人那样少。

风从东边吹过来了,把众多树叶背面苦香的味道吹到了我们这里。青绿的树叶在风的吹拂下,像欢呼的百灵鸟,打开了我的思绪。拥簇树冠为暖光的彩虹舞蹈的无数香叶,像我翻译的迟子建的《额尔古纳河右岸》优美的华章,赐人语言的优美力量。童年时代在伊犁河上游度过的神话岁月,像好电影的碎片,一一飘落我眼前,让我再次欣赏拥抱往昔的天籁和我记忆的画面。长大以后,特别喜欢白杨树和橡树,就是和朋友们春游,学校安排夏令营,我也是跑去静悄悄地欣赏参天的白杨树。独自一人神经地欣赏白杨树的风姿,是我非常兴奋的一个秘密。我可以和白杨树说话,它们的笔直,舒心的碧绿,诗歌一样自由生长的枝叶,都会启发我许多美好的故事。我会产生一种美好的欲望,心里会有一种好事。但是我不知道这个好事是什么,只是会有一种温馨的欲望。后来在其他地方见过橡树,在朋友们建院子的时候也建议过种橡树,内心的珍爱是在橡树的整个树身和它们庄重的叶子里,蕴含着一种自信自爱的东西。整个橡树傲立大地,会在我的灵魂深处,产生一种坚强珍惜豪迈的精神状态。人类的一大幸福是向文字学习,但是另一大幸福应该是也向树学习。从人类的早晨到我们现在的蹦跶燃烧,我们没有离开过树的庇护和恩赐,树为我们挡住了众多的危难和风风雨雨,用它们的阴凉支持我们的豪迈,用它们的旋律安慰我们疲惫的苦心。静下心来向树学习,黄昏的时候遥望远方,在心脉记录天边的祝福,也是埋葬无聊和浮躁的捷径。

饭菜上来了,味道极好。我空着肚子喝了三杯。这是大翻译的喝法,说,身子可以先热起来,饭菜酒肉就会变得亲切绝美,我们的语言就会站出来宣扬心声。二翻译说,什么时候金哥哥想吃"乾隆拌面"了,你提醒我,他要我们办文学翻译奖的那笔钱,我好还给他。我说,卡里面有钱吗?二翻译说,我用你给我的那个密码查看了,有,刚好二十万。我说,你自己记着就行了。这个金哥哥,我用太多的时间研究他,也偷着采访了好多人,说什么的都有,最后那个句号,我还是没有把握。二翻译说,人死了以后才能说句号。现在什么都不缺,就缺句号。忘记告诉你了,我那里有一张你的请帖,是金哥哥的那个叫多力坤·托乎提的同学的女儿送来的。咱们去一下吧。我说,去吧。她爸爸是金哥哥的肝脏朋友,是从小玩着泥巴长大的知心人。后来发生的那件事,我也做了多方面的了解,多数人的说法是金哥哥尿了。当然,这是以前的事情了,现在说没有意思了。但是我想知道金哥哥的底色是什么样的一张卡片,你和金哥哥比较早,你讲讲。二翻译说,很简单,就是嫉妒。就是拉不出屎来的那种感觉,是很痛苦的。在里面憋着,出不来,脸色极难看。他们俩一直是两个屁股一个裤衩,青年时代嘛,都是风筝,飞的时候高兴,下来的时候就不是那么回事了,有的时候是会断线的。他们大学毕业工作后,单位决定保送金哥哥到北京深造。他当年在大学被开除的一位同学,叫尼加提·吾麦尔,告了他一状,说他在大学期间与一名叫萨黛提·吾守尔的女同学关系不正常。后来我多方面打听过,有这么一回事。多力坤·托乎提知道这事后,立马找到萨黛提·吾守尔同学,把一对耳环放在她手里,反复交代该怎么说话,把事情压住了。单位来人查的时候,萨黛提·吾守尔说,尼加提·吾麦尔才是乱搞男女关系被开除的流氓呢,没有的事情,他能拿出证据吗?我要上法院告他。说当时金哥哥怕得要命,因为他尿的地方自己知道。多力坤·托乎提又找到那个尼加提·吾麦尔,吓唬他说,你再乱说,我的家鹰会飞过来啄碎你的狗牙。这事就这样被多力坤·托乎提压住了,金哥哥也去北京深造了一年,和多力坤·托乎提的关系进一步像磨盘一样结实了。岁月流逝,单位准备提拔多力坤·托乎提当副局长的时候,金哥哥坐不住了,他深藏在心里面的虫子,肝脏里面的虫子,肾脏里面的虫子,都悄悄地出来说话了,觉得从能力上看,这个副局长应该是他的。这样,他就向单位告了多力坤·托乎提,说他作风糜烂,和好几个女人有不正当的关系。单位就查这事情,也发现了一些问题,他的副局长就丢了。但是多力坤·托乎提不知道是自己的生命朋友赛买提告了他,继续和他交心喝酒做朋友。大概是两年以后的一个春天吧,单位组织上山春游,喝酒的时候,管档案的人把这个秘密透露给了多力坤·托乎提。从此,多力坤·托乎提断绝了和金哥哥的关系,没有打闹,悄悄地开始不和他说话了。这件事慢慢地传出去了,许多人不信,但是他们看见已经靠酒精过日子的多力坤·托乎提,觉得赛买提是个伪君子,陷害了朋友,就远离他了。可能是两年以后的事情吧,大冬天,多力坤·托乎提在汉人街喝酒,晚上回家的路上,被风雪埋在了渠沟里,人就没有了。后来,大家都说多力坤·托乎提的死完全是金哥哥造成的,他的名声就臭了。有那么几年的时间里,大家出去玩、办事,都不请他了,过年过节也不去他家拜访了。金哥哥压力也很大,也是靠酒度过了那些年的艰难,但是不承认是他告的。实际上,他忏悔了,我知道。他能走到今天,神志还清楚,确实不容易。他整天疯疯癫癫的,哪儿来的痛苦?心里面有毒。所以我们给他说不了正事。你严肃地和他说事,他就给你天上戈壁沙漠地扰乱,读诗,你东他南,接着给你来一段之者乎也,读古诗,清明时节雨纷纷,路上行人欲断魂,借问酒家何处有,牧童遥指伊犁村。你拿他没有办法。他是嘴上想什么来什么。另一面,金哥哥也是通过这样的办法,在悄悄地医治自己的灵魂。他的这些事情,瞒不过我。比如,多力坤·托乎提走后,他的大女儿考上了大学,他就秘密地资助这个女孩子,供她读完了大学,在乌鲁木齐找朋友帮忙给她找了一个工作单位,算是心理平衡了。他的肝脏朋友多力坤·托乎提的死,明显就是因为他的背叛。那个多力坤·托乎提从小是在奶奶的裙子里长大的,是吃现成饭长大的,经不起风雨的折磨,就把痛苦扔给酒世界了,最后没有回来。圈子里面的人,有的骂金哥哥,有的骂多力坤·托乎提,说傻瓜,就是个姑娘懒腰上的松紧带嘛,为什么要自己剁自己呢?一个肚子里面出来的人都有出卖哥哥弟弟的,一个馕掰着吃的朋友怎么了?会玩儿才行,沙漠里什么样的豺狼没有,那驼队不是照样百年千年摇晃着铃铛忍受飓风前进吗?你咬着牙顶住,才能成为城墙。话好说,但是做一个芝麻开门辣椒胡椒大蒜姜皮子一样的人,是非常难的。做人的本本上,许多秘密和乖张怪张都是看不见的。这次大翻译和我们玩死亡,就是想让许多恨他的人高兴一次,他再说他从黄泉路回来了,一路上都是认识他的人,现在还轮不到他死亡。我沉默了。二翻译把酒杯伸了过来。他看我的那个眼神,像法官肩上的天平,威严而自信,有一种沉甸甸的感觉。比蒸馏水还要清透的酒,从我的嘴里流下去了。放酒杯的时候,我看见二翻译还在注视我,眼神里面的意思,好像是在纠正我从前一些护着大翻译的言辞。时间真是一个好玩的东西,人家豪迈着爽朗着滋润着痒痒了的时候,你没有任何反应,像冷血动物的私生子,抬不起头来。

二

那天上午,大翻译来电话了,问我要不要晚上参加他朋友的女儿莎尼雅的宴请。我说,你那个尊敬的二翻译也要去,咱们一起去吧。宴会安排在西大桥西头的玫瑰餐厅了。我们去的时候,大厅里坐满了人,请了十多桌客人,几乎都是我们认识的汉子。他们都盯着大翻译看,眼睛里面开始燃烧许多无聊的恶劣,议论大翻译的嘴脸,只有两个人和我们打了招呼。而大翻译笑着和这些人打招呼,完全不是从前的大翻译,满脸温暖地走着,好像是那些鄙视他的眼睛们在为他鼓掌。我觉得很新鲜,心里想,他在和田的那个同学艾则买提·艾赛提,是不是给他灌了什么药,他竟然变成了一个大度温和、老成持重的人了。我和这些人都平常,自己吃自己的盐,尿尿的地方也不一样,只是他们讨厌反感我和大翻译做朋友,不理解我到底和他在一起要达到什么样的一个目的。莎尼雅看到我们,笑着和男人迎了过来,她打扮得很美,头发做得非常漂亮,像玫瑰的野姐姐一样诱人,垂在肥软的大胸前的卷发,像丢失在一千零一夜最后一夜里的神话,烫心烫眼,让人有一种痒痒的感觉。她性感的肥唇在化妆品的魅力光彩里热情欢迎我们,把我们请到了大厅中央主桌上。她的丈夫艾斯卡尔·斯迪克,一个开始发福的汉子,有一张圆脸,看那模样,根据金哥哥的经验来说,是一个早晨东下午西的人,屁股始终在一僵硬的轨道上。他握住金哥哥的手,说,大叔,欢迎,我们就等您了。我们落座后,前面已经坐在那里的两个汉子,站起来走了。我认识这两个汉子,是在教育局工作的朋友,我们和他们没有什么交情,他们是从他人的恶评中判断裁决大翻译的人品习性的,也是他人情绪的破铃铛。大翻译说,乞丐脾性的人,总以为人人都是农奴。抓饭上来了,残酷的香味像高傲的薰衣草,在大厅里骄傲地邀请客人们品尝。显然是胡麻油做的抓饭,有一种从不听话的花瓶里逃出来的野草的味道,蛊惑飘浮的眼睛们。大翻译不停地请我们吃饭,自己悠然地看着那些腊月的冰水一样的眼睛们,多情地和他们对视,向他们卡通一样的眼睛,赠送他突然变得友好的眼神。但是没有人买账,我的手在给嘴喂抓饭,心思和眼睛却没有离开大翻译傲笑熟人和以前朋友们的眼神。而那些人都像斯拉木铁匠的镰刀一样看着他,像是从祖先开始就把他们家的麦子生割了。我像走狗一样地想知道,那些眼睛的态度,为什么,那些固执的眼睛,要吊在以前腐朽的缆绳上,恒久地遏制那些幼稚的时间,不愿意品尝一个人的新的尝试和展望呢?

客人们开始在歌声中用饭。天才的女高音让人痒痒提前思念亲切的酒杯。羊肉和胡麻油接触后碰撞出的醇香,从无数像心的种子一样可爱的碎玉似的米粒中间静悄悄地飘溢出来,在人群中肆意炫耀流浪,引人品尝诱人绝美的抓饭。一块块甜香的羊肉,客人还没有伸手解馋呢,贪婪的手机们已经奸污了它们的色香味。在一些憋不住气的嘴脸们的嚷嚷下,主人上酒了。莎尼雅的丈夫艾斯卡尔·斯迪克开始炫耀他木偶一样木呆安全的面庞,说祝酒词。从他的金牙缝里溜出来的那些词儿,开始在有限的穹庐里争斗出丑,动词和形容词在他的软舌头里放肆泛滥,那些名词和连词像接着立牌坊的蝴蝶一样中性。客人们开始享受美酒和激烈而又绝佳的幽默、潇洒的段子,没有人记住主人炫耀的那些词句。

二翻译看着大翻译,说,那就咱们也开始尅吧。大翻译说,和田的灿烂除了核桃、精美的玫瑰花图案的地毯、妖娆的艾德莱斯绸和痒痒骨髓的麻仁糖以外,还有一个纪念,就是鄙人悲痛地耷拉着牲口一样的脑袋退出了喝酒的战线。我的酒路子从此牺牲了,你们喝吧。二翻译说,酒神不动杯,我们小虫虫,痒不起来啊。大翻译说,尊敬的二翻译,当你自己的时间赤裸地站在你的影子里窥视你的时候,你无法向自己的人格介绍你的嘴脸。人竟然如此可怜。和田一郎中哥哥给我号脉,说,我的无耻和贪婪都到了极限,透支就是危险,他没有说我要命还是要欲望,说,你要想继续站着尿尿,就停酒。现在,我可怜悲惨无耻的身体胜利了,而后我开始蹲着尿尿了。以前会说河东河西的词儿,现在我已经在这个哲学的动脉里了。你们喝吧,从今以后,我是看客了。一个人看着,也是一种安然的美丽。我说,金哥哥,时间也残酷,它可以催生一切不可想象。我不敢相信,这是你自己的舌头在说话吗?大翻译说,水是最高的智慧,在不同的岁月、地理、光速、旱涝、烟花三月、宇宙天下景色,这些东西的作用和映照是不一样的。基本上,和出了门不要想家的道理是一致的。该我老实了,这是时间看得起我。二翻译说,今天就暂且听你的吧,何况你也是从墓穴里出来时间不长,你先适应一下人间的气象,过几天我们到满满子那里,再享受"乾隆拌面"的嘴脸吧。

莎尼雅和她柔软安全的男人来到了我们桌前,站在了大翻译的面前。大翻译友好地站起来，第二次问候他们，祝贺今天的美好和灿烂。他说，好女儿，人人都有属于自己最美好的日子。日子的鲜花是不吝啬的，我继续衷心地祈求你幸福。莎尼雅笑着右手放前胸表示感谢。她从木偶男人的手里接过金色的话筒，开始说话了。她看着愉快的众客人，再一次向他们敬礼，说：尊敬的客人们，今天我很高兴，能有机会和众父老朋友金子一样尊贵的邻居们一起吃饭。这是我的一个机会，这么多年，长大工作，都没有请大家吃过饭，很是没有面子。虽说河里的水是山上来的天上来的，但河床是父老哥哥硬汉们开凿的。我深刻地、激动地感到，我父亲还是一个不错的人，也多少给我留下了他做人的资本，从而我今天能把尊贵的你们请来，共同庆贺时间给我的机会。当我有了孩子，他们岁岁成长还原我神话一样的童年，我也发现我是在你们右眼的温暖里长大的。我搜索不同年代时间留在我们心和脸庞的智慧，灿烂，彷徨，愚钝，月亮一样腼腆的黄昏，我发现我的资本纯粹来自街巷里升起的黎明，邻居间的互助和眼神的赞助，是节日里拜贺走动时脚们留下的祝福和气脉。这些年，我不停地思考，每一次我都能找到你们在不同的岁月时辰中给我的友谊和帮助，我尊敬的爸爸多力坤·托乎提常说，人是人的光芒。这些年来，我之所以很顺，就是爸爸说的这个光芒，一直在照耀着我。你们的温暖，你们的祝福，是我向往生活创造希望的盐巴，我将铭记你们的恩情。俗语说，爸爸可以没有了，见过爸爸的朋友不能没有。每当我烦闷的时候，就能想到你们对我的恩情。一些人说生活是无聊的，我不埋怨生活，是生活无限的恩情把我接到这个人世的，我只有敬爱和报答的跪拜，我不曾为亘古的生活熔炉敬献过一针半叶的光辉，我永远没有资格叨叨生活。从懂事开始到后来战胜情感和生活的磨难走向人生的舞台，我没有过半点的怨愤和颓废。生活创造了我，下面的日子就靠我自己让它灿烂温暖。我感悟，生活是人人自己的净水。弄脏它还是保护它，是人人自己的学费。我想利用这个机会，向你们表达我赤诚的谢意，向我父亲的挚友赛买提·赛里木爸爸表示感谢。大家知道，他是我已故爸爸多力坤·托乎提的肝脏朋友，他们是吃着一口锅里的饭长大的汉子，是血脉朋友。我今天特别想说明的一点是，这么多年来，在朋友圈里，在巷子里，在亲戚们中间，在社会的杂音和角落里，流传着我爸爸和赛买提·赛里木爸爸之间的各种闲话，猜疑和利用这种鲜花宰羊吃肉的小人卑劣，说白了，就是有许多我认识的和不认识的舌头，都说当年我爸爸的死，是赛买提·赛里木爸爸的什么所谓的一份检举信引起的。实际情况是什么呢？当年我妈妈就给我说过，都是一派脏腔谣言。谣言为什么喜欢在两个亲密朋友之间下毒药呢？因为谣言喜欢腐烂，用它的恶臭，埋葬友谊的花篮。我爸爸的死是他的疾病造成的。妈妈说，多年来，爸爸隐瞒了自己的绝症，痛苦地告别了人世。而一些蛊惑人心、扰乱友谊的小人们，造谣说是赛买提·赛里木爸爸造成了爸爸的死亡。我今天就是要埋葬这恶毒的言辞和那些人的嘴脸。当我面对事实却不说出真相，在有机会痛斥和维护我赛买提·赛里木爸爸尊严的时候，不发声，保持沉默，我就不是我爸爸的血脉。没有人格，财富和荣誉是抬不起头来的。我还要告诉大家一个事实，我爸爸去世后，赛买提·赛里木爸爸供我读完了大学，并在乌鲁木齐给我联系工作单位，帮助我买房子，帮我顺利地走进了社会生活。我想，这些事实，赛买提·赛里木爸爸是不会给人讲的，因为他是一个君子，我今天唠叨往事，就是要证明，赛买提·赛里木爸爸是清白的，和我爸爸的死没有任何关系。这些年来，有许多人，反复地问过我爸爸死因的真相，甚至企图把那样一种谣言强加在我的意识里，逼迫我们家族内乱。我今天把这个真相说出来，就是要完结这个荒谬的毒瘤，还赛买提·赛里木爸爸一个舆论清白和民间清白。

餐厅荒原一样静下来了。嘴巴们吧嗒吧嗒吃肉的声音听不见了，苍蝇放屁的声音和蚂蚁叨叨的小心眼儿也听不见了。我吃惊地看着这个莎尼雅，看着她奶油般亲切的前额，看着她刚才泉水般涌流的红嘴唇，惊呆了。她完全颠倒了她爸爸的死亡。从我多年来掌握的密码隐藏来看，她爸爸的死，就是大翻译的那次检举造成的，副局长的位置丢后，骨头架子就开始缺钙了。当他后来知道这事是他的眼珠朋友赛买提·赛里木导演的时候，他的骨头架子完全散了，开始依靠酒盘点自己的一生，最后完全忘记了自己的姓氏和尊严，结束了生命。在后来的日子里，女儿完全掌握了真相，流着泪问过妈妈。姆卡戴斯·斯拉木说，是的，孩子，但那是大人之间的事。爱和恨，不是简单的一加一等于二，你不要掺和，好好学习，创造你自己的生活。永远记住一点，不要怨恨，不要储藏怨恨，不要怀抱怨恨，那将使你失去你前定的方向，失去你的判断。正因为有了母亲的这个指点，女儿才最后接受了赛买提·赛里木的资助，开始在年轻的花园里，培育属于她的哲学。此刻，我想起了大翻译关于哲学的一席话。那是满满子还没有整出"乾隆拌面"的时候，我们经常去的地方是伊犁河二桥下面的红柳餐厅，主要是红柳烤肉好吃。那天，开始喝第二瓶酒的时候，大翻译谈起了他所理解的哲学。我说，金哥哥，哲学是什么？他说，我这么给你说吧，当年，国外的电影进来了，女孩子们发现了口红和卷发。我老婆是最早卷发的人，把长长的辫子剪了，把头发烫成了一卷一卷的野玫瑰，极美。但是，那时候我不能接受这样的美,我不在那个境界上,我开始是骂,后来也扇过嘴巴,老婆跑回家了。最后接回来的时候,给她娘和她自己,都买了美丽的艾德莱斯绸,最后是我的钱包吃亏了。又过了几年,她把头发染成了黄色。我想不通,在我的美学中,黄色是不美的,不是金子那样的黄,而是厕所蹲坑里的那种黄。那时候老婆掌握的智慧和她学到的反抗精神,已经不允许我动手了。又几年过去以后,如果老婆不染头发,不烫头发,和她的朋友们参加婚礼的时候,她的形象就变成她们的佣人了。原来是人不要紧衣服要紧了。据说,当年阿凡提也是靠着新衣混进宫里戏耍国王的。于是我开始巧妙地提醒她打扮了。又过了几年,我就命令她收拾利索一点,所谓的利索一点就是要用心地装扮自己,看着漂亮,像我的女人,当然是我虚荣心里面的女人。到了最后,她那头发就染成黄一绺蓝一绺的,刘海染成了酒红,极美,看着痒痒眼睛。这个时候,如果她长期偷懒不装修自己,我就用钱贿赂她了。这是我四十年来的见识,是我所理解的哲学。哲学是动态的,运动的。

我把视线移到了大翻译的脸上,他把眼睛闭住了。我看不见他翻滚的内心世界。我敢肯定,他的内心已经变成了辣酱罐了。我把视线移到了二翻译的眼睛上。他透明地看着我,点了点头,眼睛里面的意思是,非常好,今天是个好日子。莎尼雅这样做，我是没有想到的，真的，她的心口好大，看似一平凡的女人，却演了一出人人想不到的绝戏。她说完的时候，响起了潦草的掌声，也就是十来个人举起双手唱出了他们的心声。接着女儿面对那些掌声的方向，深深地鞠了一躬，接着又响起了热烈的掌声，而后是青杏见了青杏就发情似的，所有的人都举起双手献出了自己的心声。好像是一开始鼓掌的那十几双手们，奔拉着大腿小腿，跑到我们的桌前，开始争那些空位子了。餐厅里顿时热闹起来了，刚才沉默、犹豫、心算着的舌头们，都开始哇啦哇啦地贩卖藏在香肚子里的好词了。那个穆拉提·雅尔买买提莫合烟第一个说话了。他说，啊，我今天有可能要变成诗人，多么激动大肠小肠的日子啊，原来真实是这么可爱的东西啊！二翻译接过话头，说，没有你的莫合烟有味道吧？穆拉提·雅尔买买提莫合烟说，恭喜你，兄弟，你也学会了品尝味道啦。大家笑了。莎尼雅抓住机会，从笑眯眯的丈夫衣兜里取出一个盒子，看着众人，说，尊敬的客人们，今天，我要赠送赛买提·赛里木爸爸一块名表，是我前年到北欧旅游的时候，从瑞士买的天梭名表。她说着，打开表盒子，在众人前亮了亮手表，送到了大翻译的手里。这时候，所有的手都沉醉了，每一个关节都唱出了骨髓里的声音。大翻译接过手表，热情地说，不好意思，孩子，让你破费了，谢谢，愿你走过的那些地方,都能长出和你一样漂亮的鲜花来。那个穆拉提·雅尔买买提莫合烟看着闪光的名表,来劲了,说,玩舌头的哥们儿,你那手表卖吗?大翻译装着没有听见,说,是瑞士的。穆拉提·雅尔买买提莫合烟又叫了一句,说,卖钱吗,手表?大翻译继续装糊涂,说,是北欧那边的国家,远着呢,在那——那——那——那——那个北欧那边,全世界手表有名,不上弦,白天黑夜自己走,儿子娃娃一样攒劲的手表。穆拉提·雅尔买买提莫合烟急了,站起来,大喊了一声:你这手表卖吗?大翻译继续装糊涂,说,这裤衩怎么卖呢?这屁股上掩盖害臊的东西怎么能脱了就卖呢?穆拉提·雅尔买买提莫合烟说,那你戴在屁股上玩吧。大翻译说,出去旅游就是花钱,还不如在家里看电视呢。我插了一句,说,刚才大翻译说了,你没有听见,这手表的价格还没有出来呢。穆拉提·雅尔买买提莫合烟笑了,说,姜处你也学成了,天下没有不传染的东西。

　　赠表的热劲儿过去以后,大家开始喝酒了。二翻译开始给客人们倒酒。刚才就我们三人的酒桌,现在是十几个汉子的小乐园了。莎尼雅的一席话和漂亮的名表,顿时改变了坟墓一样冷清的局面。利用这个特殊的机会,我想让大翻译开戒,和从前一样人飞酒笑,重新和哥们儿一起潇洒悠然,但是他没有接杯。说,这些天我一直在努力,但还是没有看见开花的枯树或是产了小驹的骡子。人世间,似乎没有我的酒份儿了,你们热闹吧。就这个时辰,伊犁草原、塔城草原、阿勒泰草原、巴里坤草原,有无数牛羊们躺在天穹下的金牧场,反刍大地恩赐的好草,我是它们的朋友,允许我糊涂一下颓废一会儿吧。显然,他有心思了。

三

"从前"这个词儿,非常有意思。其实从前在每一个时间的侧面,在它们金色的羽翅里,在它们裹脚布的边角,在它们的黄昏和大地的志气一样可爱的照耀里,在它们馕坑的小通风口里,始终慷慨或是私密地阐释人间和嘴脸们的情怀与私欲。大翻译和多力坤·托乎提的故事,他们的情谊,坚实地烙在了时间的脚印和那些他们喜爱的花瓣里。那些醇香,都曾是他们的光明和温暖。此刻的大翻译,真的是回到了往昔金子一样珍贵的远方,回到了挚爱他们的那些挠痒筋骨的碎片里。读中学的时候,每年暑假,他们都要在他家或是在多力坤·托乎提的家,和巷子里的朋友们通宵游戏。大家轮着讲故事,当然都是奶奶们给他们灌输的温暖、热闹、惊险的故事,都是遥远时光里滋养性情热爱生活的世代热闹和悬念。每一次,多力坤·托乎提拿手的故事都是"餐布显灵吧"的古老传说。话说有一群村人,到山上砍柴饥饿劳累馕吃光了,他们下山找吃的,在百花芬芳的草原,看到了一家毡房,就进去讨吃的。主人说,你们这么多人,我的几个馕是不够的,我还是老办法,使出我的法术,让我爷爷留给我的餐布给你们显灵吧。于是主人念了一句"餐布显灵吧,餐布显灵吧",顿时那张餐布就显灵了。馕呀,羊羔肉呀,点心呀,包子抓饭呀,奶疙瘩呀,都献出来了。那群人吃了个大饱,又上山砍柴了。在那样的通宵游戏里,每一个人都传承着遥远的故事。如果有人瞌睡了,或是睡着了,孩子王就用备好的火炭灰给他画胡子。那天,大翻译累了,孩子王就给他画上了胡子。朋友们把他弄醒后,都笑他的胡子,他发现朋友们给他画上了胡子,就洗净火炭灰,重新开始玩游戏。那天早晨,多力坤·托乎提留住在了大翻译他们家,睡到中午起来的时候,大翻译发现多力坤·托乎提尿床了,他就把被褥拿出去晒在后院的麻绳上,跑到厨房里,给正在准备午饭的妈妈说,妈妈,我尿床了。妈妈说,多臊啊,你是中学生了,快去洗澡,把身上的臊味洗掉。大翻译用这样的办法,保住了朋友的面子。这件事,我是从多力坤·托乎提的一个叫艾山风筝的酒友那里知道的。他在最后的日子里,喝酒解愁打发日子的那些光阴里,回忆他和大翻译的友谊,讲给他的酒友艾山风筝听的。多力坤·托乎提向这个酒友说,如果我不被提名当副局长,我们的友谊是不会出问题的。我自己感到吃惊的是,他从来没有嫉妒过我,而这一次,他内心的本质暴露了。

餐厅沸腾了。静听那些嗡嗡的声音,有那种醉蝴蝶和夜莺在瞌睡前疲软时的感觉。许多隐藏的味道和那些快嘴们的亮堂糅缠在一起,在酒味烟味屁味的熏陶下,洗礼人人的嘴脸和胸膛。二翻译给我敬了一杯酒,说,姜处,原来时间牲口一样残酷啊,但这个时间又是幸福他爷爷,你看这莎尼雅玩的,这是一种胸襟呢还是曲线阴谋?我说,大家都高兴着,你不能歪想,是胸襟,是胸襟它哥哥的上善。你一个学问家,要往好里想事。女豪杰啊,她才是埋葬仇恨的人,这就是生活的力量。打发生活的人,是找不到这样的力量的。二翻译说,姜处,今天,我进一步发现了我的虚伪和丑陋,这场酒,变成了我的大学。我说,学费是什么?二翻译说,是生命的召唤,是跪拜的忏悔,是在衔接的日子里播种人和仁的基因。我说,你在酒里的时候,是童年的你。你才是不适合长大的人。我喝完酒,看了一眼大翻译,他深沉的眉宇,又回到了他曾经的故事,那些撕裂的细节,至今都是他的心痛。他曾说那是一个"白羊羔事件"。中学时代,朋友多力坤·托乎提有过一个漂亮的白羊羔,是他亲密的朋友。白羊羔生下来后,老羊死了。在妈妈的指点下,他用奶瓶喂牛奶,把白羊羔养活了。白羊羔牙齿硬了后,他就用手抓着给它喂家里咬不动的干硬的馕,于是白羊羔开始跟他了。无论去什么地方,都要跟上他,变成了他的好朋友。后来多力坤·托乎提上学,它也要跟上,摇着尾巴,精灵似的跟在他后面,小嘴巴时常伸到他的手里,要馕吃。时间长了,在街上、学校,也是一个风景和故事了。人们说他是"白羊羔孩子"。妈妈在白羊羔身上搭了一个褡裢,多力坤·托乎提就把书包放进褡裢里,悠闲地蹦蹦跳跳地去上学,享受同学们的羡慕了。他把白羊羔交给学校的园丁,代他在学校的树林里给它吃草。园丁曾评价他说,这孩子心软,把羊羔带到学校里来了,也好,也可以给我做伴,我就给他放着吧。狗日的悲剧是在暑假的时候发生的,多力坤·托乎提的爸爸有一个好朋友,是昭苏人,到城里参加 ·亲戚的婚事,准备走的时候来看他,他爸爸就把他的白羊羔宰了,煮肉和朋友喝酒了。多力坤·托乎提外面玩结束回家,在葡萄架下的藤沟里发现了他可爱的白羊羔的血头,抱着羊头哭了,说,是谁宰了我的朋友羊羔?妈妈,是谁?妈妈安慰他,说,是爸爸,他会给你买一只更好的白羊羔的。多力坤·托乎提不干,就要自己的那只白羊羔。大翻译听说后,在自家羊圈里的羊羔群里,给他挑了一只黑头白身羊羔,算是把他稳住了。他生爸爸的气,说,你自己的大羊为什么不宰?爸爸说,羊羔肉好吃嘛。多力坤·托乎提说,从今以后,不许你宰我的黑头白身羊羔。时间不长,他又把黑头白身羊羔喂成了朋友,也跟着他一起玩着上学。一次,他伤心地问妈妈,妈妈,人家说,我不是爸爸亲生的儿子,是这样吗?妈妈说,看你说的,孩子,是哪个黄鼠狼说的,割舌头的家伙,能和孩子开这样的玩笑吗?没有的事情。多力坤·托乎提说,那为什么他要宰掉我的白羊羔呢?妈妈说,那天大羊们都跑出去吃草了,找不回来,爸爸一着急,就把你的白羊羔宰了。孩子,忘记这件事,把朋友给你的羊喂好。多力坤·托乎提说,妈妈,我和小羊羔成朋友以后,我们就不能吃它的肉了,它长大了会给我们生许多小羊羔。它老了,走不动的时候,我们把它放回山里,它会再变成小羊羔的。妈妈说,孩子,这话是谁给你说的?多力坤·托乎提说,是我们学校的园丁艾孜穆江叔叔说的。妈妈说,对,孩子,是这样。以后,咱就不说这事情了。中学毕业以后,多力坤·托乎提考上大学了,送他的时候,爸爸说,把你的黑头羊宰了给你送行吧,它都大羊了。多力坤·托乎提说,不行爸爸。羊羔是长大了,但它是我的朋友,这么多年的情谊,你忍心宰它吗?不宰羊了,爸爸,买点肉做个抓饭就行了。话说回来,这黑头羊年年都给他们家生了羊羔,他上大学的第二年还生了双胞胎,家里人很高兴。妈妈说,这是个好兆头,多力坤·托乎提是个有福的孩子，他的黑头羊也在祝福他呢。几年以后，黑头羊老了，妈妈说，孩子，可以啦，咱们宰了吃肉吧。多力坤·托乎提不干，说，妈妈，你忍心吗？咱们放生吧，带到果子沟山区放生吧。妈妈说，你还没有长大吗？养羊就是吃肉嘛。多力坤·托乎提说，妈妈，我养的这只黑头羊不是吃肉的，它是我的朋友，等于是和我一样了，我心里面的事情它都知道，我考大学那么顺利，分数全校第一，就是我的黑头羊祝福我的。我大学顺利毕业了，有了工作，现在我把它吃掉，以后我还能说人话吗？哪一天我变成羊了，人家把我宰了吃了，你不心疼吗？妈妈说，嗨，你的哲学太多了，孩子，你总是有各种道理，但人怎么会变成羊呢？多力坤·托乎提说，好妈妈，可不敢这样说，人会变成任何东西的。你在电视上没有看见吗？一堆生锈的烂铁都变成机器人了，照顾老人，比那些老人的孩子都好。又不争遗产，多好。古人不是说，养育人子鼻子嘴巴鲜血横流，喂养牛羊鼻子嘴巴满口肥肉吗？古人是有预见的。如果不把我的黑头羊处置好，我会遭遇倒霉的，这不是迷信妈妈。我在大学里的一个同学给我讲过，他们村里有一小子，对妈妈不孝，每天让妈妈吃干馕，说老了吃那么好没用，妈妈睡觉的时候他和老婆做肉吃。几年后，妈妈好好的，那个不孝的儿子死了，变成了一个狼狗，天天赖在他们家院子不走。妈妈说，行了，孩子,不要再说了,你一个大学生,还信这些个东西吗?多力坤·托乎提说,妈妈,人家都看见了,那条狼狗的耳朵就是那个孽种的耳朵。妈妈,民间有说法,不要信卦,也不要没有卦。你知道那个叫达尔文的科学家吗?就是他说的人最早是由猴子变的。如果什么时候,人们都烦了,天我们也上了,海里的龙虾也吃腻了,我们要变回猴子,在森林里再折腾几亿年,那可是一夜之间的事情。地震不也是瞬间的背叛吗?兴旺着的人眨眼的工夫就千古了呀!妈妈说,好了,好了,什么时候我要去乌鲁木齐见见你大学那个老师,你都染上邪气了。多力坤·托乎提说,这和我们老师没有关系,妈妈,他是个数学家,伊犁的一公斤米是多少粒,黑龙江的一公斤米是多少粒,阿克苏的一公斤米有多少粒,他都算得清清楚楚的。看不见的东西,他是不信的。每年暑假,他都要到塔克拉玛干沙漠腹地里去数沙子,研究一吨沙子等于多少亿亿沙粒,整个塔克拉玛干沙漠有多少沙粒的学问。妈妈说,好啦,我的爷爷。你也就在新疆读了大学,要是考上北京上海的什么爷爷大学的话,我看你也成精了。多力坤·托乎提说,妈妈,你也是可以成精的。你做的抓饭新疆第一,吃着嘴巴甜,嘴唇自己说好话,舌头幸福肚子暖洋洋,没有人能比得上的。妈妈说,谢谢,我的祖宗。你还是饶了我吧,我成精了,你不就孙悟空一样天上云里玩跟头,东河西流了吗？这样吧，你那个黑头羊，不能在果子沟山区放生，那里狼多，上午放了，下午骨头就报丧了。咱还是送人吧，送给乡下的姨妈吧，弄不好这两年还可以生一两只羊羔呢。多力坤·托乎提说，我这个黑头羊，一生给我们家生了十几只羊羔吧，我们一次也没有感谢它。我什么时候要请客给它戴红花。妈妈说，我看你可以当幼儿园的园长了。多力坤·托乎提说，谢谢，妈妈，我升官啦。但是羊不能给姨妈，她家里有好多羊，送一家没有羊的人家吧，人家会善待它的。咱就送给巷尾的海里且木大妈吧，她孤单一人，就让羊给她做伴吧。海里且木大妈在汉人街十字路口卖染眉草，二十多年了。海里且木大妈看到这只大羊，很高兴，又听多力坤·托乎提讲了有关这只羊的故事，说，放心，我会照顾好它的，多可怜的羊啊，一生也是生了好多羊羔，晚年却孤单了。十个指头不一样齐，天下的事情鱼在水里，人在太阳下，但是人很少感谢太阳。第二个月，海里且木大妈把黑头羊喂得饱饱的，给它喝了很多的水，肚子弄得鼓鼓的，卖给了后巷里卖肉的地里夏提·肉孜屠夫。大妈拿着钱，进了一批吉祥痒痒心口的口红，放在她那染眉草跟前卖，也现代化了。在她跟前卖馕的一位大姐开她的玩笑，说，大妈，你的口红好鲜艳啊。大妈说，和猴子的屁股比，还差得远啦。后来，那个屠夫把羊卖给了在西大桥做靴子的靴匠，是专门做"麦赛"软靴的阿纳也提师傅,是和田人。多力坤·托乎提把这些情况告诉了妈妈,说,妈妈,和人做朋友的羊,不应该与其他的羊一样速老,它们也应该有人的寿命。妈妈说,孩子,都是一个老。你看那草原上的牛犊,蹦蹦跳跳的傻热闹,野花们刺激胃口,骨头结实了储存肥肉的时候,屠夫就磨刀了。都一样,坟墓是人人的热闹。你看,我也老了,时间什么事做不出来啊。你听,春天回来的候鸟,声音也不一样了。第二年,多力坤·托乎提到靴匠家里看黑头羊,羊已经没有了。靴匠说,请客办宴席了。多力坤·托乎提自言自语地说了一声:人,肚子里面的事情太多了。靴匠说,你说对了,就是因为这样,大家才热闹。那天吃完羊肉,我把两个髀骨给你留下了,我知道你时常念想这只羊,我用拉鞋底的麻线给你拴好,吊在廊檐顶上了。杂货房那边有梯子,拉来自己取吧,做个纪念。多力坤·托乎提把横在杂货房门前的梯子扛了过来,靠在墙上,把那两个髀骨取下来了。在风的吹拂下,髀骨变得刀把一样光滑了,像硬汉的胸骨,深沉清亮诱人。小的时候,髀骨是我们主要的玩具,那时候人多髀骨少,眼睛们都是可怜的,我们玩不起来。多力坤·托乎提用手纸擦了擦髀骨,闻了闻,闻出了黑头羊羊羔时候的味道,熟悉的、亲切的清臊味。他说,好羊的髀骨也是清香的,时间回避这个味道,它们喜欢花香,盛夏里只记录蝴蝶的展翅。几天后，多力坤·托乎提把两个髀骨还给了大翻译，说，这是你当年那个黑头小羊羔的髀骨，你做纪念吧。不好意思，我应该还你好多羊羔才对，都是时间闹的。时间老是往前走，把许多东西搞老了。时间应该每十几年停一次，让人整理一下灵魂，规整自己的奢侈。大翻译说，那就这髀骨咱们一人一个，玩古老的"髀骨游戏"吧。你存一个，我留一个，无论白天黑夜，在水里还是在寒冷的雪山里，无论是在床上或是在床下给老婆磕头，咱们互相间突然要髀骨，如果拿不出来，对方宰羊请客，唱歌折腾。于是他们俩各自在髀骨中央的凹处打了一洞眼儿，穿进钥匙链里了。在漫长的日子里，双方都输过多次，相互间请客，制造热闹。在更多的时候，多力坤·托乎提不带髀骨，故意输给大翻译，隆重聚会，邀请各方朋友，以"输者"的面目出现。直接间接地突出大翻译的威信，也是他内心的一种兴奋。他们的友谊是牢固的，是没有价格的。多力坤·托乎提过世后，大翻译曾长时间地看着这个髀骨，回忆朋友的情谊。他的沉稳、爽朗，他喜欢躲在好事和热闹后面的处世原则，都是他深深佩服的。今天，在这个难忘的宴会里，他清楚地看到了朋友的这种品质，也出现在了他的女儿莎尼雅的精神脉络里。他觉得自己渺小，肚子里面的毒瘤开始摧残他的神经动脉。此刻，他看了一眼深情地凝望自己的二翻译和我，前额顿时变得雍容温馨,好像是他心爱的妻子把她温热的暖胸贴在他苦难的精神网络里,用她一生的关怀和忍耐,温暖他的人格和欲望。他从口袋里掏出了他的钥匙链,取出那个温热的髀骨,双手送到了莎尼雅面前,说,你收下吧,这髀骨曾是你爸爸和我之间的信物,你把它收好,传给你儿子,你爸爸的那只,找出来交给我,我传给儿子的孩子。让他们传承这个温暖的故事。孩子,只有故事才是永远的河流。我们留给你们的院子、铜床、金手镯、好车、钵盂、牛羊,都是会消失的,时间的喉咙是无限的,没有牙齿和舌头,它也能吞没人人喜爱的好东西和财富,会忘记伊犁斯特勒瓦伊苹果。但是它们无法毁灭我们的故事,因为人心是故事的渊薮,要敬爱我们的故事。几千年来的人类,吃喝闹腾,清晨万道霞光,诗歌一样醉人的狂飙,预言者一样神秘的黄昏,在时间的绳子里,它们都是缥缈的,彩虹一样虚弱。只有我们的故事,才是激活我们骨髓的精神导航。我们桌子上的客人,听得清楚,都高兴了。大翻译哭了。他看着我,说,鞋子多的人,不一定喜欢走路。他抓着手表盒,出去了。

我看了一眼二翻译,说,我送一下金哥哥。二翻译说,不要,现在他最好一个人走走。他一个人独自残酷一下,心里面的毒素,会流出去的。今天是一个伟大的逻辑,说明我们看不见的贼心是有希望要变好的。却原来,为了埋葬颓废和无耻,假话这个东西也可以是美好的。活着,我们骄傲我们有故事,但是我们欺骗和诬陷了许多词语,明明是璀璨的形容词,我们逼着它们做动词了,有的时候把它们贬到副词的位置上了。我今天才发现我的从前基本上是一个蹲着尿尿的邋遢。人的蹦跶是蚂蚱的朋友,狂的时间不会太长。最准确的词汇也跟不上人忏悔的温度,人独自掌嘴的时候,新的动词就会诞生。姜处,找个没有人的地方,揍我一顿吧。我对不起许多小麦和馕,还有在漫长的岁月里,天雨给我的滋润和生命。我说,哥们儿,你还是忍一忍吧,一个金哥哥就够我们受的了。

宴会在继续。二翻译说,姜处,莎尼雅在北边夏吾东南瓜他们酒桌上敬酒呢,我们也过去凑个热闹。现在为什么女人最智慧呢?是因为羊羔肉吃多了吗?我说,不是羊羔肉,羊羔肉没劲儿,最好吃的羊是三岁的羊。但是,你不能这样男人女人的,都是人。我们来到了莎尼雅跟前,二翻译说,我们的金哥哥有点不舒服,他是一个情感脆弱的人,先走一步了。今天太好,你颠覆了一切苟活。我是一个有毛病的人,你也给我治好了。你才是我的医生。和金哥哥一样,我也懂好几种语言,有许多蓓蕾一样新鲜的词汇,但为什么我不会和你一样说话呢?莎尼雅说,我是一个感恩的人,读完大学,留乌鲁木齐工作,买房子,赛买提·赛里木爸爸为我做的太多了。我是跪拜父辈,才能发现自己的舌头。

四

大翻译走出宴会厅的时候,满世界的黄昏在窥视他的双脚。他走过许多路,但是黄昏的时候不曾向天边的盛宴敬礼。地平线草莓一样亲切的光芒在召唤他崭新的咖色皮鞋。从小,他就喜欢咖色皮鞋。朋友们说过他,这种颜色是人上人下的颜色,人家会说你是有乱性趋向的人。大翻译说,屌毛,咖色是欲望发酵的刺激,是雍容的选择,你那是魔鬼的说法。大翻译走到西公园跟前的时候,叫了一辆出租车,来到了伊犁河边。他喜欢老码头那个地方,在退役上岸的旧船上,有他少年时代的记忆,有他留在船舷上的青春梦想,有他抓着船老大的船桨激动地远视河流的画面。他坐在河北岸的草丛上,开始倾听河水从野马渡带来的涛声和群鱼的故事,在众多鲤鱼的故事里,又有巩乃斯河两岸牛羊们的幸福和盲从,有从盘古开天地以来,用远山的活水滋养庶民的祝福,有骄傲的风恩赐的刺激。已经看不清岸边野花的颜值了,浓香的野草味在静河边开始慰问疲劳的蚂蚱和倩丽的蜻蜓,朦胧的蝴蝶在选择幽香的花草枝头的时候,在河南岸次森林里的窝巢里开始情爱彼此的野鸡雪鸡们,在千万候鸟的味道里,传送它们的呼吸和气宇,放弃一切雍容,在自己的世界里歌唱天国的游戏。时间傲立河水中央,企图掩埋经验女人一样亲切的流水声,和渗入河水声的候鸟的沐浴声。隐藏在时间背后的时间,放慢了流水的速度,月光射到水面,也照亮了大翻译猴子的屁股一样恒年丑陋的面庞。大翻译看着流水,说,喂养我长大的甘露啊,我已经没有脸给你说话了。老辈人说,脸皮深厚,生命甘甜。我还是来了。我这一生,做错了许多许多事情,可是我不知道诅咒我的耻辱是什么,反而认为我是最智慧的。谚语似乎是舌头下的天鹅肉,实际上我还是懵懂时代的棒棒糖。老辈人说,智慧不在年岁上,在脑浆里。这些字都认得,意思也明白,但是不曾用血脉体验,于是就尿裤了。那天穿了一条白裤子,那臊迹非常显眼,残酷地贬斥我的丑陋和肮脏。我用那支干净的笔,写下了肮脏的嘴脸。我毁了我的肝脏朋友,他的死,是因为我的背叛。他就是生一千次,也不可能破译我的无耻和背叛,这种背叛,是友谊花园里最残酷的卑鄙。脸已经没有了,但我还活着。可是,在今天的宴会上,我心脏朋友的女儿,说爸爸是得了绝症过世的。这个姑娘,活得这么了不起,她是在用上天的露水洗涤我灵魂里的脏念。在我的晚年,我最漂亮的牙齿开始脱落的时候,我看到了人性的力量。我一生读书很多,现在看来,都是读了上段没看下段,而能吃上馕长规矩的地方都是在下段的,没有抓着书的耳朵去读,该查字典的地方放弃了。我的一生,是教训抽打我的阵痛。圣水啊,你说说,嫉妒来自何方？是缺钙吗？骨密度不够？骨髓里面掺和了小时候吃的糟糠？是没有生在蝴蝶祝福的摇床里？是没有生在黑蜂蜜的家园里？文字和妈妈的舌头,始终教导我要用知识的蜜水灌溉理性。这个意思我明白,而我的嫉妒却排斥这些博大的智慧,把我堵在旮旯里,看我的热闹。一个人的能力,面对鲜花和粪便的能力,形成了他的爽朗和底气,决定了他的金库是被埋没还是亮在旅途中,赐众人启迪和向往。水啊,万民的祖师爷,我现在请求你开导的是,我已经看见了我的无耻,但是我不知道这个东西是从什么地方来的。我找遍了全身,也没有找到这个肮脏的入口和出口。我灵魂的颜色是什么样的呢？一棵健康的苹果树,它在明媚的岁月和风雨的煎熬里,没有丢弃成果的方向;一个人能抵御贪婪始终遵循亮光的本性和自在的逻辑是什么呢？为什么在应该是有苹果的句号上,挂满了悔恨和颓废的晚年肮脏颤抖呢？能力是什么？是带着流浪的心孤独地远行吗？水呀,我明白了,从褴褛到装进棺材,学语,匍匐,翱翔,灿烂,框内框外,假糊涂真贪婪,没有舌头馕满屋,享受爱情,狗日的下贱,金山游天下的滋润,享受他人的篝火,没有人性的遵循,我们的彼岸,没有墓碑。河水没有说话,许多游荡的鲤鱼冲出水面,在黄昏后的压抑里,在大翻译朦胧的意识黑暗里跳跃,像隐藏眼睛的诗篇,演绎黎明前的阵痛,在崭新的月光下,告诉晚风和南岸次森林的嫹嫭及无所谓们,我们鱼和人类,是洪荒时代之前的哥们儿,大地之所以无限甜蜜,是因为黎明总是悄悄地洗刷日子的懵懂和狼狈,原谅人的愧疚和无耻,维护大地的面子,让生活的总航船,划破嫉妒的风雨,直面那召唤人类的曙光。水还是没有说话,好像没有看见鱼儿们的跃舞,继续追赶前水,滋润近处的颓废和天边的瀚海。

第二天给大翻译打电话,关机。第三天也没有联系上。给他儿子打电话,说,妈妈不让说,但是我不能瞒你们,爸爸住院了。我说,什么情况?他忧伤地说,爸爸把拇指砍了。我吃了一惊,这个怪哥哥,不是好了吗?怎么又疯了来这么一招呢?我带着二翻译,来到了一家私立医院,是大翻译一个同学的儿子开的。我们上三楼的时候,沉闷的二翻译说,就是说,金哥哥的疯劲儿还是没有完全过去。我没有说话。这些天,我觉得大翻译隐藏的诡计和魔术,基本隐现了,在他心口里折磨他灵魂的那口毒痰,也吐出来了,那为什么还要回到疯苦里去呢?病房是一个特间,院长谢尔扎提·沙吾提领着我们走进去,招呼我们坐好,出去了。大翻译陌生人一样看了我们一眼,说,来了。该来的和不该来的,都是锅碗瓢勺的奴隶,只有馕是无私的,远离了妒忌的毒素。家里吃饭香,嘴在外面,心时时有鞠躬的感觉,膝盖首先走狗了。他右手纱布上鲜红的血迹,像隐藏的心脏,吊在绷带上,闹扰情绪。二翻译说,金哥哥,其实,一个人一只手也就够了。大翻译说,这是你晚年的智慧吗?就像你的稿费,不可能再半夜半夜地到汉人街换马胖子的卤鸡。那哥们儿的老汤是爷爷留下的,缭绕的辛苦,演变成沾满了劣迹的钱币,填堵他背后的欲望。手是自虐,脑浆和屁眼儿是一条心,他们的邪念,是我们污染双手的罪孽。心底的密谋,是喉咙的奴隶,手是从犯,最后蹲下看自己的东西,一生的欲望和贼心,也就麻雀大的贪婪,这个残酷的胃口,混迹网络世界的冒号逗号,刺激古老的句号。没有无辜,我认罪。我说,金哥哥,他们说你手上结了一个什么脓疮。大翻译说,早就有毒素了。这么多年来,最好的医生配过药,没有作用。二翻译说,可能找的是那种肄业的医生。大翻译说,主要是确诊不了。我是精神上的问题,但是他们找不出来。年轻的时候,磕头少,看不起岳母,只给岳父磕头,那可是一条汉子。二翻译说,金哥哥,现在条件好了,你可以补上。大翻译说,补了。人进墓坑以后,我经常去补德。二翻译说,那个不灵,隔着那么厚的土层,老人家看不见。找一张相片,放大,早晚各一次，虔诚地磕，前额要磕出声音来。大翻译说，你是在师父面前卖弄经验吗？二翻译说，学生是尽孝，你说拍马屁也行。我说过，拍马屁是天下效果迅速的职业。我把话题移开了，说，金哥哥，私立医院朦胧得很，去乌鲁木齐上公家的大医院看吧。大翻译说，没有脸上乌鲁木齐看公家的医院。这么多年以来，脸都毛驴儿的屁股了。我把拇指砍了，现在非常好受。这么多年，你们知道，我是排毒，所以频繁地喝酒。心脏肾脏大肠盲肠的毒基本上都赶出去了，软骨踝骨脊梁良心上的毒素，这几天也被赶到拇指上去了。但是它们找不到出口。我本想它们会从指甲缝里溜出去的，但是那些毒素丝毫没有这个意思，我就把拇指剁了，不下狠手不行了。另一方面，当年我写过一些出卖朋友的文字，也间接地侮辱了许多名词，也对不起创造了文字的圣人。主要就是这个拇指操作的，教唆笔头组织卑鄙的邪念，把我拉进了深渊。现在我要自己了解。天给过我春天，我把它当煤矿的工作面了。折腾文字的人，一大缺陷就是荣誉敲门的时候，屁股抬不起来，在自傲的臭气里，看不清就要为他而盛开的蓓蕾。我把拇指砍了后，流了很多血，我舔了舔血的味道，和我以前的味道不一样。显然，这么多年，我把血没有看好。我说过，天下最好的词儿是之者乎也，而尊敬的二翻译嘲笑我，说这个之者乎也是虚幻的，鼓鼓的钱包里面都是草。哈密瓜为什么誉满天下痒痒心肺？瓜皮好，透明，倩女的化妆品一样澎湃男人，晒干了冬天也是一顿好菜；瓜瓤更不用说了，你会有一些私密的联想，像透明的皮肤，在嘴唇里帮助你憋气；籽儿可以喂鸟，野鸽子喜欢。还可以当菜吃，一口哈密瓜，一口馕，继续折腾生命，极好。对了，满满子的"乾隆拌面"还在做吗？我说，正常。几次问你了，我说出差了。二翻译说，那小子鬼得很，有一次问我说，金哥哥是到另一世界出差了吗？人见不着呀！大翻译说，聪明人都喜欢香醋，因为香醋和清油是亲戚，在遥远的糟糠年代，它们一个鼻子沆瀣，滑溜到今天了。我出院后，在满满子那里请你们喝伊力王。二翻译说，就是嘛，好日子是谦虚的，它们在后头。我说，你折腾的那个墓，给你平了吧。大翻译说，不，放那里，经常去看看，会纠正自己蹲着尿尿的坐式。我说，那你今后不站着尿尿了吗？大翻译说，还是谦虚一点好，最好不让人瞧见。对了，二翻译，你代我做一件事，作家协会的朋友说了好几次了，要我去给作家和翻译家们讲一课，说会有好几个民族的作家和翻译家们参加，我答应过他们，只是突然这样了。人家时间都定了，就明天，在核桃宾馆，你和那个刘秘书长联系，你给他们讲一课吧。二翻译说，这不好，我能替代你吗？你出院再说吧。大翻译说，不行，人家都化好妆把耳朵都洗干净了，不能拖。

二翻译说,我能讲什么呢?大翻译说,就讲平时我们聊的那些事情,你有的是材料。我给你一个题目,叫"翻译家眼中的小说家和翻译家",搞一个提纲,放开聊。二翻译说,姜处也一块儿去吧。大翻译说,自己的话还是自己的舌头讲。

院长谢尔扎提·沙吾提把我们送到了大门外。他说,这位大翻译是我爸爸的朋友,他和爸爸已经不来往了,他有太多的怪故事,我是尊敬他。有本事的人,有的时候是固执的,方位感是凌乱的。有的时候在伊犁河边喝酒碰上了,我也孝敬他几瓶好酒。他说话和我们不一样。昨天晚上,他说,孩子,弄一瓶酒来,咱们聊聊吹吹,你爸爸是缺盐的人,你行。你知道你的行吗?我说,不知道。他说,你的前额亮堂,时间把你爸爸缺少的东西给你了。这是你的通行证,你饥渴的时候,你的朋友会感觉到。我说,金哥哥的拇指严重吗?什么时候出院?院长谢尔扎提·沙吾提说,我还没有打开看过,说那天是街道卫生院给包扎的。我说,你应该知道,他是一个大翻译家,很有本事,懂好几种语言。院长谢尔扎提·沙吾提说,是这样,爸爸也说他是罕见的人才。但是,他不会处人,起码他的眼睛不是自己的。社会是一个用四季的灿烂和欲望编织起来的花篮,人人都想伸手沾点福气喜气装扮自己,但是花朵没有那么多,这就需要大家彼此处好哄好,起码要迁就着等下一季的蓓蕾,或者是明年开花再伸手。你能上天翻跟头也好,处人是第一大本事。我们把锅、柴火、油、肉、皮牙子、盐、米、黄萝卜哄好,才能做好一锅抓饭,何况,这些食材后面,还有许多眼睛和手。男人没有忍耐,他的语法就会尿他的智慧。我没有说话。院长谢尔扎提·沙吾提说了句再见,回医院了。二翻译停下,等院长进楼,说,这小子还能撂两句。我说,现在没有傻子了。我的一个同学在精神病院后勤处工作,他说,那些傻子比我们聪明,吃面的时候,都是两大碗,撑着吃。食堂做汤饭的时候,他们盛好饭,到外面把碗底的木塞子拔掉,把汤水漏下去,吃干面,可以连续吃好多碗。我们正常的人有这个智慧吗?再说了,有时间把这个院长请出来,喝上两杯,请教请教,这哥们儿说话有点像咱的大翻译。二翻译说,你看,这老贼把好好的拇指剁了。我骂他,你还有意见,他整个一傻蛋,这不是走极端吗!我说,还是要看到他越来越正常的那一面。他现在叫你是"尊敬的二翻译"了,我是"我自己的兄弟"了,这个变化,已经说明问题了。

五

第二天在刘秘书长的陪同下,二翻译来到核桃宾馆,开始讲课了。刘秘书长准备了三页稿子,给大家介绍他的情况。二翻译说,都认识,你讲一下就行了。刘秘书长点了点头,说,我懂,但这是大翻译安排的。他开始念稿子了。不是介绍,属于那种最后的其言也善也似的评价。那些罕见的词语,像一根根钉棺材板的长钉子,开始在人群中缭绕。那声音,砸进二翻译的耳朵里,扰乱了他的思绪。许多手开始鼓掌,二翻译开讲了。他说,大家好,今天是交流经验的好机会,不是刘秘书长所说的"一次难得的学习机会"。我要和大家探讨的话题是"翻译家眼中的小说家和翻译家",这题目是我的师父大翻译给出的。他病了,不能来,要我代他问候大家。这个题目也是我们经常讨论的一个话题。我讲三个问题,首先讲一下翻译的语言问题。我们的作家、翻译家都知道,语言是基础,而且是永远的基础。这个问题,大家都有经验,但是语言是永远不够用的东西,因为时代在发展,新的词语在诞生,我们翻译的材料、作品不一样,因而我们时常会面临新的疑难问题。解决这个问题的前提是什么呢?是大量地阅读。作家也需要丰富自己的语言,所谓的翻译和创作,一个共同的前提是,要靠大量地阅读支撑自己。你的语言好,准确,生动,是你在大量阅读的学费上积累起来的。因为不同的作品,需要不同的语言。比如,用做抓饭的食材,是做不成烤包子的。这个,也是大家明白的道理,今天我们是温习一下。最好是能对照阅读,读出精彩,读出问题,读出你自己的认识和感觉,最后为你组织准确优美的语言服务。要形成你自己的词典。要认真地摘录。开始的时候,我们离不开词典的恩惠,是一种参考和启示,这个词典是一条大路或者是一个巷口,里面的弯弯曲曲,要靠我们自己走。要把原文里深奥的东西通俗化。不同语言背后的文化,需要我们用生活中活态的语言习惯来呈现,让这个内容,像镜子一样亮起来,让读者看懂,明白我们传递的这个信息。不要把一般的意思哲学化。有些词语在原文里是非常虚的,要找到对应的词语支撑译文的价值。比如说我们翻译小说,当我看到作者在这部作品中用了大量的成语的时候,我就头疼。成语是一种原在的、固定的风景,而小说是流动的情绪,不适合用极为准确的成语来表现这种心理活动的波动。我就可以看出这个作者的欠缺。翻译的过程,也是检验的过程。翻译的范文,小说的范文,可以从理论上给我们多方面的启示和要求,但是无论翻译还是创作,最大的忌讳就是跪拜范文。流动的生活和哲学本身是忌讳范文的,要写出译出你自己的语言和感受来。不要译过来写过去,把你自己丢了。我们应该和最好的语言在一起。好的译文,它自己诵唱这个翻译家和作家。我们喜欢普希金、艾青的作品,就是这个道理。不是为了译而译,而是要留住作品背后的文化品质和人文精神。这个非常重要。第二个问题是,无论翻译家还是作家,都必须用不同的文笔处理不同的文体。除了文学作品的翻译之外,比如文艺评论的翻译,其他各种内容的文本,翻译家必须掌握那个行业的基本常识和逻辑。要掌握不同文体的不同味道,让形象说话,自然地折射出生活的原理来。这里仍然存在着用阅读充实自己的要求,成功的翻译家,是依靠阅读丰富自己的翻译家。这里存在一个学习的问题,依靠学习面对翻译的问题。没有阅读经验和从较少阅读中派生出来语言能力的翻译家和作家,在很久以后的经验金矿里,会发现自己的作品是有欠缺的。翻译界为什么会有重译的现象呢?就是存在一个理解不够和译前准备工作不够的问题。当然也有时代的因素。从前的形容词,也会变成今天的动词。认真再认真,不断地发现问题,咬嚼问题,寻找通俗形象的语句,是翻译的一个法宝。当我们阅读大量的中外名著,会发现许多精彩的语句和诗篇,这方面,古今中外的例子很多,它们才是我们能随时拿来的可用的语言资本。就是说,要用语言以外的东西来讲语言,追求这个语言的文化品位和民间智慧。这就需要我们是一个学问家、语言学家,学习掌握哲学社会科学领域的最基本的东西,小学生一样谦虚,才能把我们的翻译做得漂亮。真正的翻译家喜欢难译的作品,因为在这个难译的过程中,有他成长的机会。有出息的作家也是挑战自己,不断挑战自己远离熟悉的题材领域,创造一种崭新的方法,刷新读者的阅读体验。如果一个骄傲的厨师,年年没有几样新菜,他的尾巴是翘不起来的。要求自己,战胜自己,像喜欢羊肉美酒一样热爱翻译和创作,可能我们会创造出一些好的东西。写和译,都是需要挖掘的买卖。和田河的土壤是污色的,但是人们为什么敬畏这个黑土呢?因为在它的深处,有万年洁白的羊脂玉。如果翻译家和作家找不到藏在自己心里的这个玉爷爷玉奶奶,它会变成终生的学费。对于酒肉,对于时间,都是直接的和间接的损失。在每一种语言里,都有许多漂亮的东西,只是说法不一。如果说翻译和写作过程是一种科学实践,那么要在一定的科学和人文高度,落实这个精神劳作里的正确理解和依靠文字力量的和睦相处。把喝多了的语言,变换回来,把窗帘拉开,接受阳光的检阅。金句名言何来?就是我们前面说的要读书,把书和馕放在一起,嘴巴馕,眼睛书,加上自己的判断创作,胸中就时时拥有准确美好的语言备用。这也就成功了一半。第三个问题是翻译家的哲学涵养问题。这又恰恰能体现在他的语言上。我们可以想象,在漫长的岁月长河中,语言跟随我们的执着和爱,有的词语已经很疲劳了。让它们休整后重新温暖心灵的基础是什么?重新组合它们,唤醒活态语言是一个方面,重要的是发现崭新生活的启示和逻辑,创新我们的叙述思维和方法,激活被边缘化的意象,邀请诗歌的元素在翻译和小说的巷道里遨游,尝试一种新的叙述,唤醒昏睡的激素,也是一种值得我们尝试的方法。独特的语言链条,看似陌生,实际上是满怀目标的后视镜,是可以撬开窥视的杠杆。在这里,起作用的是翻译家的哲学营养问题。比如我翻译小说,选择作家和作品,基本上都是我的阅读在帮我选择,而不是作者找上门来要我做的翻译。为什么?因为你的那个看好的作品,在美学、语言、意象、娱乐等等角度,没有给我感动。小说家,要注意这个问题,要逐渐地和你劳累的语言告别,训练一种崭新的味道,你总是要换新鞋的。要不断地总结自己。比如说有的翻译作品经不起对照阅读,译者没有自己的语言,依赖现成的词语,没有抓住原作的精神逻辑。为什么?他没有发现他翻译的这个作品主要缺乏的东西。所谓的翻译,实际上是一种精选。远方村庄街坊们也是在做了好饭的时候才彼此相赠一碗喂养和谐。你要解决能发现好东西的能力。如果你没有志向,你将失去你的判断。那么,我们缺少的是什么呢?多方面的准备。特别是文学翻译语言,不是你从书上学到的那些百年以后也能捏着玩的对话,也不是老百姓温暖胸襟的肝脏语言舌尖语言,而是以生活为基础的从你的哲学中派生出来的逻辑循环,你怎么看这个人生。语言就是那些语言,而能俘虏读者哲学罗盘的铿锵旋律,自然是被遗忘在你背面走不到眼前的那些爱和遗忘。就是说,你把作品翻译出来了,但是你没有把原作者的精神和你自己的哲学体悟翻译出来。而后,你没有把自己的业余理想敬献给这个职业,这是你的不幸。无论译者还是作家,往往在应该有悟性的时候,抓不住自己。要有几把刷子才行。

二翻译讲了两个小时,看了一眼刘秘书长,接着把视线落到了他手上大小不一的几张纸片上,意思是他可以回答这些条子里的问题吗。几百号听众静下来了,他们把眼神的营养直接送到了二翻译的嘴唇里,憋住气开始听他关于什么是小说的说辞。二翻译说,小说是我们亲密的朋友。一些研究小说的人比研究祖宗家谱还要上心。他们把小说扔进激光里锤炼,当小说旋转的时候,每一个棱角,都是等待开放的蓓蕾,痒痒太多的人伸手。他们能感觉出他们抓住的那朵蓓蕾是哪一个棱角的花蕾吗?最好的小说应该自己绽放,像随风而来的芳香,又像追风而去的甘露。小说是一种心里话的翻版。以前,嘴唇玩耳朵的时代,太多的心里话都被噎住了,现在,要是人们看到这样的形象和没落的爬楼梯的百岁老人一样劳累的眸子,他们会在现代人的气血里,变成疲惫的鳏夫。因而,人们整出个小说戏法,把自己贼心假脸里的龌龊和妈妈给的原善,变成沉重的方块字,把许多微妙都藏在那些文字的底座里,缭绕花钱识字的人们的脑浆,贩卖天下性别不详的故事。之所以小说描绘天山一样坚硬的往事和蒲公英的理想以及蜻蜓妹妹一样华丽的掌心甜甜,是因为回忆是人人酩酊以后的软肋,和反刍的羊只一样,一旦趴下了,就站不起来。小说看似故事,实际上是藏在语法规则里的一种遥远的灿烂。如果你会玩语言,你可以不被那些小说发现,拐着弯弯不碰小说,侧侧身,根据那地方的条件躲一躲,闪一闪,就过去了。一旦你被小说抓住了,你再也找不到自己的味道。小说公开地说它是玩味道的,实际是隐藏气味,如果你能搞明白那些机智、准确、无限劳累、奔波归宿,时而昂扬时而颓废时而又赊账奋拉的词语是怎样在那些写家们的手里点缀成一个个意象希望的,你就小说了。但又不是,这是你和黎明一起追溯灿烂的前定,你似乎觉悟了,你会有无限的想象,呆子一样窥视你的童年,一毛钱,一只苹果,学生电影票,在马路边捡到一分钱,胜过你一生的价值。秘密的金疙瘩,向你无花果般天真甘甜的嘴唇致敬。你打开窗户的时候,候鸟在歌唱,如果你走神儿了,那些旋律会变成人家的蝴蝶。你会发现,你不能成为小说,但是你也不能没有小说。至此,新的麻烦又诞生,到底什么是我们的小说呢?是我们自己的温暖吗?如果小说如此简单,它不会一个世纪一个世纪地在天庭的额头窥视人类的嘴脸。小说是人人固有的宝贝,只是我们不知道自己的宝贝,在荒原寻觅玫瑰,忘记我们已经拥有的无数个喂养我们长大的细节,忘记春风带来的新年。民间有说法,丢下石榴一样的爱人,去亲吻丑陋的路人。你在青春的时候,怎么能读懂秋天的小说呢?如果小说逃避时间的味道,哄我们长大的摇篮,在夏天的风景里,可以盘点我们在葡萄架下的童年记忆吗?小说是前进的,现在最大的麻烦是我们的语言不会说小说的话。你冲着小说是找不到小说的,所有的苹果都是一个妈妈的宝贝,那些绿叶干什么了?风飘扬它们的风采应该算什么?苹果树在土壤里面的根须又是谁滋润了它们?最后我们会发现,小说是一个复杂的朋友,靠文字写出它们的秘密,是我们终生的灿烂。小说总是喜欢在远离花园的一堆枯草里或者是在沙滩上窥视它的从前。如果我们找不到它的位置,你的文字再好,舌头杭州的丝绸一样暖痒野心,你也不是那个小说。太阳似乎天天读小说,阵雨偶尔浏览,都显得那样平静。实际上,天记录小说的美好,给人间播撒灿烂。难道小说不是一个帮我们做饭的智慧吗?写小说,心思不在饭里面,你的原味就出不来。所谓的特点,其实是小说语言的另一种软弱和催眠。小说最后的灿烂应该是气势,不是大喊大叫,是寻找捷径,在短暂的时间里,多看一眼那些变成天鹅的土鸡三黄鸡是怎么做到的,心里一亮,振作起来,计上心头,就可以明白,出门穿皮鞋还是穿旅游鞋。二翻译讲完后,刘秘书长一时没有反应过来,愣在那里思考二翻译的话。二翻译咳了一声,刘秘书长笑了,说,讲得太好了,我都飘起来了。晚上他和几个哥们儿喝酒的时候,说,这个二翻译,后面讲得不行,炒的什么菜嘛这是,大杂烩嘛。

晚上,一个叫努尔买买提赛买提·海米提瓦吉丁的小说家给我打电话,说,你那个二翻译朋友,真是他的老师大翻译的好徒弟啊,前面还可以,最后那讲的是什么呀。这哥们儿有意思,他是谁人的儿子,老爹是干什么的?这是比较要好的哥们儿,我给他简单地讲了一下二翻译爸爸的经历,是那年大翻译的一大肚子同学告诉我的。二翻译的爸爸霍加进社会的时候是做藿香(水煎包子)生意的。贫困的年代,推一辆可怜的手推车,在现在的解放路入口北边的林带里打制藿香,生意极好,主要是卖手艺。西到巴彦岱东到汉人街的美食家们,都来品尝他的藿香。也是就酒的好东西,在没有钱买下酒菜的年代,藿香和烤包子们,给酒哥们儿是帮了大忙。他的藿香形象好,个儿圆润立体感强,没有蔫劲儿,黄灿灿的,看着有点馋,口感滋润食欲。当黑胡椒的味道刺激神经的时候,你会想起和这个藿香无关的许多好事来。他的辣酱是特制的,突出蒜泥味和盐味,顾客们拿藿香蘸着吧嗒吧嗒地吃的时候,眼神飞出灵魂,在林带上空,与野风一起悠扬。几年后,霍加藿香有了自己的饭馆。那时候还没有城管的概念,住解放路中段继承祖辈庭院的古丽扎尔寡妇利用一机会,盖了一个门面,租给了霍加藿香。也是因为她喜欢他的藿香。那年,公家要在这个巷子里建一自来水房,方便巷民吃水,就征用了她家院门南边的一块地。古丽扎尔寡妇利用这个机会,给自家又盖了一个二十平方米的门面房,也可以收租金了。霍加藿香的发迹,就是从这个饭馆开始的。后来他的朋友瓦利斯江开他的玩笑,说,原来这寡妇的光芒,也照耀你的头顶了。霍加藿香说,照顾弱者是直接积德,你懂,我自古就是心肠好的人呀,不然,我的藿香会这么香吗?瓦利斯江说,照顾和依附这两个词儿,亲亲关系有没有?霍加藿香说,看起来没有,你要是有爱心,会来事,你那两个喜欢瞪鼻子瞪眼睛的词儿,就可以做挑担了。瓦利斯江说,却原来,你也是一个有奶便是娘的人啊。霍加藿香说,我从小牙齿不好,就嘴软。从第二年开始,他就停了他的著名的软香香的藿香,开始做外卖了。他的老顾客老远跑来,吃不上藿香,就发牢骚,说,一个事儿做得好好的,突然翻脸干什么?霍加开始做羊头牛头马头羊蹄子和牛蹄子生意,冬天是马肉和马肠子,迅速打开了市场。这些东西做得清香可口,什么时候都是东西不够。吃好的人夸耀他的东西,自然为他做了流动的广告,生意日月红火起来,霍加藿香可以说是真正翻了身。他的朋友瓦利斯江说,你现在可是市场的爷爷了,水煎包子不做了,就给你改外号吧,你现在是以肉为主了,就叫"肉头"吧,于是这个外号也迅速普及了。在十年的时间里,霍加肉头挣了一大笔钱,在西大桥开了一个五百平方米的肉店,专门卖熟肉,做大了,特别是土鸡和马肠子出名,人也是变得利索大方,说话像从前的金币一样叮当响了。从二翻译大学毕业那年,肉店的事霍加肉头基本不操心了,扔给徒弟们管了,自己纠集一帮半路出家的暴发户和喜欢傍这种有钱人的紧跟们,开始散心炫富了。他的朋友瓦利斯江一天给他说,你现在的这种生活方式不对了,我不是嫉妒你,漫长的人世,什么样的教训没有啊。看看你的儿子,在翻译的路子上那么有出息,而你过着这种吃吃喝喝的生活,该收敛了,还是要回到肉店上去。手里的钱,买一些门面房租出去,一是保值,二是将来什么时候需要钱,不会迷路。霍加肉头听进去了,把整个心思,又放到他的肉店上去了。

六

一周以后,大翻译出院了。打电话约我们吃饭,说,把那个叫穆合塔尔的掘墓人也叫上。我没有想到他会请那个掘墓人吃饭。我们在汉人街老水磨前会合的时候,看见大翻译右手戴了一只洁白的手套。他说,心终于好了,好了就是一种崭新的生活啊。掘墓人穆合塔尔说,我倒盼望能经常挖墓坑,但是我知道人要活完自己的命。大翻译说,穆合塔尔,上一次我给你交代得清清楚楚,我怎么没有死呢？掘墓人说,我没有看好你的墓穴,不是我屁股疲软,而是我喜欢钱,水老鼠就把你的墓头挖开了。大翻译说,这一次,我先试着活一活,不行你再往里收。钱我给你准备好了。掘墓人说,我这边好说,你先把你自己的灵魂看好。我见过太多的灵魂,你是属于那种灵魂和脊梁骨对不上号的人。夜是让我们看不见,而你总是挣扎着要撕开夜幕,要拿到那个不是时候的东西。这是你的麻烦源。我看了一眼大翻译,他笑了,说,和尸体打交道的人,意识是毒辣的。经验总是在金锅银碗的边缘看热闹,阐释原在的嗓子。一辈子走过来,眼睛疲软的时候,才见到了规律的这个大门。时间包庇它阴凉的时候,时间是庸俗的。掘墓人说,婴儿的热闹我没有机会欣赏,但是死亡的诡计我是蛮有经验的。时间从诞生开始,就是蓬勃的隐身君郎,成全了能看明白的灵魂们。时间是自在的好孩子,光荣和卑鄙,是在我们自己的眼睛里的。没有跪过的人,是挺不起胸脯的,你尿在流水里,骂河流的存在,是下流的。直到灯从你的眼睛灭了,也不能冤枉时间。二翻译说,你是哪个大学毕业的?掘墓人说,坟墓大学加手茧大学。子夜的时候,那些死灵魂们跑出来给我上课,话说得珍珠一样透明,我能听明白。二翻译说,他们收学费吗?掘墓人说,人死过一次以后,就不认得钱了。大翻译说,谁人在你的身边,他就是你的美丽。有一个掘墓的朋友,什么时候想死了,就方便了。死亡是时间向人心人性人前人后吹了一个句号,好多人听不懂,认为是神的诵唱。我们的可怜是,在重要的时候,听不懂那个句号,认为不是死亡的讯息。自己有智慧才是兜里能拿出来随时混一顿饭的十块半块钱。从简陋的饭馆出来,我们会自觉地向秀色的树叶问好,多看一眼黎明在它们的纹路留下的曙光,欣赏那个光源的远方。我的经验是,死亡没有能力解读死亡,它是空渠,水不在它的掌心里,它的脚印也背叛过黎明的光芒。只有时间是它的阁下。鸡毛腋毛是铸不成铜像的,存在的死亡在头顶上向顶天的白杨树学习,向湛蓝的橡树朋友学习,在群山的怀抱里,向无数高贵的松树学习,在你活着的巴掌大的宅院和人心里,留下它们的心智和跪拜。你不干净,生活也不会给你灿烂。你侮辱了美食的时间,时间也会把你拐到没有人气的邪路。你懵懂,认为大聪明和小聪明都是你的坦路。一生糊涂地死亡,也是侮辱背叛了爹娘的盐食，没有看见时间为你孝敬的干净和宴席。你就是个野田里的软茄子朋友，没有看清你活着的这个时代，你读不懂你自己的时间，家里的气氛，老婆的眼神，是你的活棺材。你以为你是鹰的朋友，醉了，老婆给你脱鞋的时候，说你已经是垃圾工嘶哑的呼唤了。二翻译说，姜皮子的姜，老大说得怎么样？我说，是可以抱着睡的名言他爷爷。大翻译说，真心说，我上次的"死"，是想简化死亡的麻烦。鲁迅艾凡提（先生）才是结实人，说，死了，就赶紧收殓，拉出去埋掉，拉倒。罕见的骨气。死了，一箩筐农家肥都不是，一个哈密瓜也换不来。悄悄地留一个讲心声和出气的遗书，就糟蹋人间的五米大布墓穴里躺下，剩下的时间和钱财让活着的人玩酒潇洒，才是正典。你可以静静地回忆神话一样飞舞的童年时代，田旋花一样周游大地的少年时光，虎豹一样傲慢的青年时代，贼心锁心出卖嘴脸的中年时代，就要告别光源气场的暮年挣扎。速朽之前，把一生的密码搞清楚，弄清妈妈给的干净屁股是什么时候弄脏的。这就很好。不是没有意义，它们会浮现在墓碑上的，过路的咭者会发现我的光荣和卑鄙。现在死是很麻烦的事情，是面子工程加上嘴脸贪财，死亡成了机会和借口，在别有用心的指使下，贩卖阴沟里的孝。实际是，留下的财富，才是人人的心病，拉屎尿尿，不该痒痒的地方也痒痒。孝，只存在于汉子娶妻女子出嫁前的那些光阴里,性是贼汪汪的神眼,后天的贪念,只能是死亡遥远的哥们儿。在往昔沉沉的光阴里,孝更多在笑里,锅里没有下米。童年留在照相机里的时候,我们就很难能在马路边捡到一分钱了。孝,在死亡的时候回来了,和婚前的原孝比,变成了最后的不能站着的解手。作为男人,你的毒痛是再也不能站着尿尿了。你想总结一生,但是找不到能说清你曾经灿烂的词语。你有过率真,但是没有发明你自己的名词。你找不到你最干净的发音。学费掐脖子的时候,我们重新认识孝,但是我们的孝已经不复存在了,无耻刺激你的命根子,让你最硬的地方都耷拉了。重要的是,你没有发明积累能讲清你的原初心脉骨髓敬爱的动词形容词。认识了咱们的掘墓朋友以后,我发现了我的价值,也发现了自己的颓败。够不够加减乘除,能不能混合运算,时间的金铃铛知道。在你还能靠嘴皮子好话好肉的时候,你认为宇宙天文苍茫人世开天斗地,智慧和光明,你都储存在异化了的舌头下面了,三生万物的唇齿,为你的痒痒祝福。实际上,我的经验是,和狂傲的孙悟空一样,傲视人和人,人和树,水和许多嘴脸的关心,蔑视如来佛,自以为几个跟头周游了半个世界,睁开眼睛还在光辉的如来佛的掌心里。如果你没有哲学,即便人是万物之灵,还是要慢一点,不能昼夜硬着窥视。要发现和掌嘴,这个傲视万物的人,他的两条腿是有限的,现有的文字还说不清楚人所有的情感脉络和忏悔。人不明白狗随时狂叫,说它比人多两条腿,见识私密深远,还嚷嚷。人不知道狗的难处,为了洗清前世的名声,祖祖辈辈为人类捞毛,还是不能翻身,像可怜的八戒,名声远扬。死亡是突然的流氓,你不知道他什么时候来。生活和死亡,在时间的云游中,是你不知道那个在那个时候可以那个你。二翻译说,敬哥哥一杯,经典。我说,还是活着好,可以明白明白的明白。

突然响起了铿锵的咳嗽声。满满子老板走过来了,嬉笑着握住大翻译的手,说,大学问家还是下凡了呀!我的老珍珠哎,你咋六月份的青蛙一样失踪了呢?那么美的日子不见了。里边请。我现在"乾隆拌面"的菜换成羊腰子炒羊腰子了,我爷爷的爷爷的爷爷爷爷爷爷说过,那个时候乾隆玩的就是羊腰子,美死了。今天我自己给你们炒。

大翻译说,我到那个世界考察了,选了几个有山有水有酒有肉的地方。就是死了以后,这些嗜好也是不能没有的。满满子说,老哥你英明,你傻兄弟我贪财的时候,你把来世都安排了,恭喜。老哥呀,你这一露面,这日子和他妹妹的一样美了撒。二翻译看着满满子,说,你说话总是少一个能听清楚的词儿。你那个羊腰子炒羊腰子,我们吃了好多次了,有的时候也掺和上了牛肉,不纯了呀。满满子说,哥哥,月亮的脸蛋上都有癞蛤蟆的影子呢,我满满子的羊腰子炒羊腰子瞌睡一哈不行吗?那个最好的包子里面也出来碎骨头呢呀!腰子这个东西,和肉肉们都是朋友嘛,朋友哪有不馋恋朋友的呢?二翻译说,也是。哪儿来的这么多羊腰子啊。满满子说,哥哥我今天不能让你们学问家们有意见,羊腰子不够了我把我的腰子揪出来给你炒呢。大家都笑了。大翻译说,满满子,你的腰子我们可吃不起呀。满满子说,新疆人嘛,儿子娃娃二八一十六说话算数,咱们先赊账呢嘛。我们又坐在了老水磨里熟悉的、温馨的桌子前。二翻译点肉的时候,我不经意地看了一眼大翻译的右手,手上的白手套不见了。再仔细一瞧,那个拇指好好的。我看了一眼大翻译的眼睛,他仍旧山沟里的老松树一样从容,我又看了一眼点完肉喝茶的二翻译,他好像还没有发现。我伸出拇指,给他使了个眼色,转动着拇指给他做了一个注意金哥哥拇指的动作。他看到大翻译的拇指了,抓着他的手臂,说,我尊敬的好师父哎,你这拇指好好的呀?你又玩儿了我们一场。大翻译说,这事,我想在你们喝上两杯后再说。那天我是没有真砍拇指。我做了一次模拟,在拇指跟前放了一条小金鱼,把头剁了,擦掉血迹,拼在一起,埋到社区里的花园里了。住了几天医院,精神里面的毒素没有了,心里也亮堂了。砍拇指是第二套方案,现在看来,我的模拟实验成功了。二翻译说,你说话做事,总是有极端的一面。你玩这个,吓得我们浑身愫愫。你这一辈子,就没省过一滴油啊。大翻译说,有的时候,人不是他自己。从现在开始,我就要做我自己了。我已经决定了,你们二位要全力向我靠拢,我要组织退休的老翻译家们,申报项目,翻译咱们国家历史进程中最重要的著作,具体的书目咱们和出版社一起商量。这些年总结我的翻译生涯,我感到,我们最缺少的东西是国家历史文化方面的知识,这是非常重要的一件大事。不学习历史文化,我们走不好今天。翻译历史,就是翻译真理的源头,用真理的力量充实我们自己。二翻译说,太好了,还是大师厉害,你以前也说过这件事,就是我们没有动起来。我要紧跟你做好这件大事,把老婆不知道的业余时间也献给你。我说,我要跟着老师好好学习,把心身都交给老师。大翻译说,今后,喝酒的事情,就半月一次了,不能浪费时间。二翻译说,还是每周一歌吧,也是切磋嘛。大翻译说,你进步了。我说,还是有好酒的人聪明。二翻译说,不是的,要向大师学习,隐藏稿费。大家笑了。大翻译说,今天是一个机会,我要多说两句。到了我这个年龄,生活已经不欠我什么了,随时可以把我的元气抽走。意思是,再继续往下活,就对不起许多青春期就走天国的朋友们了。以前我不在乎害臊,现在脸皮上有眼睛了。我已经写好了遗嘱,把大概的意思给你们唠叨唠叨吧。啊,之者乎也,热闹的哥哥妹妹你们都来吧。我不是说时间就要被大甩卖了,是我的电影就要演完了。哪一天咱们的掘墓朋友突然烦了把我抓去埋了,我就没有机会和你们勾结了。我是一辈子的翻译,我在妈妈的肚子里的时候就翻译过爸爸的丑陋,因而我一生坎坷,嘴脸像老牛后面的口袋一样丑恶,我走不出来。最后的学费,是心碎。在走到坟墓大门前的时候,才明白了一些事理。却原来,极端的聪颖也是一种麻烦,是我们看不见的乌云,是时间扇我们的嘴巴。翻译这个行当,在每一个有人气的地方,都是一个妈妈恩赐我们的篝火。因为活着的需要,我们都追随这个火把,找我们自己的方向。不假,那些痒性丰满的语言,激活了自在的穹庐和他人的灿烂。首先眼睛要成熟成功,那些不在乎的人,才能走上有月光的长路。不是围绕那圣光,而是要走进月光的温暖,这应该是文明明媚的骄傲。不同的语言,也能找到共同的旋律派生出来的声音,一切都是可能的。这是翻译在原产地绚烂。在许多他者的名词和形容词里面,也渗透了自己的光荣和资本。彼此携手的时候,友好欣慰地歌唱人类庭院的金歌银曲,最珍贵的时间云集酒宴,祝福所有的词汇,感谢那些闪亮可爱的眸子们,向在宇宙的掌心里歌唱时间的人们赠送瑰丽的鲜花。有的人蔑视从事翻译行当的人,认为翻译是传声筒，是套鞋，用完了扔了。认为是阵雨，小孩子的甜笑一样短暂的可爱，说翻译是玩舌头的买卖，那些声带最后不是你自己的心脉，等等。却原来，这些声音是冬天里要饭的乌鸦，不值得鞭打它们。翻译是时间的骄傲，是人类持续的可能和机会。当一种最可爱的时间诞生于某一地，翻译在黎明前把它译出去献给光明的人间，这个时间才能金贵永恒。如果最好的时间不能变成大地的骄傲，翻译是可怜的。一日三餐，酒肉热炕头满天星月，它们不可能引领我们走出风吹草低见牛羊的穹庐。广阔的无限，是人人的朋友。有学识的人，有技艺的匠人，有学堂学问记忆的好孩子们，以及我们的母亲们和父亲们，如果在时间的照耀里都能成为精神的翻译家和生活的翻译家，热爱篝火文字敬献的光明，我们的边角料，也会成为人间的奖牌。我们从事的这个文学翻译，是河水加上眼光加上鲜花的事业，我们自信结实固执地热爱这个事业。我们有许多美好的东西。我们有远古的诗歌温暖，有传播希望的音乐天籁，有敬爱邻居扶助路人的善良遗产，有醇香的马牛羊，有多彩的花饰衣裳，有永远的冬不拉弹唱，有喜利妈妈的保佑，有花儿为什么这样红，它们是人人的兴奋和激动。这是翻译原在的恩惠和逻辑。生息于这些文化故事里的百姓父老，他们也会找到从前的遗忘和那个童年记忆里的门牌号码，展望他们的梦想和曙光。手心手背都是肉,翻译家少有光荣,因为没有永恒的夕阳。翻译家是在路边用脚尖攀高窥望人群里的舞者,我们一生在路上。这不是瘾,是使命,是回报大地养育恩泽的秉承。他可以不是黎明,但是他知道曙光升起的地方。这是翻译的自信,优秀的翻译家不会倒在荣誉的光线里,他是寻找的劳累者。抓住,找到,认准文化海洋里最艳丽动人的美好,把它们献给在宇宙里骄傲翱翔的众生,那些大雁和天鹅奶奶妹妹们,就是翻译的河流。让翻译畅流,是我们的命脉价值。那么,翻译的眼光是什么呢?是发现他的当代价值未来智慧。当一种花卉、一种新的词语诞生的时候,有人可能看不到它的未来花蕊,那么翻译和翻译家,要有能力和哲学把它们的美学亮给人看。你必须有独到的眼光,这是翻译家一生的价值。当你不存在了的时候,你对翻译的挚爱,你的哲学发现,你固执的敬业,你独特的语言链条,会给后来的翻译家们一些剖析疑难的启示。要用好自己的眼光,才能发现真正的芳香。我一生走来,见识过许多鲜花,我赞美过它们的华丽,当受宠的时间迷茫,我发现那些名词和形容词不是我想要的那些东西,眼光出了毛病。原本以为,荷花下面支撑它们的东西是藕儿朋友,蹚进塘水里才发现它们是杂草。要学会总结,这是翻译的尺度。在位置最好的苹果树上,也有照不上阳光的青蛋蛋。引进最艳丽的苹果让大家欣赏,要找出美本真的仁仁来,不要被华丽的外壳所迷惑。有些核桃在卖主的手里是漂亮的,你要砸开它看,有的核桃是空心的,壳皮偷吃了营养,有的发霉了,民间叫"傻了",是病毒流氓搞的鬼。就是说,也不要急着下结论。不要眼馋他人的花招,要寻找能和我们的语言习惯交融在一起交朋友的美学。这是翻译的智慧,是翻译的鲜花需要的总结。就是说,从我的经验来讲,要科学地总结自己的翻译,善于发现,这条河要流多长,去什么地方。眼睛缺氧的时候,要公正地评价他人的美丽。当然,从人类生存经验和文化灿烂来考察,人人都是赞美自己的灿烂的。但是在他人的花园里,也有非常可爱的美丽。要敢于辨认它们的价值,这才是有用的智慧。让宇宙的河流环流,在有人有鲜花歌唱候鸟飞舞仍荒凉的地方,都要唱好自己的喉咙。让我们的眼睛看到我们的梦想,让我们的鲜花开遍所有的河岸,向生命的流水致敬,在静好的诚心里,盘点我们的友谊,追加我们的点赞。我们会发现,我们是宇宙的候鸟,都唱过自己的歌。还有,在我们还没有走到的地方,有许多天鹅,也在为我们歌唱。大翻译停下的时候,额头上的汗珠像他老婆脖子上的珍珠一样亮起来了,我用胳膊肘捅了捅愣愣地看着大翻译的嘴巴走神儿的二翻译,示意他鼓掌,祝贺大翻译回到了我们的心海里。

满满子的"乾隆拌面"换菜后,那羊腰子炒羊腰子的确是香,洋葱味和辣椒味都出来了。咬嚼着往下咽的时候,喉咙里有那么一种被收买的感觉。手抓羊肉上来了,大翻译从包里取出两瓶伊力王,说,从今以后,我不喝酒了,掘墓人也不喝酒,但他已经是我们的朋友了。我刚才说了,有一个掘墓的朋友,什么时候想偷偷地死,就非常方便了。我一辈子的经验是,朋友是一切社会关系的老水磨。你们二位一人一瓶,要喝到耳朵自己说话。从今天开始,我喝醋。他从包里拿出一瓶醋,放在了桌子上。我们笑了,二翻译说,我的金哥哥,不要再闹了,这醋怎么喝呀?大翻译说,新疆名牌,醇香,还有点甜,记住这个牌子,今后就给我来这个。我笑了,说,金哥哥,不开玩笑了,醋是炒菜用的,天下没有人把它当酒喝。大翻译说,开始是美丽的,过程是灿烂的。我说,金哥哥,还是一起喝伊力王吧。大翻译说,人要享受一切,我就喝这个。二翻译说,这事传出去,人家就给你起这个外号。大翻译说,正好,我就缺个什么外号呢。我说,咱们先说好,今天是你请客,中间客人能不能"尿"?大翻译说,可以,老早就说了,大家都可以"尿"!

七

  大翻译在许多文字和时间的帮助下,在黎明的教诲和金秋果实的扶助下,从贼肚子的黑箱子里走出来了。这样一种自我拯救,也消耗了他睡着的和醒来了的时间名堂野心。他的学费,最后也成了我的捷径。人在打瞌睡的时候,会喜欢一些不应该喜欢的东西。他人的智慧和篝火,也不全是人人的福分。原来,和我们相比,生活更爱我们。